AF304534

Karin Bell wurde 1980 in Siebenbürgen geboren. Heute lebt sie mit ihrer Familie im Schwabenländle, doch ihr Herz schlägt seit vielen Jahren für Amerika. Ihren ersten Roman schrieb sie, nachdem sie als Jugendliche mehrere Wochen bei Verwandten in Michigan verbrachte. Seitdem lässt sie das amerikanische Lebensgefühl nicht mehr los.

KARIN BELL

NEW YORK GRAND HOTEL

Erstausgabe Oktober 2023

Copyright © 2023 dp Verlag, ein Imprint der
dp DIGITAL PUBLISHERS GmbH
Made in Stuttgart with ♥
Alle Rechte vorbehalten

New York Grand Hotel

ISBN 978-3-98778-487-3
E-Book-ISBN 978-3-98778-268-8

Covergestaltung: ARTC.ore Design / Wildly & Slow Photography
Umschlaggestaltung: ARTC.ore Design
Unter Verwendung von Abbildungen von
shutterstock.com: © Cara-Foto, © ssguy, © Maxim Mitsun,
© Andrey Jyk, © Edward Bend, © Fotokon
Lektorat: Mira Manger
Korrektorat: Katrin Ulbrich
Satz: dp DIGITAL PUBLISHERS GmbH
Druck und Bindung: Books on Demand GmbH, Norderstedt

Prolog

Brianna

„Dort oben herrscht eine andere Welt, es gelten andere Regeln." Die wohlbekannten Worte ihres Grandpas erklangen, als sie in ihr schönstes Kleid schlüpfte und sich vor dem Spiegel in der kleinen Wohnung im Untergeschoss einmal um die eigene Achse drehte.

Genau genommen waren es nur zwei miteinander verbundene Zimmer, die Brianna und ihr Grandpa ihr Zuhause nannten. Zimmer, die man den Angestellten des Juwels gegen kleines Geld zur Verfügung stellte.

„Aber heute ist der Winterball!", erwiderte sie mit Panik in der Stimme, während sich ihre Gedanken wild überschlugen. *Und Evan holt mich gleich ab.* Hatte ihr Grandpa es sich im letzten Moment anders überlegt? Sie wusste, dass er es nicht gern sah, wenn sie sich in der Eingangshalle herumtrieb oder sich in den Ballsaal schlich. Hier unten war ihr Revier. Gleich neben der riesigen Konditorei und der hauseigenen Wäscherei.

Brianna hielt für einen Moment inne und atmete dann – als keine Antwort mehr kam – erleichtert aus. Auch wenn sie ihren Grandpa Joseph nicht sehen konnte, der ältere Herr saß nebenan auf der Couch, so wusste sie, dass sich zwischenzeitlich ein nachsichtiges, liebevolles Lächeln auf seine Lippen geschlichen hatte. Sie hatte ihm schließlich noch nie Anlass zur Sorge gegeben, ihm Kummer bereitet oder ihn in eine peinliche Lage gebracht, die ihn seine Anstellung im Hotel hätte kosten können. Das Luxushotel am Central Park war Josephs einziger Lebensinhalt gewesen, bis ein tragischer Schicksalsschlag ihrer beider Leben für immer verändert hatte und sie als kleines Mädchen zu ihm gezogen war.

Brianna schnappte sich das kitschige, strassbesetzte Diadem, das auf ihrer Kommode lag, und steckte es sich am Oberkopf fest. Was Evan wohl zu ihrem Outfit sagen würde? Sie liebte das goldschimmernde Kleid, dessen Unterseite aus mehrlagigem Tüll bestand, und die Pailletten am Oberteil, die im Licht nur so funkelten.

Aber erst einmal müsste sie an ihrem Grandpa vorbei, der bei ihrem Aufzug wahrscheinlich aus allen Wolken fallen würde.

Mit klopfendem Herzen verließ sie ihr Zimmer und fühlte sich plötzlich sehr erwachsen. Zum ersten Mal sah sie selbst aus wie eine der reichen Damen, die sich oben in der Lobby tummelten – nur dass ihr Schmuckstück nicht von *Tiffany* war, sondern von *Target*. Brianna musste grinsen, denn es war wirklich zu komisch.

„Alles in Ordnung?" Brianna sah ihren Großvater besorgt an, denn anstelle der erwarteten Moralpredigt verzog dieser bei ihrem Anblick nur traurig lächelnd das Gesicht.

„Du bist deiner Mom wie aus dem Gesicht geschnitten." Seine Augen füllten sich mit Tränen, und Brianna wusste, was in ihm vor sich ging. Er versuchte erst gar nicht, ihr etwas vorzumachen – denn Geheimnisse hatte es zwischen ihnen nie gegeben. Besonders jetzt zur Weihnachtszeit holten ihn die Erinnerungen immer wieder ein und erfüllten sein altes Herz mit Schmerz. Bei Brianna dagegen verblassten die wenigen Erinnerungen an ihre Eltern von Jahr zu Jahr mehr, wie die Farben der Fotografie auf ihrem Nachtschränkchen. Sie legte dem älteren Herrn mitfühlend die Hand auf die Schulter. In wenigen Stunden würde seine Schicht beginnen, wie für so viele Menschen in New York, während die Gäste des Juwels in ihren Luxussuiten schlummerten. Menschen, die im Hintergrund alles dafür taten, um die Stadt am Laufen zu halten oder um anderen ein unvergessliches Erlebnis zu bieten.

Brote, Bagels und Kuchen würden die Backstube verlassen, aber auch allerlei exquisite Köstlichkeiten für die mehrstöckigen Etageren, die man im hauseigenen Café zum Frühstück und später zum Nachmittagstee servierte.

Köstliche Düfte würden in den frühen Morgenstunden nach oben ziehen, sich ihren Weg nach draußen bahnen und sogar den nahe gelegenen Central Park in einen Hauch von Luxus hüllen.

Auch wenn ihr Grandpa in diesem Moment müde wirkte, wusste Brianna, dass er zu seiner Schicht wieder hellwach wäre.

Mit einem stolzen Lächeln sah der Konditor nun seine Enkeltochter an, ehe er sicherheitshalber den Zeigefinger hob. „Um elf bist du wieder hier."

Brianna nickte überglücklich. Sie durfte ihr Kleid nicht nur anbehalten, ihr Grandpa hatte ihr auch indirekt grünes Licht für den Besuch des Winterballs gegeben. Natürlich würde sie nicht wirklich zum Ball gehen, obwohl Evan es vorhatte. Nein, sie würden sich wie in all den Jahren zuvor heimlich auf die Empore schleichen und von dort aus alles beobachten.

***

„Du hast sogar Proviant besorgt?" Brianna sah erstaunt zwischen den Sandwiches und Zimtschnecken, die sich in einer Pappschachtel befanden, und Evan hin und her. Für einen Moment trat sogar Evans Smoking in den Hintergrund. Auch er hatte sich für ihr heutiges Vorhaben in Schale geworfen und grinste sie nun verschmitzt an.

„Du weißt doch, dass Edna mir keinen Wunsch abschlagen kann."

Edna, die wie Briannas Großvater seit vielen Jahren fürs Juwel arbeitete, hatte den einzigen Erben des Hotels bereits in ihr Herz geschlossen, als man ihn im Kinderwagen zum ersten Mal durch die luxuriöse Lobby schob. Aber diese Zuneigung war nicht nur einseitig. Auch Evan hatte schon als kleiner Junge einen Narren an der herzlichen Köchin gefressen. Ein Grund dafür war sicher der, dass sie ihn, wann immer er sich ins Untergeschoss geschlichen hatte, mit einer heißen Tasse Kakao und Gebäck verwöhnte.

Brianna fiel auf, dass Evans Blick bewundernd an ihrem Diadem hängen geblieben war.

„Du siehst heute so anders aus", stellte er lächelnd fest und streckte die Hand nach dem Haarreif aus, um ihn kurz zu berühren.

Brianna schnitt eine Grimasse und hoffte, dass Evan ihr ihre Nervosität nicht ansah. Zu ihrer Vorfreude auf den Ball mischte sich dieses Jahr noch ein anderes Gefühl: Verliebtheit.

Dabei kannte sie Evan fast ihr ganzes Leben lang. Sie lebten nicht nur beide im Juwel, wenn auch in unterschiedlichen Welten, sondern waren zudem beste Freunde. Wobei er sich die meiste Zeit über hier unten im Personalbereich aufhielt.

Sehr zum Missfallen seiner Mutter, die Brianna seit einigen Monaten mit Argwohn beäugte. Evans Dad dagegen verbrachte seine Zeit gelegentlich selbst hier unten, ob es nur ein kurzer Plausch mit den Angestellten in der Backstube und der Wäscherei war oder eine Partie Schach im Aufenthaltsraum mit ihrem Grandpa. Mister Simon Wayne war ein Mann mit Charakter, Verstand und Herz, wie ihr Großvater ihn oft bewundernd beschrieb. Unabhängig von seinem Stand und Einfluss. Solche Männer waren auf dieser Welt rar gesät. Und auch wenn Brianna erst zwölf war, wusste sie genau, was ihr Grandpa damit meinte, denn Evan war genauso.

„Willst du hier Wurzeln schlagen oder gehen wir?" Evans gut gelaunte Stimme holte sie aus ihren Gedanken und er bot Brianna galant seinen Arm an.

Brianna schloss die Tür zu ihrer Wohnung und hakte sich nach kurzem Zögern kichernd bei ihm unter. Dabei klopfte ihr Herz bis zum Hals. Für Evan dagegen schien es die normalste Geste der Welt zu sein. Warum auch nicht, schließlich waren sie nur beste Freunde.

„Du hättest mit deinen Eltern auf den Ball gehen können", erinnerte Brianna ihren Begleiter und fügte in Gedanken hinzu: *Anstatt mit mir.*

„Damit ich mich dort nur langweile?" Evan schüttelte den Kopf. „Mit dir macht es viel mehr Spaß."

Brianna lächelte zerknirscht, denn an Tagen wie diesen wurde ihr noch mehr bewusst, wie verschieden ihre Welten doch waren. Auch wenn sie ebenfalls von klein auf von all dem Luxus umgeben war, könnten ihre Leben nicht unterschiedlicher sein. Evan wohnte mit seiner Familie in der riesigen Suite, die sich auf zwei Stockwerke verteilte und den Großteil der obersten Etage im Juwel einnahm. Brianna war aus dem Staunen nicht mehr herausgekommen, als Evan sie zum ersten Mal mit hinauf genommen hatte. Nicht nur die Einrichtung hatte ihr die Sprache verschlagen, sondern auch der atemberaubende Ausblick auf den Central Park.

Kein Wunder. Sie wohnte im Keller, und was die Einrichtung anging, zählte für ihren Grandpa eher die Devise: praktisch statt modern. Die Möbel in ihrer Wohnung waren mehrere Jahrzehnte alt und erfüllten rein ihren Zweck.

Außerdem besuchte Evan im Gegensatz zu ihr keine staatliche Schule, sondern eine private, die in unmittelbarer Nähe zur Columbia University lag. Er nahm auch nicht den Bus; ihr bester Freund wurde jeden Morgen pünktlich um sieben Uhr von seinem Chauffeur abgeholt, der ihn hinauf bis nach Morningside Heights brachte, ein Stadtteil Manhattans, der sich auf der anderen Seite des Central Parks befand. Von ihren unterschiedlichen Hobbys mal ganz zu schweigen. Fechten. Welcher normale Junge übte sich im Fechten?

„Achtung, Hector im Anmarsch!"

Augenblicklich war Brianna wieder im Hier und Jetzt. Inzwischen befanden sie sich im Korridor, der zu den öffentlichen Bereichen führte. Doch zu spät, der hagere Concierge hatte sie bereits entdeckt.

„Guten Abend, Master Evan", biederte sich der Mann im Frack mit einem falschen Lächeln an. Brianna würdigte er keines Blickes. Warum auch, sie war ja nur die Enkelin des Konditors und dazu ein Kind. „Wo geht es hin?" Sein Blick wanderte zu der bedruckten Pappschachtel, die eindeutig als eine aus der hauseigenen Konditorei zu identifizieren war.

„Zur Party", erwiderte Evan unbeeindruckt und schenkte Brianna ein strahlendes Lächeln.

„Aber ihr könnt doch nicht!", antwortete Hector harsch und vergaß für einen Moment seine aufgesetzte Höflichkeit.

„Mom und Dad wissen Bescheid. Einen schönen Abend, Hector."

Nur mit Mühe konnte sich Brianna ein Grinsen verkneifen, als sie, immer noch bei Evan eingehakt, am Concierge vorbeischritt und zum Trotz stolz den Kopf hob. Schließlich hatte ihr Diadem vom Supermarkt auch etwas Aufmerksamkeit verdient.

„Dem hast du es gegeben." Auch wenn Brianna dachte, dass ihr Herz heute nicht schneller schlagen könnte, hatte Evans Coolness sie beeindruckt.

„Der Pinguin im Frack hat mir nichts zu sagen, obwohl er Moms Liebling ist."

Brianna grinste, denn immer öfter lehnte sich ihr bester Freund gegen den persönlichen Spitzel seiner Mutter auf, der sämtliche Mitarbeiter im Untergeschoss abschätzig behandelte.

Musste wohl so ein Teenagerding sein – immerhin war Evan mit seinen fünfzehn Jahren ganze drei Jahre älter als sie.

Für einige Augenblicke liefen die beiden stumm nebeneinanderher, bis sie das Ende des langen Korridors und die Empore erreichten, von der aus man die gesamte Hotellobby betrachten konnte.

Wie jedes Mal, wenn Brianna herkam, stockte ihr der Atem. Es waren die unzähligen Kronleuchter, Materialien und Stoffe, die die Lobby in einen palastartigen Eingangsbereich verwandelten. Der Weg zur Rezeption war mit weichen Teppichen ausgelegt, die perfekt mit den messingfarbenen Gepäckwagen harmonierten, auf denen sich Koffer, Taschen und Hutschachteln stapelten. Die auf Hochglanz polierte Drehtür, hinter der sich eine der meistbefahrenen Straßen New Yorks befand, und der glänzende Marmor am Boden rundeten das Bild ab. Es herrschte ein geschäftiges Durcheinander und der Duft von Luxus und der großen weiten Welt, aus der die Gäste kamen, lag in der Luft.

Aber jetzt zur Weihnachtszeit kam noch etwas anderes dazu: märchenhafte Magie. Auch wenn es kaum möglich war, wirkte das Juwel, wenn es wie heute in den Schneemassen versank, einladender und imposanter als sonst. Die mehrere Meter hohe Nordmanntanne, die man vor einer Woche unter großem Krafteinsatz und so leise wie möglich während der Nacht hereingeschleppt und geschmückt hatte – schließlich durften die Gäste nicht gestört werden – brachte ihre Augen zum Leuchten.

Wie in Trance ließ Brianna Evans Arm los und steuerte auf das Balustergeländer zu, um das weihnachtliche Bild, das leider nur wenige Wochen anhielt, in sich aufzunehmen. Unzählige Lichter brachten den Baum zum Funkeln und die außergewöhnlichen Kugeln und Zapfen, die ein Glasbläser extra für das Juwel gefertigt hatte, schimmerten zwischen den Tannenspitzen wie Eiskristalle. Am Boden unter der deckenhohen Tanne türmten sich Geschenke in allen Größen und Formen, und obwohl Brianna wusste, dass es sich hierbei nur um Dekoration handelte, wurde ihr beim Anblick *ihres* Weihnachtsbaums ganz warm ums Herz. Wie immer hatte man den Baum mit Absperrständern und Kordeln vor neugierigen Gästen geschützt. Nur für den Fall, dass jemand auf die Idee käme, auch nur ein Detail in Unordnung zu bringen.

Für einen Moment vergaß Brianna fast, dass sie für heute noch andere Pläne hatten – den alljährlichen Winterball im Juwel.

Ihr Blick wanderte zur messingfarbenen Tür, die nun von zwei Pagen geöffnet wurde. Herein kam ein Ehepaar. Es war unschwer zu erkennen, dass es sich bei den Neuankömmlingen um Besucher des Balls handelte. Trotz des Reichtums, den die beiden durch ihre teuren Mäntel ausstrahlten, wirkten sie sympathisch.

„Dana und Henry Carter", kommentierte Evan deren Ankunft erfreut. „Ich mag sie, sie sind nicht solche Snobs wie die anderen."

Für einen Moment starrte Brianna fasziniert auf das cremefarbene Kleid der Frau, das über und über mit Pailletten besetzt war. Sie wirkte, als wäre sie einem Märchenbuch entsprungen.

„Komm, lass uns gehen, sonst verpassen wir die Begrüßung!" Evan stupste sie freundschaftlich in die Seite, ehe er einen verstohlenen Blick in die Pappschachtel warf. Ganz offensichtlich konnte ihr Freund es nicht erwarten, es sich mit den Köstlichkeiten aus der Konditorei gemütlich zu machen.

Aber auch Brianna lief beim Duft der zimtigen Minischnecken das Wasser im Mund zusammen. Eine Spezialität von Edna, die es nur im Untergeschoss gab und die sich im Aufenthaltsraum der Angestellten größter Beliebtheit erfreute.

Endlich wandte Brianna den Blick von Dana Carter ab und schloss zu Evan auf, der sich in diesem Moment nicht gerade wayne-like eines der kleinen Gebäckstücke in den Mund schob.

„Tschuldigung", murmelte der Erbe des Luxushotels mit vollem Mund und sah Brianna ertappt an. Dabei wirkte er wieder wie der sechsjährige Lausbub, der es geliebt hatte, Hector Streiche zu spielen.

Brianna schüttelte amüsiert den Kopf und gemeinsam liefen sie einen weiteren Korridor entlang, der zum Haupteingang des großen Ballsaals führte.

„Was hast du vor?" Brianna blieb wie angewurzelt stehen, als ihr klar wurde, dass Evan mit einer fast beängstigenden Selbstsicherheit direkt auf die Türsteher des exquisiten Events zusteuerte.

„Na, ich hab dir doch versprochen, dass wir auf den Ball gehen."

Die mahnende Stimme ihres Grandpas meldete sich augenblicklich in Briannas Kopf. Er hatte sie nur gehen lassen, weil er davon ausging, dass Evan und sie sich wie immer im Hintergrund halten würden. Was so viel bedeutete wie den Hintereingang zu benutzen und von dort aus alles still und heimlich zu beobachten. Wie die Taubenfrau aus *Kevin – Allein in New York*, die sich im Schutz der Dunkelheit unter dem Gebälk des Opernhauses eine Vorführung ansah.

Aber heute wollte sich Evan allem Anschein nach nicht wie Kevins Turteltaubenfreundin verstecken.

Beherzt griff er nach Briannas Hand, klemmte sich die Schachtel mit Gebäck unter den Arm und steuerte unbeirrt auf die Absperrung zu. Denn auch hier signalisierten mehrere Ständer mit Kordeln den Besuchern des Hotels, dass auf dieser Veranstaltung nur geladene Gäste erlaubt waren.

Unbehaglich sah sich Brianna um, doch bis auf die Carters, die in diesem Moment die geschwungene Treppe hinaufkamen, war der Bereich vor dem Saal menschenleer. Kein Wunder, schließlich war es bereits kurz vor acht und das alljährliche Spektakel würde jeden Moment losgehen.

„Siehst du, mein Liebling, wir haben es rechtzeitig geschafft." Henry Carter schenkte seiner Frau ein liebevolles Lächeln. „Trotz des Schneegestöbers und der Reifenpanne."

„Na, was für ein Glück", erwiderte Dana Carter mit einem herzhaften Lachen, ehe sie die beiden Kinder im Foyer entdeckte. „Evan, so eine Freude!" Auf dem Gesicht der Frau breitete sich ein herzliches Lächeln aus. „Schön, dass du in diesem Jahr auch dabei bist." Dann sah sie überrascht zu Brianna. „Und in so bezaubernder Gesellschaft."

Auch Mister Carter schenkte ihr ein freundliches Kopfnicken und Brianna spürte, wie sie bei dieser ungeteilten Aufmerksamkeit bis unters Diadem rot anlief.

„Das ist Brianna, meine Freundin und zukünftige Chef-Patissière des Juwels“, stellte Evan sie stolz vor, während er weiterhin ihre Hand hielt. *Bitte mach es nicht noch schlimmer, wir werden einen Riesenärger bekommen.* Aus dem Augenwinkel bemerkte sie Hectors Schatten, der hinter einem schweren Brokatvorhang aufgetaucht war. Dennoch hatte Evan recht. Gebäck und Törtchen waren ihre große Leidenschaft. Es war von klein auf ihr Traum, in die Fußstapfen ihres Grandpas zu treten, um ebenfalls Konditorin zu werden.

„Freut mich sehr, dich kennenzulernen, Brianna.“

„Mich ebenfalls, Mrs. Carter“, stammelte sie geistesgegenwärtig, ehe das Ehepaar am Eingang seine Karten vorzeigte und sich kurz darauf verabschiedete.

Karten, sie hatten keine Karten. Es war also nicht zu spät, umzukehren und den Hintereingang zu nehmen.

Doch bevor sie dazu kam, Evan von seinem Plan abzubringen, drang seine Stimme zu ihr durch.

„Meine Eltern erwarten uns schon ...“

„Aber natürlich, Mr. Wayne. Dann beeilen Sie sich lieber, es geht jeden Moment los.“

1

Evan

Zehn Jahre später

Wir brauchen dich hier, du bist der Einzige, der mit allen Abläufen vertraut ist.

Evan schüttelte ungläubig den Kopf, denn die verzweifelte Bitte seiner Mutter verfolgte ihn seit ihrem Telefonat am Morgen. Nicht nur, weil er in ihrer Stimme die nackte Angst gehört hatte, sondern weil es das erste Mal überhaupt gewesen war, dass sie ihn verzweifelt angefleht hatte. Evan lachte zynisch. Die Frau, der es vor zehn Jahren nicht schnell genug gegangen war, dass er das Gastgewerbe von der Pike auf lernte. Nicht etwa im Juwel bei seiner Familie, nein, in Europa. Fernab von seinem Elternhaus – und Brianna. Er war erst sechzehn gewesen, bis über beide Ohren verliebt und konnte kein einziges Wort Französisch, doch das hatte seine Mutter nicht interessiert.

Evan lief zum Fenster und sah nachdenklich hinaus. Dieser unerwartete Anruf war nicht nur zu einem denkbar schlechten Zeitpunkt gekommen, er stellte auch sein Leben komplett auf den Kopf. Mittlerweile war er längst nicht mehr der verlorene Jugendliche, der kein Wort verstand, sondern einer der erfolgreichsten

Geschäftsmänner in ganz Paris und er hatte hier alle Hände voll zu tun.

Sein Blick wanderte automatisch zum Wahrzeichen der Stadt, das sich goldleuchtend von der Dunkelheit absetzte, und zum ersten Mal seit einer langen Zeit gestattete sich Evan einen Gedanken an Brianna. Der Schmerz, den er viele Jahre verdrängt hatte, war verschwunden. Dennoch trug er es ihr bis heute nach, dass sie ihm nie geantwortet hatte. Keinen einzigen verdammten Brief, und er hatte in seinen Lehrjahren weiß Gott Besseres zu tun gehabt, als verliebte Briefe zu schreiben, auf die er nie eine Antwort bekam.

Evan ging gedanklich seine To-do-Liste durch. Den Hoteldirektor, der ihn während seiner Abwesenheit vertreten würde, hatte er bereits am Morgen instruiert. Ebenso seine Assistentin. Sie würde die geplanten Meetings alle absagen oder notfalls auf Videokonferenzen umleiten. Außerdem hatte sie versprochen, sich um Jean-Luc zu kümmern – ein Graupapagei, den ihm seine Freunde zum Einzug geschenkt hatten, obwohl Tiere im Hotel eigentlich nicht gestattet waren. Das war vor drei Jahren gewesen, kurz nachdem die Tinte auf dem Kaufvertrag für eine weitere Immobilie, die in den Besitz der Waynes überging, getrocknet war. Beinahe zur selben Zeit hatte er Vivien kennengelernt – seine heutige Verlobte. Mist, dann mussten sie wohl auch ihre Tortenverkostung verschieben, dies war ja leider nicht über Zoom möglich.

Der Flug war ebenfalls schon gebucht und sein Koffer gepackt. Dieser stand ohnehin immer bereit, da er oft spontan verreisen musste. Da er allerdings zu diesem

Zeitpunkt nicht sagen konnte, wie lange sein Aufenthalt in New York dauern würde, war es wohl besser, etwas mehr einzupacken. Vor allem warme Kleidung, denn zu dieser Jahreszeit konnte es im Big Apple eisig werden. Was nicht nur an seiner Mutter lag, sondern vielmehr am kalten Wind, der durch die tiefen Häuserschluchten pfiff.

Augenblicklich verzog sich sein Mund zu einem Lächeln, als er sich an einen längst vergangenen Wintertag aus seiner Kindheit erinnerte. Sein Dad und er hatten vor den Toren des Juwels einen Schneemann gebaut und ihn gebührend verziert. Mit dem Frack, wie die Concierges sie trugen, und dem hochnäsigen Gesicht aus schwarzen Steinchen hatte er eine verblüffende Ähnlichkeit mit Hector gehabt. Doch diese Zeiten und die Schneeballschlachten vor den Drehtüren des Juwels waren längst vorbei und Evan fragte sich, wie schlecht es um seinen geliebten Vater wirklich stand. Noch im Sommer hatten sie einige Tage zusammen verbracht und Simon hatte keineswegs den Eindruck gemacht, dass es ihm gesundheitlich schlecht ginge. Im Gegenteil, er wirkte losgelöst und entspannt – fernab von New York. Vor allem ihre Spaziergänge am Abend entlang der Seine hatte er genossen, ebenso wie die Speisen und den hervorragenden Wein in dem kleinen Restaurant in der Avenue de Versailles. Er sah seinen alten Herrn förmlich vor sich, wie er sich nach dem Essen – in Butter pochierter Hummer mit Champignons und Sauce Bordelaise – glücklich den Bauch rieb. Seitdem gab es dieses Gericht auch regelmäßig an Ednas Küchentisch. Obwohl die Köchin mittlerweile im Ruhestand war, so ließ sie es sich nicht nehmen, Simon

Wayne, wann immer es die Zeit zuließ, kulinarisch zu verwöhnen.

Bittersüße Erinnerungen mischten sich mit einem Gefühl von Hilflosigkeit, denn Evan wollte nicht glauben, dass sein Vater wirklich so krank war, dass selbst seine Mutter in Panik verfiel. Wahrscheinlich wurde ihr erst jetzt bewusst, was alles auf dem Spiel stand und was es bedeutete, wenn ihr Mann für längere Zeit oder gar für immer ausfiel. Evan schluckte, denn allein der Gedanke, dass sein Vater – einst unerschütterlich und tatkräftig – nun handlungsunfähig im Bett lag, schnürte ihm die Kehle zu.

Kündigte sich ein Schlaganfall überhaupt in irgendeiner Weise an? Er kam meist unerwartet, so wie jetzt bei seinem Dad. Vielleicht wurde seinem alten Herren auch so langsam alles zu viel. Er war ein Mann vom alten Schlag, für den ein Wort noch genauso viel zählte wie ein Vertrag und dem es manchmal schwerfiel, mit all den Neuerungen Schritt zu halten. Besonders im Hotelgewerbe hatte sich in den letzten Jahren so viel verändert, doch sein Dad hielt nach wie vor an den goldenen Zeiten und dem guten Namen des Juwels fest. Zwischen all den neuen Hotelketten, die wie Pilze aus dem Boden geschossen waren, musste sich ein Luxushotel mit altmodischem Charme und kauzigen Angestellten erst einmal behaupten. Aber war es nicht genau dieses Alleinstellungsmerkmal, das sie in New York einzigartig machte? Nein, sogar auf der ganzen Welt war das schlossähnliche Hotel mit seinen unzähligen Erkern und Türmchen direkt am Central Park bekannt.

Evan fuhr sich müde übers Gesicht, seine Gedanken wanderten zu den Aufgaben, die ihn im New Yorker

Haus erwarten würden. Gegen das zwanzigstöckige Gebäude im französischen Renaissance-Stil mit seinen fünfhundert Zimmern war sein *Balzac* geradezu winzig, auch wenn es über hundert Zimmer zählte. Was Eleganz anging, stand es seinem großen Bruder jedoch in nichts nach. Das Herrenhaus im neoklassizistischen Stil lag nur wenige Gehminuten von der Champs Élysées und dem Triumphbogen entfernt und punktete mit seinem unvergleichlichen Pariser Charme, den die Touristen so sehr liebten.

Zwischenzeitlich fühlte sich Evan sogar mehr französisch als amerikanisch. Die Zeiten, in denen er als Teenager fettige Burger mit Pommes verschlungen und Cola getrunken hatte, waren lange vorbei. Nicht dass ein gelegentlicher Burger in einem Diner keinen Genuss versprach – schnellen Genuss –, aber er liebte es noch mehr, sich beim Essen Zeit zu nehmen und mit allen Sinnen zu genießen. Vorzugsweise in einem der vielen Pariser Eckrestaurants mit Sonnenterrasse, in denen aufstrebende Sterneköche ihre Kreationen anboten.

Er würde sein Paris vermissen, auch wenn sein Aufenthalt in der Heimat nur von begrenzter Dauer wäre. Dennoch breitete sich allmählich eine Art Vorfreude in seinem Körper aus, als er nun an die bevorstehende Reise dachte. Zehn Jahre waren vergangen, seit er New York verlassen hatte. Die ersten davon geprägt von Liebeskummer und Heimweh. Doch sein Ehrgeiz und Stolz hatten diese Gefühle mit der Zeit beiseitegeschoben und aus ihm einen Mann gemacht, der den Geistern der Vergangenheit nicht nachtrauerte. Er war ein Wayne und würde irgendwann das Familienimperium fortführen – nur hoffte er, dass dieser Moment nicht schon jetzt gekommen war.

Evan lief zum Schreibtisch und holte das lederne Fotoalbum heraus, das Brianna ihm zum Abschied geschenkt hatte. Mit einem wehmütigen Lächeln schlug er die erste Seite auf und betrachtete das Gruppenfoto, das einige der Angestellten des Juwels zeigte. Wie viele davon wohl mittlerweile im Ruhestand waren? Allein auf diesem Foto waren mindestens zwanzig Personen zu sehen, die seit seiner Kindheit im Hotel gearbeitet und schon damals zu den *Alten* gehört hatten. Darunter ein Schnappschuss von Edna und Joseph. Sein Dad hatte ihm im Sommer erzählt, dass der Konditor wenige Monate zuvor in den wohlverdienten Ruhestand gegangen war. Evan konnte es sich beim besten Willen nicht vorstellen, denn Joseph war vom selben Schlag wie sein Dad und nicht dafür gemacht, nur herumzusitzen. Was Brianna anging, hatte er ehrlich gesagt keinen blassen Schimmer. Er konnte nicht einmal sagen, ob sich ihr Kindheitswunsch zwischenzeitlich erfüllt hatte und sie die erste weibliche Patissière des Juwels geworden war. Sein Dad hatte sie, nachdem Evan ihm sehr deutlich gesagt hatte, dass er nichts mehr von ihr wissen wollte, nie wieder erwähnt.

Und er hatte ihn nie wieder nach ihr gefragt. Dabei schien es, als wäre es erst gestern gewesen, dass sie ihm von ihren Träumen und ihrer Liebe für das Backen erzählt hatte.

Evan blätterte zum nächsten Bild, das die riesige Konditorei im Untergeschoss des Hotels zeigte. Das Foto war durch das Sprossenfenster aufgenommen worden, das die Konditorei vom Flur trennte. Er konnte nicht zählen, wie oft er sich die Nase an der Scheibe platt gedrückt hatte. Besonders zu Weihnachten war es dort zugegangen wie in einer Wichtelwerkstatt am Nordpol – und es hatte auch genauso ausgesehen. Lichterketten und Tannengirlanden verzierten die Türrahmen und Fenster, und die Mitarbeiter hatten ihre weißen Schürzen und Mützen traditionell gegen rot gemusterte Weihnachtsstoffe getauscht.

Evans Lächeln wurde breiter, denn erst jetzt entdeckte er sich selbst auf diesem lebhaften Foto, das mit seinen unzähligen Details und Aktionen stark an ein Wimmelbild erinnerte. Im Hintergrund war ein Teil der gemütlichen Küche zu sehen, und die Eckbank, auf der er einen großen Teil seiner Kindheit verbracht hatte. Ganz offensichtlich war es seine Legophase gewesen, wie er mit einem leisen Lachen feststellte, denn Han Solos Millennium Falcon war trotz des kleinen Bildausschnitts deutlich zu erkennen. Das Raumschiff nahm gut ein Viertel des Küchentisches ein; er hatte es fast genauso sehr geliebt wie die Weihnachtskekse und den Kakao mit Marshmallows, den Edna ihm in diesem Moment kredenzte.

Was war er nur für ein Glückspilz gewesen?

Unzählige Erinnerungen an seine Kindheit stürzten auf ihn ein und erfüllten sein Herz mit Wärme. Eine Wärme, die er die meiste Zeit über im Untergeschoss des Hotels gesucht hatte. Bei Menschen, die im Grunde nur für seine Eltern arbeiteten und sich sonst nicht weiter für ihn interessieren mussten. Aber das Gegenteil war der Fall gewesen. Sie hatten ihn in ihrer Mitte aufgenommen, als wäre er einer von ihnen.

Er konnte den würzigen Duft von Kakao und Zimt förmlich riechen, als er nun weitere Details aus dem Bild in sich aufnahm. Kein Wunder, dass er sich als kleiner Junge gern ins Souterrain des Luxushotels hinuntergeschlichen hatte. Hier war es gemütlich gewesen, besonders am großen Holzofen, in dem man die Brote und andere herzhafte Leckereien backte. Und obwohl es im Untergeschoss nie einen glamourösen Weihnachtsbaum mit kristallenen Kugeln gegeben hatte, konnte er hier den Zauber der Weihnacht förmlich spüren.

Evan schluckte fest, als er auf einem weiteren Bild seinen Dad und Joseph erkannte, wie sie in jungen Jahren Schach spielten. Die beiden saßen an einem Tisch im Aufenthaltsraum und ihre Gesichter leuchteten vor Freude. Auch wenn Evan bis jetzt stark geblieben war, konnte er die Tränen nunmehr nicht länger zurückhalten. Er würde alles dafür geben, dass sein Vater schnell wieder auf die Beine kam. Erst jetzt fiel ihm auf, dass er während des unerwarteten Anrufs seiner Mutter nicht einmal imstande gewesen war, sie nach Einzelheiten zu fragen – vermutlich, weil er es einfach nicht wahrhaben wollte. Simon Wayne war schließlich ein Mann, der mit Herz und Verstand ein Millionenimperium führte und den nichts umhaute –, und solche Männer waren in New York rar gesät, erinnerte er sich erneut an Josephs damalige Worte.

Evan klappte das Album wieder zu und legte es in den Koffer. Die nächsten Seiten ließ er geflissentlich aus, denn bei seiner Heimkehr ging es nicht um Brianna. Wahrscheinlich war sie auch schon längst fort. Er konnte sich nicht vorstellen, dass sie immer noch in einer der winzigen Kellerwohnungen im Personalbereich lebte, in die kaum Tageslicht kam. Erst recht nicht, nachdem sie ihm offen gesagt hatte, was sie von der Entscheidung seiner Mutter hielt, und sich danach nicht mehr bei ihm gemeldet hatte.

Vermutlich war sie inzwischen längst verheiratet. Evan schnitt eine Grimasse, denn die Tatsache, dass sich seine Gedanken seit dem Morgen ständig um seine erste große Liebe drehten, ärgerte ihn. Zu viel Zeit allein mit seinen Gedanken tat ihm eindeutig nicht gut. Wie praktisch, dass er sich gleich mit einem Bewerber für die Stelle des neuen Sous Chef treffen würde. Ein kreatives Genie, wie seine Assistentin ihn genannt hatte. Okay, es war ihr Cousin zweiten Grades, was sollte sie auch sonst sagen?

Evan schnappte sich sein Jackett, das er achtlos aufs Bett geschmissen hatte, und zog es über sein Businesshemd. Seit er CEO des *Balzac* war, trug er fast täglich Kleidung einer bestimmten italienischen Marke am Körper. Die Anzüge waren nicht nur bequem, sondern saßen auch wie angegossen, sodass er sich den persönlichen Gang zum Herrenausstatter sparen konnte. Wie sehr hatte er es als kleiner Junge und später als Teenager gehasst, wenn der hauseigene Schneider des Juwels sein Maßband gezückt hatte ... Er wollte sich lieber nicht an das stundenlange Strammstehen auf einem Hocker und die darauffolgenden Anproben erinnern. Glücklicherweise konnte er mittlerweile selbst darüber entscheiden, ob er einen seriösen und respektablen Eindruck machte. Und das war in seinem dunklen italienischen Anzug zweifelsohne der Fall. Seine Freunde hatten ihn im Scherz sogar schon gefragt, ob er nicht als Mr. Millionaire auf der nächsten Fashion Week in Paris mitlaufen wollte.

„Armani", krächzte Jean-Luc, als Evan zurück ins Wohnzimmer kam.

„Ja, ich hab's kapiert", erwiderte er unbeeindruckt und rollte mit den Augen. Evan hätte seinen Freund erwürgen können, dem es während einer seiner Geschäftsreisen gelungen war, seinem Haustier dieses Wort einzubläuen. Seitdem hörte er es jeden Tag, genau genommen jedes Mal, wenn er sich sein Jackett überzog. Wenn sich der Graupapagei einmal nicht meldete, wusste Evan, dass er etwas vergessen hatte.

„Bis später, Jean-Luc."

„Armani!", kam es prompt zurück.

Evan schnappte sich seine lederne Dokumentenmappe und sein Handy und verließ schließlich mit einem amüsierten Kopfschütteln das luxuriöse Appartement.

***

„Bonsoir, Monsieur Wayne", begrüßte ihn einer der Kellner sichtlich überrascht, als er wenige Minuten später das Restaurant im Erdgeschoss betrat. „Sie haben noch einen Geschäftstermin?"

„Guten Abend, Pierre. Ja, da ich morgen kurzfristig verreisen muss."

Der ältere Herr nickte, und Evan hätte seine rechte Hand darauf verwettet, dass seine Angestellten bereits von seiner bevorstehenden Reise wussten. Warum sollte es hier auch anders sein als im Juwel? Er war damals hautnah dabei gewesen, wenn sich die Zimmermädchen und Portiers über die neuesten Skandale ausgetauscht hatten. Zwar immer verhalten, aber als kleiner Junge war er oft unentdeckt geblieben und hatte seine feinen Antennen überall ausgefahren. Besonders über die schlüpfrigen Themen hatte er sich mehr als amüsiert.

„Dann wünsche ich Ihnen trotz allem eine angenehme Reise", kam es vom Kellner zurück und sein mitfühlender Blick verriet ihm, dass er bereits bestens Bescheid wusste.

„Danke, Pierre."

Evan nahm an einem der hinteren Tische Platz und lauschte für einige Momente dem Klavierspiel. Es war eine Darbietung von *White Christmas*. Gerade laut genug, um die Unterhaltungen der Gäste nicht zu stören. Dazu mischten sich Geschirrgeklapper und gelegentlich das Zischen der Espressomaschine. Selbst von hier aus hatte man einen Blick auf den Eiffelturm, auch wenn es nur das obere Drittel der Spitze war. Ein Anblick, der Evan nicht weiter faszinierte, im Gegensatz zum deckenhohen Weihnachtsbaum neben der kleinen Bühne. Wie in den zwei Jahren zuvor hatte man die kristallenen Kugeln und Zapfen aufgehängt, die auch die imposante Tanne in der Lobby des Juwels schmückten. Evan wusste bis heute nicht, wer es gewagt hatte, ein Dutzend der limitierten Schmuckstücke zu entwenden, um sie ihm einfach nach Paris zu schicken.

Sein Dad war es jedenfalls nicht gewesen. Und Brianna? Evan lachte sarkastisch auf. Die hatte ihm ja nicht einmal zurückgeschrieben.

2

Brianna

Brianna zog sich ihren knielangen Daunenmantel über und schlüpfte eilig in ihre Lammfellboots. Schon wieder hatte sie eine der Szenen aus *Velvet* derart gefangen genommen, dass sie völlig die Zeit vergaß. Nur dass sie im Gegensatz zu Edna, die ihr die Serie mit einem verheißungsvollen Blick empfohlen hatte, arbeiten musste. Die pensionierte Köchin war mit dem Liebesdrama um Ana, eine bescheidene Näherin, und Alberto, Erbe eines exklusiven Modehauses in Madrid, längst durch. Brianna dagegen kam nur am Abend vor ihrer Schicht dazu, die Geschichte zwischen den beiden weiter zu verfolgen. Am liebsten mit einem Becher Kaffee, um wach zu werden, denn ihr Arbeitstag begann zu einer Zeit, in der die halbe Stadt schon schlief.

Doch ihr Leben stand ohnehin auf dem Kopf. Ob mit nächtlichem Kaffee oder ohne. Sie hatte die beziehungsunfreundlichsten Arbeitszeiten, die man sich nur vorstellen konnte. Aber wer brauchte schon eine Beziehung, wenn es Netflix, Törtchen und Desserts gab?

Brianna schnappte sich ihre Handtasche und verließ die kleine Mietwohnung, die sich in einem Brownstone in der Upper West Side befand. Vorsichtig setzte sie auf der schneebedeckten Treppe einen Fuß vor den anderen, dabei hielt sie sich am gusseisernen Geländer fest. Immerhin war es nicht gefroren, sonst hätte sie bis zum Morgen hier festgeklebt, ohne dass es irgendjemand bemerkt hätte. Okay, nicht ganz. Spätestens gegen ein Uhr hätte sich eine ihrer Kolleginnen gewundert, wo sie steckte, schließlich kam die frisch gebackene Patissière des Juwels nie zu spät – genauso wenig wie ihr Großvater in fünfzig Arbeitsjahren keinen einzigen Tag zu spät gekommen war. Aber Joseph hatte es ja auch nie weit gehabt. Nur den Flur hinunter, immer der Nase nach.

Briannas Mund verzog sich zu einem liebevollen Lächeln, denn der pensionierte Konditormeister lebte noch heute dort, in seiner alten Wohnung im Untergeschoss des Hotels.

Brianna erreichte den Gehweg, auf dem sich ebenfalls wieder Schnee gesammelt hatte – wozu Schnee schaufeln, wenn sie kaum hinterherkamen? –, und stapfte vor zur Central Park West. Im Gegensatz zu ihrem Sträßchen, das fast im Dunkeln lag, leuchtete hier die Weihnachtsbeleuchtung auch nachts. Kein Wunder, die exklusiven Appartementhäuser, die sich hier aneinanderreihten, hatten schließlich ihren Preis. Sie wurden nicht nur rund um die Uhr bewacht, es gab auch einen Wäsche- und Parkservice. Selbst die Türen mussten die Mieter nicht selbst öffnen. Diese Aufgabe übernahm ein uniformierter Doorman, der sich dick eingemummelt unterhalb des Vordachs bereithielt. Es erinnerte an einen Pavillon aus Stoff und überspannte den Gehweg bis zur Straße hin.

Brianna blieb für einen Moment stehen und betrachtete die funkelnden Lichterketten und roten Schleifen, die man am Dach befestigt hatte. Mit einem versonnenen Lächeln setzte sie ihren Weg fort, dann wanderte ihr Blick wie immer verstohlen nach oben zu dem hell erleuchteten Christbaum hinter dem Erkerfenster. Die Zeit schien plötzlich stillzustehen, als dicke Schneeflocken auf sie herabschwebten. Es war pure Magie oder wie Edna sagen würde: ein Zeichen des Himmels. Denn auch jetzt hatte Brianna das Gefühl, ihren Eltern ganz nahe zu sein. Eine Reihe solcher Zufälle und der Rückhalt im Juwel hatten ihr in den vergangenen Jahren geholfen, mit ihrem Verlust umzugehen.

Die Geräusche der Nacht drangen gedämpft zu ihr durch, einzig das Knirschen ihrer Stiefel auf Schnee war zu hören. Brianna passierte den Columbus Circle und da sah sie es schon von Weitem: hell erleuchtet und in goldenen Farben verströmte das Juwel seit jeher Luxus und Wärme. Die roten Teppiche, die am Boden auslagen und die Gäste zum Eingang führten, rundeten das Bild perfekt ab. Ebenso die Portiers mit ihren Zylindern und unverkennbaren Uniformen. Sie ähnelten mit ihren roten Jacken und goldenen Kordeln denen des weltbekannten Nussknackers aus Tschaikowskis Ballett.

Briannas Schritte wurden automatisch schneller, denn das Juwel zog sie wie schon als Kind magisch an. Es war der Zauber der weiten Welt, die Gäste, die hier ein und aus gingen, aber vor allem die Menschen, die hier arbeiteten. Es war, als würde sie heimkehren, was sie ja in gewisser Weise auch tat.

„Brianna, wir dachten schon, du hast verschlafen“, sagte der junge Portier gut gelaunt, als sie vor den Eingangsbereich trat.

„Ich doch nicht, Lucas. Ich konnte mich nur nicht von *Velvet* losreißen. Und tagsüber habe ich keine Zeit zum Fernsehen, da schlafe ich.“

Lucas schüttelte amüsiert den Kopf und Brianna wusste, dass er sie verstand. Ihm ging es während des Superbowls ähnlich. Wie gut, dass es während dieser Zeit im Pausenraum einen großen Fernseher gab, damit sich die sportbegeisterten Kollegen in ihren Pausen informieren konnten. Simon Wayne hatte diese Tradition eingeführt, denn egal ob Football, Baseball oder Fußball, in den USA oder auf der ganzen Welt ... im Juwel gab es immer irgendeinen Fan, der hinter seinem Team stand. Als Kind war sie oft dabei gewesen und hatte die *Giants* lautstark unterstützt.

Heute jedoch konnte Brianna mit Bällen nichts mehr anfangen, außer sie waren aus fluffigem Gebäck oder steckten als Kugel auf einem Popsicle Stick. Am besten mit ganz viel Creme und Kokosraspeln umhüllt. So wie ihr aktuelles Meisterstück, das sie für den diesjährigen Winterball kreierte. Dana Carter hatte sie auf die Idee mit der selbst gemachten Kokoscreme gebracht. Die Dame gehörte nach wie vor zu den illustren Gästen des Juwels und besuchte mit ihrem zweiten Ehemann oft und gern das hauseigene Café im Erdgeschoss.

Als Brianna nun die Lobby passierte, weckten der Gedanke an Mrs. Carter und der Anblick des Christbaums schlagartig Erinnerungen an einen ganz bestimmten Abend vor vielen Jahren. Auch an diesem Tag hatte es so sehr geschneit, dass viele der Gäste sehr spät zum beliebtesten Ball des Jahres eingetroffen waren. Warum erinnerte sie sich ausgerechnet jetzt an diesen einschneidenden Tag in ihrem Leben? Der Tag, an dem Evan sie zum ersten Mal geküsst hatte. Ein Kribbeln durchfuhr ihren Körper, denn erst jetzt wurde ihr bewusst, dass seitdem genau zehn Jahre vergangen waren.

Zum Glück war Evan in letzter Sekunde zur Vernunft gekommen und sie hatten sich wie immer auf der Empore versteckt, um von dort aus alles zu verfolgen. Auch wenn Brianna nichts lieber getan hätte, als an einem der festlich gedeckten Tische zu sitzen, so gab es etwas, was ihr noch wichtiger war – ihren Grandpa nicht zu enttäuschen.

Heute brauchte sie sich nicht mehr zu verstecken. Im Gegenteil, sie hatte das Kommando in der Konditorei und trug die alleinige Verantwortung, dass sämtliche Kreationen in einem einwandfreien Zustand das Untergeschoss verließen. Dazu musste sie sich regelmäßig selbst einen Überblick während der Veranstaltungen verschaffen. Doch irgendetwas fehlte ... es war diese verbotene Vorfreude, die sie damals schon Tage vor dem eigentlichen Event verspürt hatte. Die allgemeine Geschäftigkeit und Magie, die in der Luft lag ... und Evans Freundschaft. Obwohl sie es niemals zugegeben hätte, war er derjenige gewesen, der jedes dieser Ereignisse zu etwas Besonderem gemacht hatte.

Brianna zog sich die Pudelmütze vom Kopf und nahm die Treppe, die direkt ins Untergeschoss führte. Da erst fiel ihr auf, dass sie mal wieder den Haupteingang benutzt hatte. Nicht dass es generell verboten war, dass die Angestellten denselben Eingang wie die Gäste wählten, aber es war schon fast ein unausgesprochenes Gesetz, die Seitenstraße zu nehmen, wenn man zum Dienst erschien. Was war heute nur mit ihr los? Erst ihr Fast-Zu-Spät-Kommen, dann die Erinnerungen an Evan und jetzt dieser Auftritt. Zum Glück hatte Hector nicht wieder wie ein Aasgeier vor der Rezeption gelauert. Je älter der Concierge wurde, desto mehr erinnerte er sie an den übereifrigen Pagen aus *Kevin – Allein in New York*. Nur dass ihm bis jetzt nie ein kleiner blonder Junge eine ordentliche Abreibung verpasst hatte – leider.

Brianna lief weiter und passierte die Tür, die das Treppenhaus vom Souterrain trennte. Ihre Verwirrtheit konnte nur an den schrecklichen Nachrichten liegen, die ihr in ihrer letzten Nachtschicht durch Zufall zu Ohren gekommen waren. Mister Wayne hatte während eines Meetings einen Schlaganfall erlitten. Die Tränen, die ihr plötzlich in die Augen schossen, bestätigten ihren Kummer.

Sie war heute Morgen einfach zu müde gewesen, um weiter darüber nachzudenken, doch jetzt wurde ihr die Tragweite all dessen erst richtig bewusst. Wer würde das Hotel leiten, wenn Simon – sie durfte ihn so nennen – für mehrere Wochen ausfiel? Oder sogar für immer? Brianna mochte sich gar nicht vorstellen, dass er nie wieder zu ihnen herunterkäme, um mit ihnen zu scherzen und um sich Feedback einzuholen.

Brianna erreichte die Wohnung ihres Grandpas, klopfte an und schloss dann kurzerhand mit ihrem eigenen Schlüssel auf.

Auch wenn es nach Mitternacht war, wusste sie, dass er es ihr übel nehmen würde, wenn sie ihm nicht wenigstens Hallo sagte.

Ein liebevolles Lächeln huschte über ihr Gesicht, denn wie zu erwarten, war Joseph in seinem Lesesessel über einem Buch eingenickt. Ein Gefühl der Geborgenheit durchströmte Brianna, als sie sich in dem kleinen Raum umsah, in dem sich seit ihrer Kindheit nichts geändert hatte. Sogar der Geruch war derselbe. Selbst hier duftete es immerzu nach Backstube und Zimt. Und es waren dieselben praktischen Möbel, an denen der alte Herr so hing. Offensichtlich konnte er sich auch nicht von der alten Decke trennen, die jetzt über seinen Beinen lag und die Evan und sie früher immer mit zu ihren Streifzügen durchs Hotel mitgenommen hatten, um zu picknicken.

Ein leises Schmatzen holte sie ins Jahr 2023 zurück und sie sah, wie ihr Großvater müde die Augen aufschlug.

„Ist es schon so spät?" Er sah sich verwirrt um.

„Ja, Grandpa, und höchste Zeit für dich, ins Bett zu gehen", antwortete Brianna wie jeden Abend.

Joseph rappelte sich langsam auf und fuhr sich mit den schwieligen Händen übers Gesicht. „Und du willst wirklich nicht, dass ich euch wenigstens die ersten beiden Stunden in der Konditorei unterstütze?"

„Du bist im Ruhestand, schon vergessen?" Brianna schüttelte schmunzelnd den Kopf. Auch wenn sich Josephs Körper trotz der arbeitsreichen Nachtschichten längst an den neuen Schlafrhythmus gewöhnt hatte, wusste sie, dass er in der Lage war, kurzfristig einzuspringen, wenn Not am Mann wäre.

Erst vor einigen Wochen hatte er sich wie eh und je seine Schürze umgebunden und mitgeholfen, weil einer der jungen Konditoren plötzlich ausgefallen war.

„Ich komme nach meiner Schicht vorbei, und dann frühstücken wir. Bis dahin will ich dich nicht da draußen sehen." Sie wollte es nur noch einmal gesagt haben, denn heute wirkte der ehemalige Konditormeister sehr mitgenommen. Vermutlich saß ihm die Angst um seinen langjährigen Freund und Arbeitgeber ebenfalls in den Knochen.

Joseph schnitt eine Grimasse und stand ächzend auf.

„Grandpa, Simon wird schon wieder", fügte sie mit einem aufmunternden Lächeln hinzu und hoffte, dass sie recht behielt.

***

Wenige Augenblicke später verabschiedete sie sich und machte sich auf den Weg zur Konditorei. Ihr Team, das aus dreißig Personen und zwanzig verschiedenen Nationalitäten bestand, war vollzählig und bereit, loszulegen. Brianna befreite sich von ihrer Jacke, den Schuhen und ihrer Tasche und hängte alles in den Spind, der sich in einem abgetrennten Bereich befand. Früher hatte sie ihn nicht gebraucht, als sie ebenfalls hier gewohnt hatte. Inzwischen aber hortete sie darin mehrere Hosen und T-Shirts und auch einen kleinen Kosmetikbeutel, um sich frisch zu machen, falls sie während der Arbeitszeit nach oben musste.

Sie schlüpfte in ihre Crocs, band sich die Schürze um und setzte sich anschließend die Bäckermütze auf, ehe sie nach nebenan lief, um einen ersten Blick auf die Tafel zu werfen.

Natürlich stand der heutige Arbeitsplan schon seit Anfang der Woche fest, und bis auf einige Kleinigkeiten und Sonderbestellungen, die sich tagsüber ergaben, wusste sie bereits, welche Aufgaben in den nächsten Stunden auf sie zukamen.

Selbst die Reihenfolge zur Herstellung der Teige war genaustens geregelt. Ob süßer Hefeteig, Blätterteig, Biskuit, Mürbe- oder Rührteig, jeder im Team wusste genau Bescheid, was zu tun war.

Doch am meisten freute sich Brianna auf das Füllen und Dekorieren der Torten und feineren Gebäckstücke wie Macarons und Cupcakes. Hier konnte sie ihrer Kreativität freien Lauf lassen und kleine Kunstwerke erschaffen.

Sie entdeckte einen handgeschriebenen Zettel – der war neu – und augenblicklich verzog sich ihr Mund zu einem Lächeln. Es handelte sich dabei um eine besondere Bestellung, die Mrs. Wayne höchstpersönlich aufgegeben hatte. Biskuittörtchen mit Zitronenfüllung, die ihr Mann so sehr liebte. Wenn sie ihren Teil zu seiner Genesung beitragen konnte, dann würde sie gleich die doppelte Menge davon zubereiten.

Mit einem zufriedenen Lächeln verfolgte sie anschließend, wie zwei ihrer Mitarbeiter bereits die große Knetmaschine befüllten, und Nat, ein junger Konditor aus Toronto, der erst seit Kurzem im Juwel arbeitete, den Inhalt des riesigen Kühlschranks inspizierte. Darin lagerten gut einhundert Liter Sahne, frische Eier und Früchte, die man zur Dekoration oder als Füllung benötigte. Nat war für die Herstellung der Desserts zuständig, die geschmacklich perfekt auf ihre Gebäckstücke abgestimmt waren und auch optisch mit ihnen harmonierten. Sie liebte die Zusammenarbeit mit den verschiedensten Chefs aus der Küche und der Konditorei und es war immer wieder eine Freude, die fertigen Kreationen später alle vereint auf einer der Etageren im Café zu bewundern. Aber es waren nicht nur Briannas Mürbeteigtörtchen mit Himbeeren und Nats Caramel Flan, die die Gäste zum Nachmittagstee ins Juwel lockten, sondern auch Emmas Mousse au Chocolat oder ihre außergewöhnlichen Pralinen.

Die Schweizerin war eine Koryphäe auf ihrem Gebiet und betrat in diesem Moment die Konditorei. Sie hatte bei den besten Chocolatiers in Paris und Brüssel gelernt und ein Händchen dafür, wenn es um die Festigkeit einer Ganache oder den Kakaoanteil in Briannas Torten ging. Außerdem war sie die Erfinderin der sogenannten Wayneschen Trüffel-Praline, die man letztes Jahr kurz vor Weihnachten im Hotel vorgestellt hatte. Inzwischen gab es sie sogar im Hotelshop zu kaufen. Jede Schokokugel mit einem verschnörkelten *W* aus Blattgold versehen, das weltbekannte Monogramm der Hoteldynastie. Aus den Resten der Schokolade, die zu schade für den Ausguss waren, bereitete Emma ihnen oft eine Tasse heiße Schokolade zu. Und an diesen Tagen spürten sie alle, von der Wäscherin bis zum Concierge, den Luxus, der sie tagein tagaus umgab.

Brianna gab Emma und Nat ein Zeichen, dass sie gleich so weit war, und klappte den Laptop auf, um kurz die Bestellliste zu checken. Orangen. Sie musste den Einkäufer noch fragen, ob sie morgen auch ganz sicher mit ihrer Bestellung rechnen konnte. Ein Obsthändler aus Hell's Kitchen war ihr Mann, wenn es um die Beschaffung der saftigen Orangen aus Valencia ging. Soweit sie wusste, kamen diese jede Woche frisch im New Yorker Hafen an. Und etwas anderes als Lombardis Obst kam ihr nicht in die Konditorei. Schon in ihrer Kindheit hatte ihr Grandpa ihr eingetrichtert, dass an der Qualität der Zutaten alles hing. Umso wichtiger war es da, nichts dem Zufall zu überlassen, denn nicht nur sie benötigte die orangenen Früchtchen zur Dekoration einer gefüllten Spekulatiustorte – auch der Konditor und die Chocolatiere wollten etwas davon abhaben. Nats fruchtiges Parfait und die Orangenzesten auf Emmas weißen Pralinen würden wieder perfekt mit ihrer Torte harmonieren.

Brianna klappte den Laptop zu, denn alles war vorhanden. Jetzt konnte sie sich endlich ihrer Lieblingsbeschäftigung widmen – dem Backen – das neben ihren administrativen Aufgaben wie den Bestellungen und der Produktions- und Personalplanung leider oft viel zu kurz kam. Aber sie hatte es ja so gewollt. Sie hatte für ihren Traum gekämpft und war zur ersten Chef-Patissière aufgestiegen. Ihr Grandpa hatte bei ihrer Ehrung vor der Konditoren-Innung Rotz und Wasser geheult, und auch Edna und Mr. Wayne höchstpersönlich waren dabei gewesen, als man ihr die Urkunde mit Auszeichnung überreicht hatte.

Ihr Blick wanderte zur Wand neben dem Sprossenfenster, an der bereits zahlreiche Auszeichnungen der bisherigen Bäcker und Konditoren ausgestellt waren. Zum Teil leicht vergilbt und mit altmodischer Schrift –

weswegen ihre Urkunde sofort aus der Menge herausstach. Was nicht zuletzt an dem schicken Bilderrahmen lag, den ihr Grandpa eigens dafür besorgt hatte. Was hatte er vor einem Jahr für ein Aufheben veranstaltet. Als handelte es sich um die Freilegung eines Sterns am Walk of Fame. An diesem Tag hatte sie sich geschworen – mehr als zuvor –, dass sie ihn niemals enttäuschen würde. Genauso wie sie sich selbst das Versprechen abgerungen hatte, Hector mit Höflichkeit und Respekt zu begegnen. Mittlerweile war er nicht mehr so schlimm wie damals, aber sie traute dem rabenartigen Concierge bis heute nicht über den Weg. Und von einem freundschaftlichen, kollegialen Miteinander waren sie meilenweit entfernt – wahrscheinlich weil er in ihr immer noch die Enkelin des alten Konditors sah, die sich von ihm nie hatte einschüchtern lassen.

3

Evan

Evan passierte die riesige Ankunftshalle des JFK, und mit jedem weiteren Schritt Richtung Glasfassade, die ihn von den Taxis und der Stadt trennte, wurde ihm schwerer ums Herz. Er war wieder hier … und dann ausgerechnet zur Weihnachtszeit. In der Stadt, in der er geboren und aufgewachsen war.

Starker Schneefall hatte eingesetzt und er konnte nur erahnen, was sich auf der Straße vor der Ankunftshalle abspielte. Die kleinen Fahrzeuge vom Räumdienst fuhren mit ihren blinkenden Lichtern hin und her, wie zuvor auch auf der Landebahn, und Evan war mehr als erleichtert, dass er endlich wieder festen Boden unter den Füßen hatte. Ihre Maschine war eine der Letzten gewesen, die eine Starterlaubnis erhalten hatte, bevor man sämtliche Flüge ab Paris vorsorglich gecancelt hatte.

Er erreichte den Ausgang und winkte das nächste Taxi heran. Ein Mann mittleren Alters stieg aus, schnappte sich Evans Koffer und lud ihn in den Kofferraum, während Evan auf dem Rücksitz Platz nahm. Wie immer hatte er seine Umhängetasche dabei, die er nun neben sich auf dem Sitz ablegte. Auch wenn er hier in New York sicher alle Hände voll zu tun hätte, konnte er die Leitung des *Balzac* nicht gänzlich seinem Direktor überlassen. Vor allem nicht die Meetings mit den Investoren. Evan warf einen Blick auf die Uhr. Bereits in vier Stunden startete die erste Videokonferenz, die er auf keinen Fall verpassen durfte.

Nachdem Evan dem Fahrer sein Ziel genannt hatte, verließen sie das weitläufige Areal des Flughafens und steuerten auf die Weltmetropole zu.

Beim Anblick der Skyline, der sie sich nun näherten, schnürte es Evan die Kehle zu. Wie hatte er sich nur einreden können, dass Paris so viel schöner war?

In der Ferne erkannte er die Spitze des Chrysler Buildings, die sich schwach vom verschneiten Himmel abhob. Er hatte dieses Gebäude schon geliebt, als er noch ein kleiner Junge gewesen war. Und auch jetzt zog ihn der Wolkenkratzer im Art-déco-Stil mit seiner pyramidenförmigen Turmkrone und den Verzierungen an der Fassade, die Adlerköpfen und Wasserspeiern nachempfunden waren, wie magisch an.

Sofort musste er an den Kampf zwischen Spiderman und dem Grünen Kobold denken, die sich in einem der Filme auf dem schlossähnlichen Dach des nahe gelegenen Windsor Towers bekämpft hatten.

Sie erreichten den Queens Midtown Tunnel, der unter dem East River hindurchführte und die Stadtteile Queens und Manhattan miteinander verband. Für einige Minuten deutete nichts auf das Schneegestöber hin, das weit über ihnen tobte. Doch kaum, dass sie die Oberfläche und Midtown erreichten, fühlte sich Evan wie in einer anderen Welt.

Es hätte nicht mehr viel gefehlt und er hätte vor Staunen die Scheibe heruntergelassen. Er fühlte sich fast ein bisschen wie der kleine Kevin, der ins vorweihnachtliche New York kam.

Evan nahm jedes winzige Detail in sich auf, als würde er seinen Geburtsort heute zum ersten Mal sehen. Im Schritttempo tuckerten sie weiter über die 5th Avenue, auf der sich einige der bekanntesten Attraktionen aneinanderreihten.

Die St. Patrick's Cathedral, Geschäfte namhafter Designer und natürlich der weltbekannte Juwelier *Tiffany & Co.* Evan wandte den Kopf erwartungsvoll nach links und erhaschte vom Taxi aus einen kurzen Blick auf das Rockefeller Center und den geschmückten Weihnachtsbaum. Überall wimmelte es von Passanten, trotz des Schneefalls und der klirrenden Kälte. Das Taxi passierte den Trump Tower und das Gebäude, in dem sich einst New Yorks bekanntester Spielzeugladen befunden hatte – das *FAO Schwarz*. Ein wahres Kinderparadies, das sofort Erinnerungen an ferngesteuerte Autos und Spielkonsolen in Evan weckte. Er musste zugeben, dass es ihm damals an keinerlei Schnickschnack gefehlt hatte. Außer an wahren Freunden, die er an der Privatschule in Morningside Heights – bis auf Brad – vergeblich gesucht hatte. Und dann war plötzlich Brianna in sein Leben getreten.

Mit einem wehmütigen Lächeln erinnerte er sich an ihre erste Begegnung in der Konditorei. Er hatte sich bei Edna seine tägliche Portion heiße Schokolade abholen wollen, und da hatte sie gesessen, auf seiner Eckbank. Ziemlich scheu und verloren, weil sie nicht verstanden hatte, warum sie auf einmal bei ihrem Grandpa leben sollte.

Von diesem Tag an hatten sie keinen einzigen ohne einander verbracht. Bis er New York verlassen hatte, um in Paris seine Ausbildung anzutreten.

Die Stimme des Fahrers holte Evan aus seinen Erinnerungen. Sie hatten ihr Ziel erreicht, er war endlich wieder daheim. Auch wenn es ihm peinlich war und er hoffte, dass der Fahrer es nicht bemerkte, füllten sich seine Augen mit Tränen, als er nun einen ersten Blick auf das Imperium seiner Eltern warf.

Ihm schien, als wäre die Zeit stehen geblieben, denn bis auf die riesigen Tannenkränze, die über dem Eingang prangten, hatte sich kaum etwas verändert.

Er bezahlte, stieg aus und schnappte sich seinen Koffer, den der Fahrer auf dem roten Teppich abgestellt hatte. Er konnte nicht sagen, wie lange er vor der messingfarbenen Drehtür gestanden hatte, bis er schließlich einen Fuß vor den anderen setzte und das Hotel am Central Park betrat.

Ob man mich überhaupt noch erkennt?, schoss es Evan amüsiert durch den Kopf. Sofort wurde er von einem der Concierges begrüßt, der sich nach einem kurzen Blick auf den Neuankömmling überrascht die Hand auf den Mund schlug.

„Mr. Evan Wayne?"

Evan runzelte die Stirn, dann erkannte er endlich den Mann, der in den letzten Jahren deutlich gealtert war.

„Winston! Ich freue mich, Sie wiederzusehen." Für einen Moment vergaß Evan, dass er als alleiniger Erbe auf einen gewissen Verhaltenskodex achten musste, und schloss den Mann im Frack herzlich in seine Arme. Wenn er sich recht erinnerte, hatte Edna damals einen Narren an dem britischen Concierge gefressen. Er war also einer von den Guten, wie Brianna und er diejenigen Angestellten des Hotels nannten, die sie nicht verpetzt und Spaß verstanden hatten. Bis auf eine Handvoll waren sie in der Überzahl gewesen.

„Ich bin so froh, dass Sie gekommen sind." Der Mann schnitt eine bedauernswerte Grimasse. „Wir sind alle untröstlich. Es ist schlimm, was mit Ihrem Vater geschehen ist."

Evan nickte nur, denn er wusste nicht genau, was ihn erwartete. War sein Vater womöglich zum Pflegefall geworden? Sein Puls begann zu rasen, denn er hatte den Gedanken bis jetzt weit von sich geschoben.

„Ich nehme an, dass meine Eltern oben sind?", fragte Evan etwas stumpfsinnig. Seine Mutter hatte zumindest nichts von einem Krankenhaus erwähnt, und er war sich sicher, dass sie keine Kosten und Mühen gescheut hätte, um ihrem Mann selbst im Hotel ein voll ausgestattetes Krankenzimmer samt Ärzten und Pflegern einzurichten.

„Jawohl, Mr. Wayne. Dort fühlt sich Ihr Vater am wohlsten."

Evan schenkte Winston ein freundliches Lächeln, ehe er den Griff seines Trolleys umfasste und sich gedankenverloren auf den Weg zum Aufzug machte. Dabei entgingen ihm die Blicke der Angestellten, die den verlorenen Sohn des Juwels mit einer Mischung aus Faszination und Mitleid betrachteten.

Zum Glück kannte ihn der Liftboy nicht, denn Evan wollte nur eins: so schnell wie möglich ins oberste Stockwerk, um seinen Dad endlich in die Arme zu schließen. Er verließ den Aufzug über die achtzehnte Etage und wechselte in den Privataufzug, der sich nur per Fingerscan öffnen ließ. Das überraschte Luftschnappen des Liftboys, der bis an den Rand seiner Mütze rot anlief, brachte ihn zum Schmunzeln.

Es war immer wieder interessant zu beobachten, wie unterschiedlich die Menschen auf ihn reagierten. Selbst in Paris war das Juwel bekannt und Evan verzichtete oft darauf, seinen richtigen Namen zu verwenden, wenn es nicht unbedingt sein musste. Eine Zeit lang, während seiner Ausbildung am Internat, hatte er sich sogar ein Pseudonym zugelegt, um nicht aufzufallen. Er wollte keine Sonderbehandlung, nur weil er Evan Wayne und alleiniger Erbe des weltbekannten Juwels war. Es hatte ihn einen ganzen Nachmittag gekostet, die goldenen Lettern an seinen Koffern und Reisetaschen abzukratzen, und alles, was mit einem Monogramm versehen war, zu entsorgen. Die Zeiten, in denen er Poloshirts und Pullis mit aufgestickten Buchstaben getragen hatte, waren schon lange vorbei. In Paris war er einfach nur Evan aus New York gewesen. Ein junger Mann, der große Ziele verfolgte und endlich Freunde gefunden hatte, die keinen Wert auf Luxus legten. Unwillkürlich musste er an Jean-Luc denken. Was sein Papagei in diesem Moment wohl wieder ausheckte?

Ein leises Pling signalisierte ihm, dass er das zwanzigste Stockwerk erreicht hatte, und Evan stieg aus. Nun trennte ihn nur noch der sechsstellige Zugangscode vom Appartement seiner Eltern. Evan tippte die ihm vertraute Nummer ein, wie zu erwarten hatte sich diese seit seiner Kindheit nicht verändert. Mit einem

Klick öffnete sich die schwere Panzertür, die mit mehreren Bolzen ausgestattet war, und Evan stand plötzlich mitten im Wohnzimmer seines *Elternhauses*.

Er stellte seinen Koffer und die Umhängetasche ab und sah sich um. Wie sehr hatte er diesen Ausblick vermisst.

Von hier aus hatte man eine unglaubliche Sicht auf den Central Park und die Gebäude auf der Upper West Side mit überwältigender Architektur. Evan erkannte das Dakota, einst John Lennons Bleibe, und das San Remo, ein berühmtes Luxus-Appartementhaus mit zwei majestätischen Türmen. Doch das Juwel, das mit seinen vielen Erkern und den darauf sitzenden Dächern einem Schloss im französischen Renaissance-Stil nachempfunden war, wirkte mindestens genauso imposant.

„Patricia, bist du es?" Auf einmal erklang die Stimme seines Vaters, die aus dem Schlafzimmer seiner Eltern kam. Tränen schossen ihm in die Augen, als wäre ein innerer Wall gebrochen. Mit aller Kraft kämpfte er um seine Beherrschung und gegen die Angst an, seinen Vater schwach und hilflos zu sehen.

Evan räusperte sich, um seine Stimme wiederzufinden, ehe er antwortete. „Ich bin's, Dad ... Evan", fügte er überflüssigerweise hinzu, denn außer seiner Mutter und ihm kamen, soviel er wusste, keine weiteren Personen hier rein. Außer die Putzkolonne, aber es war noch nicht Freitag.

Evan durchschritt eilig das Wohnzimmer, als keine Antwort kam. Hatte es seinem Dad etwa die Sprache verschlagen? Oder wusste er womöglich nicht einmal von seinem Besuch?

Als er das Schlafzimmer betrat, fiel ihm ein großer Stein vom Herzen. Entgegen seiner Befürchtung saß sein Dad aufrecht im Bett und lächelte ihn überrascht an.

„Dad, du hast mir einen Riesenschrecken eingejagt!", presste er hervor, ehe er seinem Vater erleichtert um den Hals fiel.

„Ich freue mich, dich zu sehen, Evan. Aber du kommst extra aus Paris?" Er schüttelte schmunzelnd den Kopf. „Ihr tut ja fast so, als hätte mein letztes Stündlein geschlagen."

„Mom hat mich gestern früh angerufen. Sie war völlig fertig." Evan setzte sich auf die Bettkante und musterte seinen Dad eingehend. „Wie geht es dir wirklich? Bitte sei ehrlich."

„Eine leichte Lähmung, die sich mit der Zeit wieder zurückbilden sollte, aber sonst werde ich keine bleibenden Schäden behalten. Einen Wayne haut so schnell nichts um."

Mit großen Augen verfolgte Evan, wie sein Vater kurz darauf mehrere Akten unter der Bettdecke hervorholte und diese schnell in der Nachttischschublade verschwinden ließ. „Ich dachte schon, deine Mutter wäre zurück."

„Also, ich weiß wirklich nicht, ob das so gut ist. Du solltest dich schonen, Dad. Mit einem Schlaganfall ist nicht zu spaßen."

Evan stand wieder auf.

„Mach dir um mich keine Sorgen", erwiderte der ältere Herr mit einem lapidaren Winken. „Viel wichtiger ist die Frage, wie lange du in New York bleiben kannst?

Wäre es nicht schön, wenn wir alle zusammen Weihnachten feiern?“ Sein Vater sah ihn erwartungsvoll an.

Wie hätte er ihm unter diesen Umständen auch nur einen Wunsch abschlagen können? Evan würde bleiben, solange es nötig war, und dafür sorgen, dass sich sein Vater keine weiteren Akten mehr aufs Zimmer bringen ließ. Von dem Laptop, den er erst jetzt halb versteckt hinter einem Kissen entdeckte, mal ganz zu schweigen. Wie war es dem alten Schlitzohr gelungen, all diese Dinge an den Sicherheitsschleusen vorbeizuschmuggeln, wenn er selbst im Bett lag? Vielleicht lag es am Jetlag oder der Müdigkeit, aber Evan kam beim besten Willen nicht darauf.

„Deine Mom müsste auch bald zurück sein. Sie steckt mal wieder mitten in den Vorbereitungen für den Winterball.“

Der Winterball. Erneut tauchte Brianna vor seinem geistigen Auge auf, nur jetzt mit ihrem Kleid und dem funkelnden Diadem. Verdammt ... seit er gelandet war, stürzten die Erinnerungen an ihre gemeinsame Zeit unvermittelt auf ihn ein.

„Evan, da gibt es noch etwas, was ich dir erzählen sollte.“ Simon Wayne machte eine kurze Pause und sah seinen Sohn abwartend an. „Ich weiß, du wolltest nichts mehr davon hören, und bis jetzt habe ich deinen Wunsch respektiert, aber ...“

Irgendetwas in Simons Stimme verursachte Evan plötzlich ein unangenehmes Kribbeln in der Magengegend.

„Vielleicht nimmst du lieber Platz.“ Der ältere Herr zeigte auf einen großen Polstersessel, der sich direkt vor dem bodentiefen Panoramafenster befand. Evan tat wie geheißen, als ihn eine unheilvolle Vorahnung beschlich.

„Brianna hat das Juwel nie verlassen. Es kann also gut sein, dass ihr euch irgendwo über den Weg lauft."

Evans Herz setzte für einen Schlag aus. Gleichzeitig war da dieses klitzekleine Gefühl von Freude, dass ihre Liebe zum Hotel größer gewesen war, als ihr Groll gegen ihn und seine Abreise.

„Sie arbeitet in der Konditorei?"

„Natürlich in der Konditorei." Simon lachte herzhaft. „Sie ist die neue Chef-Patissière." Der Stolz in seiner Stimme war nicht zu überhören.

Evan stand auf und sah aus dem Fenster. Er musste diese Neuigkeit erst einmal verdauen. Für einige Augenblicke beobachtete er die Schlittschuhläufer am *Wollman Rink*, die dort ihre Kreise zogen. Es hatte etwas Beruhigendes, ihnen dabei zuzusehen, während dicke Schneeflocken hinter der Scheibe hinab schwebten. Wie hatte er nur glauben können, dass sich ihre Wege für immer trennen würden? Es war schon damals ihr Traum gewesen, Konditorin zu werden – allerdings hatte er nicht damit gerechnet, dass sie im Juwel bleiben würde.

Gerade als Evan seinen Dad fragen wollte, warum er ihm nie etwas von Brianna erzählt hatte, fuhr Simon fort. „Ich wollte dich nicht noch mehr aufwühlen, nachdem du mir erzählt hattest, dass ihr keinen Kontakt mehr habt."

Auch wenn die Erklärung seines Vaters logisch klang, fühlte er sich hintergangen. Verdammt, er war kein Teenager mehr, sondern ein erwachsener Mann. Er war durchaus in der Lage, mit seinen Gefühlen umzugehen.

„Simon, ich bin zurück." Die Stimme seiner Mutter, die in diesem Moment die Wohnung betrat, durchschnitt die Stille. Man hörte Absätze auf Parkett, dann betrat Patricia Wayne das Schlafzimmer. Der überraschte und gleichzeitig schockierte Ausdruck auf ihrem Gesicht irritierte ihn.

„Evan! Du bist schon hier?" Keine Umarmung, kein Kuss.

Evan wusste nicht, was er von ihrer Reaktion halten sollte. Sie war es doch gewesen, die ihn erst gestern um Hilfe gebeten hatte. Aber jetzt wirkte sie alles andere als erfreut.

„Wo ist Vivien?" Seine Mutter, die weiterhin in ihrem Pelzmantel steckte, sah sich nervös um.

Erkundigte sie sich gerade allen Ernstes nach seiner Verlobten?

„Nicht hier?", erwiderte Evan mit gedehnter Stimme.

„Aber du kannst nicht alles stehen und liegen lassen. Ihr habt in Paris alle Hände voll zu tun."

„Mom, du hast mich gestern angerufen ... und die Verkostung der Hochzeitstorte kriegt Vivien auch gut allein hin."

Gerade jetzt konnte er sich weitaus Wichtigeres vorstellen, als sich durch verschiedene Biskuitteige und Cremefüllungen zu kosten. Außerdem hatte die Französin das Kommando schon ab dem Moment übernommen, als er ihr auf der Dachterrasse des *Balzac* einen Diamantring an den Finger gesteckt hatte.

„Simon, sag endlich was." Hilfe suchend sah seine Mutter zu ihrem Mann, der in diesem Moment auf dem

Handy herumtippte. Ganz offensichtlich hatte er ihre Ablenkung genutzt, um schnell eine E-Mail zu beantworten.

„Ja, ich finde auch, dass sie das gut allein hinbekommt", erwiderte ihr Mann gedankenverloren. „Frauen wollen dabei keine Einmischung."

Sie schenkte ihm einen missbilligenden Blick, ehe sie sich wieder an ihren Sohn wandte. „Die Wohnung im zehnten Stock ist gerade frei. Wir werden dich dort unterbringen, solange du hier bist."

„Okay, dann schnapp ich mir gleich mal meinen Koffer und richte mich ein", entgegnete Evan so neutral wie möglich, auch wenn es inzwischen in ihm brodelte. Was bildete sich seine Mutter nur ein? Zwar war sie schon immer versnobt gewesen, doch diese Seite an ihr war ihm neu. Wäre er nicht wegen seines Vaters angereist, hätte er am liebsten auf dem Absatz kehrtgemacht. Aber so schnell ließ er sich nicht abspeisen, immerhin ging es hier um die Gesundheit seines Dads.

Mit den Worten „Dann sehen wir uns später zum Abendessen", verließ Evan das Schlafzimmer und schnappte sich sein Gepäck. Schon wieder betrat er den Aufzug, wo ihn der Liftboy nun noch zuvorkommender behandelte als zuvor, und fuhr bis zur Hälfte des Wolkenkratzers hinab, wo sich weitere private Räumlichkeiten der Waynes befanden. Appartements, die nur für persönliche Gäste der Familie reserviert waren. Geschäftsfreunde oder Bekannte. So weit war es also nun gekommen, dass er sich in seinem einstigen Zuhause, in dem er jeden Winkel besser kannte als irgendwer sonst, wie ein Fremder fühlte.

4

Patricia

Ihr schlimmster Albtraum war eingetreten. Evan war zurück im Juwel. Nicht dass sie sich nicht über das Wiedersehen mit ihrem Sohn freute, aber sein Auftauchen so kurz vor seiner Hochzeit war ein ernstes Problem. Mit zitternden Fingern öffnete sie die Schublade ihres Sekretärs und nahm ein Bündel alter Briefe heraus. Sie waren unverkennbar das Werk einer jungen Frau, die Umschläge verziert und leicht parfümiert. Patricia legte sie auf der Platte ab und öffnete die zweite Schublade des Sekretärs. Zum Vorschein kam ein zweites Bündel – unscheinbar und neutral – die Werke ihres Sohnes.

Die Frau lachte auf. Nun hatte sie die Vergangenheit doch noch eingeholt. Was war ihr denn anderes übrig geblieben, als die Briefe direkt an der Poststelle abzufangen? Okay, nicht sie hatte sie abgefangen, Hector hatte seine Augen und Ohren überall gehabt. Und geöffnet hatte sie sie auch nicht ... schließlich ging sie fremde Korrespondenz nichts an. Trotzdem konnte sie sich denken, was sich die Teenager für schmalzige Briefe geschrieben hatten.

Patricia legte das zweite Bündel ab, dabei schüttelte sie verärgert den Kopf. Das Mädchen war ihr schon von

Anfang an ein Dorn im Auge gewesen. Und sie hatte Recht behalten, Brianna hatte ihrem kleinen Evan innerhalb kürzester Zeit den Kopf verdreht. Da Simon und der alte Konditor eine langjährige Freundschaft pflegten, war sie jedoch machtlos gewesen. Ihr Mann hätte die beiden niemals vor die Tür gesetzt.

Ihr Blick wanderte zum Fenster, der Schnee im Park und die weihnachtlichen Dekorationen auf den Straßen ließen sie allerdings kalt. Sie war gegen den Zauber der Weihnacht völlig immun. Um die Köstlichkeiten aus der Konditorei und den Weihnachtsbaum im Foyer machte sie einen großen Bogen. Die Backwaren strotzten nur so vor Weißmehl und Fett, und die riesige Nordmanntanne beherbergte garantiert eine Million Ungeziefer. Allein der Gedanke daran ließ ihren ganzen Körper jucken, aber Simon wollte ja keinen künstlichen Baum.

Einzig der Winterball im großen Saal war eine Festivität, auf die sie sich das ganze Jahr über freute. Alle Menschen, die in New York und an der Ostküste einen Rang und Namen hatten, kamen zu diesem Event. Senatoren, Unternehmer, Bänker und nicht zu vergessen die Charity Ladys, die sich liebend gern um die Armen kümmerten. Sie hatte für so etwas keine Zeit, und wenn andere ihren Spaß daran hatten, dann würde sie sich nicht vordrängeln.

Ein Klopfen an der Tür ließ sie herumfahren.

„Einen Moment bitte." Eilig packte Patricia die Bündel wieder in die Schubladen und schloss mit dem Schlüssel ab. Diesen ließ sie in ihrer Handtasche verschwinden.

„Hector!" Mit einem erleichterten Lächeln atmete sie auf.

„Mrs. Wayne. Ich bin sofort hergekommen, als ich es erfahren habe." Entgegen seiner üblichen Natur wirkte der hagere Concierge heute ziemlich nervös. „Evan ist hier?"

„Ja, und es ist meine Schuld." Patricia hob hilflos die Arme. „In meiner Sorge um Simon habe ich die kleine Bäckerin für einen kurzen Moment tatsächlich vergessen."

„Und Evan weiß schon Bescheid? Ich meine, dass Brianna mittlerweile unsere neue Chef-Patissière ist."

„Ja, Simon hat ihn gestern eingeweiht. Ich konnte etwas Zeit schinden – wir haben gemeinsam zu Abend gegessen und anschließend ist Evan todmüde ins Bett gefallen – aber lange wird sich ein Aufeinandertreffen nicht mehr vermeiden lassen."

„Und er hat wirklich vor, zu bleiben? Ich meine, die Hochzeit mit Vivien steht kurz bevor, was ist, wenn es zu …", der Mann machte eine bedeutungsvolle Pause, „zu Komplikationen kommt?"

„Ich lasse mir was einfallen, keine Sorge."

Sie würde ihren Sohn einfach mit Arbeit überschütten, deswegen war er doch hier. So hätte er gar keine Zeit für sentimentale Erinnerungen. Ein diabolisches Lächeln breitete sich auf Patricias Gesicht aus, als ihr plötzlich eine Idee kam. Sie würde Vivien einfach ebenfalls nach New York einladen. Sicher war sicher. Gab es für eine junge Französin etwas Schöneres, als einmal den Weihnachtsbaum am Rockefeller zu sehen? Oder einen privaten Einkaufsbummel bei *Tiffany & Co* mit einem spendablen Verlobten? Die Idee war geradezu perfekt!

„Ist es das, was ich gerade denke?“ Hector grinste seine Chefin voller Schadenfreude an und rieb sich die Hände. „Sie wollen die kleine Bäckerin eifersüchtig machen?“

„Aber Hector, wo denken Sie denn hin?“ Patricia schüttelte schmunzelnd den Kopf. „So gemein bin ich nun wirklich nicht.“

„Ich werde meine Augen und Ohren offenhalten – so wie damals, Mrs. Wayne.“ Er zwinkerte ihr verschwörerisch zu.

„Patricia, bitte. Wie oft soll ich Sie noch erinnern? Nach alldem, was wir gemeinsam durchgestanden haben?“ Sie schenkte ihm ein Lächeln, dann klappte sie ihren Laptop auf – ein Zeichen für ihn zu gehen.

Der hagere Concierge deutete eine Verbeugung an und verließ kurz darauf das Büro.

Im Stillen gratulierte sie sich für ihren grandiosen Einfall, denn der Winterball war geradezu perfekt geeignet, um Evan in die Gesellschaft New Yorks einzuführen und um die Hochzeit im Mai anzukündigen. Vielleicht stellte sich dieser ungeplante Zwischenfall doch als Glücksfall heraus. Mit einer kultivierten Französin an Evans Seite konnte ja gar nichts schiefgehen, und ihre Gäste würden von der blonden Schönheit, die zufällig die Tochter eines bekannten Modeschöpfers war, begeistert sein.

Patricia warf einen Blick auf die Uhr und griff nach dem Hörer. So, wie sie ihre zukünftige Schwiegertochter kannte, saß Vivien bestimmt wieder in diesem schicken Restaurant in der Avenue de Versailles. Sie traf sich dort regelmäßig mit ihren Freundinnen und stellte nur zu gern Fotos vom Essen und inszenierte Selfies ins Netz. Natürlich folgte sie ihr nur, weil sie bald ihre Schwiegertochter war – aber auch wegen ihres unvergleichlichen französischen Chics.

Nach mehrmaligem Klingeln hob die junge Frau endlich ab. Hach, wie gut sie sie doch kannte. Dem Geräuschpegel und Geschirrgeklapper nach zu urteilen, befand sie sich gerade mitten im Getümmel.

„Hallo, meine Liebe, ich hoffe, ich störe nicht", begrüßte Patricia die junge Frau mit einem strahlenden Lächeln, von dem sie hoffte, dass es trotz der Entfernung spürbar war. Jetzt musste sie die junge Frau nur noch davon überzeugen, dass New York zur Weihnachtszeit viel schöner war als Paris – und ihr Verlobter sie über alle Maßen vermisste.

***

Nach wenigen Minuten legte Patricia zufrieden auf und verließ ihr Zimmer. Sie wollte ihrem Sohn die tollen Neuigkeiten sofort überbringen, um so eventuelle Komplikationen schon im Keim zu ersticken. Natürlich hatte sie ihm gestern während des Essens schon angesehen, dass er mit den Gedanken ganz woanders war. Sie war sich sicher, dass Evan Brianna schon bald in der Konditorei aufsuchen würde.

Patricia erreichte die Tür, hinter der sich das Büro ihres Mannes befand und in dem sich Evan mittlerweile eingerichtet hatte. Ohne zu klopfen trat sie ein. Sie musste sich erst an den Anblick gewöhnen, dass ihr

Sohn nun hinter dem imposanten Schreibtisch aus Mahagoniholz saß – ein Geschenk des indischen Konsuls, der vor vielen Jahren Gast im Juwel gewesen war.

„Guten Morgen, mein Liebling", säuselte Patricia, als sie sich interessiert umsah. Das Zimmer wirkte mit all dem Kram, den ihr Sohn mitgebracht hatte, ganz anders als sonst. Auf dem runden Besprechungstisch fand sich eine Ansammlung an technischem Schnickschnack. AirPods und eine Smartwatch – Dinge, die ihr Simon nicht brauchte. Ihr Mann trug stets dieselbe Aufziehuhr, die er von seinem Vater geerbt hatte und die nun auf dem Nachttischchen neben seinem Krankenbett lag.

„Mom, was verschafft mir die Ehre?" Evan stand vom Schreibtisch auf, auf dem etliche Dokumente ausgebreitet waren. Dazwischen fanden sich gleich zwei Pappbecher mit Kaffee und eine Tüte aus der Konditorei.

Für einen Sekundenbruchteil stockte Patricia der Atem. Hatte er heute Morgen womöglich schon in der Konditorei vorbeigeschaut? Und Brianna direkt nach ihrer Schicht abgepasst?

„Oh, ich hoffe, ich störe nicht beim Frühstück", erwiderte sie in der Hoffnung, einige Details über seinen Morgen zu erfahren.

Evan schmunzelte. „Nein, ich bin längst fertig. Winston hat mir die Tüte in die Hand gedrückt, kaum dass ich von meiner Joggingrunde zurückkam."

Winston? Den Namen hatte sie nie gehört, weshalb Patricia schnell das Thema wechselte: „Du warst heute Morgen schon im Park? Bei der Eiseskälte?"

„Hilft, den Kopf freizupusten." Müde fuhr er sich übers Gesicht, offensichtlich machte ihm der Jetlag zu schaffen. „Und jetzt verschaffe ich mir gerade einen Überblick. Dads Ablagesystem ist allem Anschein nach noch nicht im 21. Jahrhundert angekommen."

Patricia lachte herzhaft. „Da stimme ich dir vollkommen zu." Ihr Blick wanderte zu Evans Laptop und dem Tablet, das direkt danebenlag. „Vielleicht könntest du ihm etwas Nachhilfeunterricht geben, solange du hier bist?"

„Keine Chance, Mom … Er will davon nichts wissen. Es war ja schon ein Fortschritt, dass wir damals auf elektrische Türschlösser umgestellt haben." Evan schüttelte den Kopf. „Ich erinnere mich daran, wie sentimental er war, als man hinter der Rezeption das riesige Schlüsselboard abmontiert hat."

Patricia erinnerte sich ebenfalls an diesen Tag vor über zehn Jahren. Nicht nur ihr Mann hatte danach wehmütig auf die weiße Wand gestarrt, sondern auch die halbe Belegschaft aus dem Untergeschoss. Allen voran die alte Köchin und Joseph samt seiner Enkelin.

„Auch wenn dein Vater die Traditionen und den Charme des Juwels erhalten will, müssen wir, was gewisse Dinge angeht, mit der Zeit gehen. Wir sind schließlich kein billiges Motel irgendwo im Nirgendwo."

„Da gebe ich dir recht. Vor allem, wenn ich mir seine Auswertungen ansehe. Für solche Aufgaben gibt es mittlerweile Programme", er zwinkerte seiner Mutter frech zu, „ich nutze sie im *Balzac* jeden Tag."

Patricia schnitt eine Grimasse. Ihr Sohn hatte natürlich recht, und was betriebswirtschaftliche Prozesse anging, war er um einiges geschickter als ihr Mann. Das *Balzac* fuhr im Gegensatz zum Juwel nämlich hohe Gewinne ein. Für ihren Mann zählten jedoch ganz andere Dinge – Loyalität und Vertrauen gegenüber dem Personal.

Und das, obwohl die Buchungen seit Jahren rückläufig waren. Kaum jemand war heute noch bereit, horrende Summen für einen Blick auf den majestätischen Ballsaal oder uniformierte Bedienstete zu zahlen, wenn es günstige Alternativen gab. Daran konnte auch der Central Park direkt vor ihren Toren nichts ändern. Grundsätzlich müsste man, wenn es nach ihr ginge, die halbe Belegschaft austauschen, um effizienter zu werden.

Patricia erinnerte sich wieder an den Grund ihres Besuchs. Vielleicht würde sich ja bald alles ändern, wenn Evan verheiratet war. Sie müsste sich keine Sorgen mehr machen, dass eine alte Liebe entfachte. Ihr Sohn könnte hier das Hotel fortführen und alles modernisieren, so wie sie es sich seit Jahren wünschte. Auch würde sich so das Problem mit dem Personal fast von allein lösen, denn die meisten von ihnen waren für Veränderungen nicht bereit. Oh, und Brianna würde das Juwel vor lauter Schmach verlassen.

Patricia atmete einmal tief durch, ehe sie sich mit einem Lächeln an ihren Sohn wandte. „Ich freue mich, dass du hier bist. Tut mir leid, wenn es gestern nicht so rüberkam, aber ich war einfach so überrascht, dass du ohne zu zögern einspringst.“

„Es geht um Dads Gesundheit. Und nach unserem Abendessen gestern bin ich froh, dass ich gekommen bin. Er ist längst nicht so fit, wie er tut.“ Evan machte eine kurze Pause, ehe er nachdenklich fortfuhr. „Ich mache mir ernsthafte Sorgen um ihn. Als ich ihn gestern auf eine bestimmte Sache ansprach, konnte er sich nicht einmal erinnern und hat seine Unsicherheit einfach mit einem Witz überspielt."

„Er verhält sich manchmal wie ein kleines Kind. Besonders, wenn ihm alles zu viel wird. Dann verzieht er sich oft ins Untergeschoss und spielt mit Joseph Schach."

„Ein Hotel in dieser Größe braucht mehrere Verantwortliche. Ich weiß, dass Dad das Zepter nur sehr ungern aus der Hand gibt. Aber wenn ich mir das Chaos auf seinem Tisch ansehe, habe ich das Gefühl, dass ihm schon vor Jahren alles zu viel geworden ist."

„Er wollte keine fremde Hilfe", erwiderte Patricia und hob hilflos die Hand, „und dich wollten wir damit nicht behelligen, nach all dem Herzschmerz, den Brianna dir zugefügt hat. Wir freuen uns, dass du endlich dein Glück gefunden hast. Vivien ist eine wundervolle Frau und ich kann es kaum erwarten, sie endlich persönlich kennenzulernen."

„Du wirst sie lieben, Mom", erwiderte Evan mit einem Lächeln und griff nach seinem Handy, das sich mit einem Signalton gemeldet hatte. Fragend hob er eine Augenbraue, dann zeigte er seiner Mutter das Foto auf Instagram, in dem Vivien ihn und das Juwel markiert hatte.

Auf dem Weg zu meinem Schatz nach New York. Vielen Dank, liebe Schwiegermutter in spe.

Patricia verzog zufrieden lächelnd den Mund, als ihr Blick auf die Französin fiel, die mehrere Koffer auf ihrem Bett ausgebreitet hatte und ihren Followern nicht nur einen Einblick in ihren Kleiderschrank gewährte, sondern auch in ihr Liebesleben.

„Ich dachte mir, ihr macht euch einfach ein paar schöne Tage hier." Patricia zwinkerte ihrem Sohn zu. „Der Winterball steht kurz bevor und wer wäre da als Begleitung besser geeignet als deine zukünftige Frau?"

5

Brianna

Evan, er war tatsächlich zurück. Die Neuigkeiten über die Ankunft des Erben hatten sich in Windeseile im Juwel verbreitet. Seitdem gab es im Untergeschoss und bei den Angestellten kein anderes Thema mehr.

„Er kam gestern einfach in die Lobby hereinspaziert, als wäre er nie weggewesen", rief Emma aufgeregt.

„Ist auch das Mindeste, jetzt wo es Mr. Wayne so schlecht geht. Irgendjemand muss den Laden ja schmeiß…" Nats Worte wurden vom Lärm des Standmixers, den er gerade bediente, verschluckt.

Nur mit Mühe gelang es Brianna, sich auf die Orangencreme vor ihr zu konzentrieren. Der Obsthändler hatte die reifen Früchte bereits am Vormittag angeliefert, sodass für die Nachtschicht alles bereitstand. Als Nächstes würde sie die Creme auf den fertigen Biskuitböden verteilen und anschließend … Mist. Brianna fluchte laut auf, als ihr die Schüssel plötzlich aus der Hand glitt und sie sie gerade noch zu fassen bekam, bevor sie am Boden aufschlagen konnte.

Sie bemerkte Nats fragenden Blick, der allem Anschein nach nichts von ihrer gemeinsamen Vergangenheit mit Evan wusste. In einer theatralischen Geste fuhr sie sich mit dem Handrücken über die Stirn und stellte die Schüssel wieder auf den Tisch. Anschließend griff sie nach dem Tortenspachtel und dem ersten Biskuitboden, um die Orangencreme aufzutragen.

Was war nur los mit ihr? Sie musste sich endlich konzentrieren. Doch seit ihr Grandpa sie gestern Nachmittag über Evans Rückkehr informiert hatte, drehten sich ihre Gedanken nur um ihn. Dabei war sie seit Jahren über ihn hinweg. Warum machte sie dann allein das Wissen über seine Anwesenheit im Juwel so nervös? Sie war kein junges Mädchen mehr, das beim Anblick eines braunäugigen Jungen mit Charme weiche Knie und Herzklopfen bekam.

Sie hielt für einen Moment inne, denn tatsächlich war die Beziehung zwischen ihnen viel komplizierter. Er war nicht irgendein braunäugiger Junge mit viel Charme, sondern ihr bester Freund gewesen. Ihr einziger Spielkamerad in einem riesigen Hotel, das vor vielen Jahren zu ihrem Zuhause geworden war. Evan war jemand, mit dem man Pferde stehlen konnte und dem sie ihre Sorgen anvertraut hatte. Für einen kurzen Moment vergaß sie sogar die Enttäuschung, die sie jahrelang seinetwegen empfunden hatte, denn die Erinnerungen an ihre gemeinsame Kindheit waren einfach zu süß. Ihr Mund verzog sich zu einem sentimentalen Lächeln.

Ob sie ihn wohl wiedererkennen würde, wenn er plötzlich vor ihr stünde? Mit Sicherheit trug er – jetzt, wo er sein eigenes Hotel führte – selbst täglich einen dieser maßgeschneiderten Anzüge, die er als Kind so sehr gehasst hatte. Besonders die stundenlangen Anproben waren für ihren besten Freund immer eine Tortur gewesen, um die sie ihn aber insgeheim beneidet hatte. Was hätte sie alles für ein maßgeschneidertes Kleid im Prinzessinnen-Stil gegeben? Selbst das stundenlange Abstecken auf dem kleinen Hocker hätte sie mit Stolz ertragen.

Vermutlich war Evan zwischenzeitlich selbst zu einem dieser Snobs aus der Oberschicht geworden, für die das Personal nur funktionieren musste und erst recht keine Gefühle zeigen durfte. Natürlich hatte sie in den letzten Jahren mitbekommen, wie erfolgreich er in Paris das *Balzac* führte, ein weiteres Hotel der Waynes. Offensichtlich so erfolgreich, dass die Familie in Europa weiter expandieren wollte. Kein Wunder, dass er sie bei all den Verpflichtungen und dem Ruhm schnell vergessen hatte, als er zum jüngsten Hotelmanager in ganz Frankreich aufgestiegen war. Ihr eigener Großvater bewahrte den spektakulären Artikel aus der *New York Times* auf. Fein säuberlich ausgeschnitten und in Klarsichtfolie in einer seiner Schubladen verwahrt. Zusammen mit anderen Erinnerungen und Fotos. Brianna war durch Zufall auf die Sammlung gestoßen, als sie ihm eine Tasche fürs Krankenhaus packen musste. Sie hatte ihren Grandpa nie darauf angesprochen. Vielleicht, weil der Schmerz über Evans Gleichgültigkeit zu tief saß.

Brianna legte den Tortenspachtel am Schüsselrand ab und setzte den zweiten Biskuitboden auf die fruchtig-duftende Orangenmasse.

Sicher hatte Evan als angehender Manager keine Zeit gehabt, um ihre Briefe zu beantworten. Er schien sich auch nicht mehr für die lustigen Anekdoten zu interessieren, die sich in der Küche und Konditorei des Juwels abspielten und über die sie ihn viele Jahre auf dem Laufenden gehalten hatte. Die Worte von damals klangen in ihren Ohren nach, als würde ihr Großvater direkt neben ihr stehen: *Dort oben herrscht eine andere Welt, es gelten andere Regeln.*

Es hatte zwar einige Jahre und Tränen gebraucht, aber heute wusste sie, was er meinte. Evan und sie waren einfach zu verschieden – und ihr Großvater hatte es schon vor ihr gewusst. Evan musste in die Fußstapfen seines Vaters treten, um dem Familienerbe gerecht zu werden, ob er nun wollte oder nicht. Er wollte, das hatte er ihr allzu deutlich gezeigt.

Brianna schüttelte sich kurz, als hoffte sie, damit die wiederkehrenden Erinnerungen abzuschütteln. Doch es war nahezu unmöglich, da sich auch in der Konditorei die Gespräche seit Beginn ihrer Schicht permanent um den verlorenen Sohn drehten.

„Ich hätte nicht gedacht, dass Evan Wayne so heiß aussieht." Die Chocolatiere fächelte sich etwas Luft zu, was man ihr nach mehreren Stunden in der Hitze der Konditorei nicht übel nehmen konnte. Dennoch hoffte Brianna, dass Emma mit ihrem hektischen Gewedel nicht die Ganache in Gefahr brachte, die sie später für ihre Torte brauchte. „Nach seinem Vater kommt der Junge eindeutig nicht. Er sieht fast ein bisschen aus wie ein Superheld. Vielleicht macht es auch das viele Geld ... aber er erinnert mich ein wenig an diese Fledermaus." Emma schnippte mit den Fingern, dabei verzog sie nachdenklich das Gesicht. „Ich komm einfach nicht drauf."

„Batman?" Nat sah die junge Frau überrascht an. Offensichtlich kannte sich der kanadische Konditor besser im DC Universe aus als die Schweizerin. Evan hatte die Comics ebenfalls geliebt.

Bei Emmas Vergleich gelang es Brianna nur mit Mühe, nicht laut loszuprusten, denn man hatte ihren besten Freund damals oft wegen seiner Parallelen zu Bruce Wayne aufgezogen. Sie trugen nicht nur denselben Nachnamen und waren überirdisch reich, nein, auch Evans Familie hatte sich mit dem Juwel ein Denkmal gesetzt, so wie die Wayne-Familie in den Comics. Aber Geld und Einfluss brachten nicht nur Freunde mit sich, Simon Wayne hatte sich während seiner Laufbahn garantiert auch einige Feinde gemacht. Warum sonst waren die obersten Stockwerke des Juwels besser gesichert als Fort Knox und Evans ehemaliger Chauffeur eigentlich sein Bodyguard? Nur Brianna wusste von diesem Geheimnis. Dabei hatte der ältere Mann mit Bart gar nicht so bedrohlich gewirkt. Im Gegenteil, Frank war ziemlich lustig gewesen und Evan hatte ihr auch anvertraut, dass sie nach der Schule oft bei einem Burgerladen haltmachten.

„Hey, Brianna, bist du nicht mit Evan Wayne aufgewachsen?" Ein junger Konditor drehte sich interessiert zu ihr um.

„Ähm, ja", stammelte sie und spürte die neugierigen Blicke ihrer Mitarbeiter. Wenn sie in diesem Tempo weiterarbeiteten, würden sie nicht vor dem Frühstück fertig sein. Evan brachte ihr ganzes Team durcheinander und sie würde am Ende dafür geradestehen müssen, wenn die Backwaren nicht rechtzeitig das Untergeschoss verließen. Wut kroch in ihr hoch, auf ihn, der hier einfach ohne Vorwarnung auftauchte, aber noch mehr auf sich selbst, weil sie sich so einfach ablenken ließ.

„Ui, Brianna und der Millionär", kam es zu ihrer Rechten von Emma. „Na los, erzähl schon. Wie ist er so?"

Wie auf Kommando unterbrachen alle ihre Arbeit, schließlich hatte es seit Wochen – genau genommen seit Hectors Diebstahl – keinen handfesten Skandal mehr im Juwel gegeben. Der Concierge hatte die Frechheit besessen, Backwaren, die für die Tafel vorgesehen waren, für eine private Feier zu verwenden. Edna hatte das Vorhaben gerade rechtzeitig vereiteln können, der Mann war mit dem Kastenwagen nicht weit gekommen. Seitdem sah Brianna den Concierge mit anderen Augen. Irgendwie tat er ihr leid.

„Da gibt es nicht viel zu erzählen. Wir waren damals Kinder und sind zufällig im selben Haus aufgewachsen."

„Da hat Edna aber was ganz anderes erzählt", meldete sich der junge Konditor erneut. „Ihr wart unzertrennlich und ineinander verliebt."

Brianna schüttelte lachend den Kopf. „Edna bringt da gehörig was durcheinander." Sie schnappte sich eine der Orangen und schnitt mit dem Zestenschäler feine Streifen für die Dekoration heraus. Dabei spürte sie immer noch die Augenpaare ihrer rund zwanzig Mitarbeiter auf sich.

Noch eine Stunde, dann hätte sie ihre Schicht und die Inquisition endlich hinter sich ... und schon bald würde sich auch dieses Thema, wie all der Klatsch zuvor, allmählich wieder in Luft auflösen. Mit einem erleichterten Lächeln stellte Brianna fest, dass sich ihre Mitarbeiter wieder ihrer Arbeit zugewandt hatten, und auch Emma hatte den Wink mit dem Zaunpfahl verstanden. Die Chocolatiere goss in diesem Augenblick hoch konzentriert die Ganache über die fertige Torte.

Brianna sah zu dem riesigen Tisch am Sprossenfenster, der unter dem Angebot an kunstvollen Torten, Kuchen und Gebäck beinahe zusammenbrach. Dies war jedes Mal der schönste Teil des Arbeitstages. In der Konditorei duftete es nach allerlei Köstlichkeiten. Schokolade, Marzipan und Zimt. Aber auch der Anblick war ein reiner Genuss. Schon bald würden die Pagen alles nach oben schaffen und die Vitrinen des hauseigenen Cafés mit den Scones, Torten und Törtchen befüllen. Gut ein Viertel davon wanderte direkt in die Suiten. Die meisten der illustren Gäste nahmen ihr Frühstück am liebsten auf ihrem Zimmer ein. Doch um die Zusammenstellung der Bestellungen musste sie sich nicht mehr kümmern. Ihre Arbeit war für heute erledigt.

Brianna stellte die fertige Spekulatiustorte in den Kühlschrank, wo sie bis zu ihrer Abholung bleiben würde. Anschließend schnappte sie sich den Arbeitsplan von der Tafel. Gegen Ende ihrer Schicht war es ihre Aufgabe, diesen durchzugehen und zu unterschreiben. Zum Glück war es ihnen heute trotz des heiß diskutierten Themas gelungen, ihren Zeitplan einzuhalten.

Einer nach dem anderen verließ die Konditorei und stempelte auf dem Flur an einer antiquierten Maschine ab – daran hatte sich auch trotz der Digitalisierung nichts geändert. Wie immer war Brianna die Letzte, denn es bestand kein Grund zur Eile. Sie würde sich nach ihrer Schicht mit ihrem Grandpa zum Frühstück treffen, bevor sie sich schließlich auf den Heimweg machte.

Dicke Flocken, die hinter der Scheibe herabschwebten, lenkten Briannas Aufmerksamkeit nach draußen. So wie es schien, hatte es die ganze Nacht geschneit. Vor dem Fenster, das zum Teil unterhalb der Straße lag, sammelte sich bis zur Hälfte Schnee. Fasziniert betrachtete Brianna die glitzernden Eiskristalle und vergaß für einige Augenblicke sogar die aufkeimende Müdigkeit. Weihnachten stand vor der Tür und sie hatte es bis heute nicht ins Winter Village im Bryant Park geschafft. Durch die Vorbereitungen für den Winterball und das Weihnachtsgeschäft baute sie zahlreiche Überstunden auf und hatte kaum Freizeit. Dabei liebte sie nichts mehr als durch die Stadt zu streifen und sich die Nase an den festlich geschmückten Schaufenstern platt zu drücken.

Leise Schritte hinter ihr holten sie in die Konditorei zurück. Es konnte sich nur um ihren Grandpa handeln, der sie schon mit der ersten wohlverdienten Tasse Kaffee am Morgen erwartete.

„Grandpa, hast du schon gesehen, wie viel Schnee …“ Brianna drehte sich lächelnd um, doch anstelle der leicht getrübten Augen ihres Großvaters blickte sie ein braunes Augenpaar an. Ihr Herzschlag setzte für einen Sekundenbruchteil aus, denn es waren nicht nur diese Augen, die sie bis ins Mark trafen. Evan. Aus dem frechen Jugendlichen war ein attraktiver Mann geworden, der in seinen Jeans und dem lässigen Pullover aussah, als wäre er einem Männermagazin entsprungen.

Nach unendlichen Minuten der Stille brach Evan endlich das Schweigen.

„Brianna. Ich freue mich, dich zu sehen."

„Hallo, Evan." In Briannas Kopf sprudelten Hunderte Fragen, doch sie war unfähig, auch nur ein Wort zu sagen. Evan ging es offensichtlich genauso. Einvernehmliches Schweigen, das wäre ihnen früher nie passiert. Sie hatten sich damals ununterbrochen etwas zu erzählen gehabt und alles miteinander geteilt.

Evan schenkte Brianna ein trauriges Lächeln. „Du wusstest sicher schon, dass ich zurück bin."

Brianna entging nicht, wie sich Evan verstohlen in der Konditorei umsah. Es musste für ihn ein seltsames Gefühl sein, nach all den Jahren wieder hier zu stehen, dort, wo er jede freie Minute seiner Kindheit verbracht hatte.

„Wir sind alle sehr besorgt wegen Simon. Aber glaub mir, er wird schon wieder." Brianna sah Evan aufmunternd an und für einen kurzen Moment war da wieder dieses Gefühl der Zugehörigkeit, das sie einst verbunden hatte. Wie oft hatte er sie getröstet, wenn sie Kummer gehabt hatte?

Doch wie viel war von dem alten Evan übrig? Erinnerte er sich überhaupt an ihre Abenteuer im Juwel?

Evan nickte nur, als fürchtete er darum, seine Haltung zu verlieren, dann sah er sich erneut in der Konditorei um. „Es hat sich kaum etwas verändert", bemerkte er wehmütig. „Und der Duft, der nach oben zieht, lockt einen wie immer an."

Brianna nickte. Es musste ihn sicher all seine Willenskraft kosten, nicht nach einem frischen Gebäckstück zu greifen.

„Gibt es im *Balzac* keine Biskuittörtchen mit Zitronenfüllung?" Sie sah ihn herausfordernd an und erkannte an seinem Blick, wie überrascht er über ihre Kenntnis war.

Evan hatte wohl nicht ernsthaft geglaubt, dass sie nicht über sein Leben Bescheid wusste? Im Juwel blieb nie etwas geheim – gerade er sollte es besser wissen.

„Nicht solche", erwiderte er und nahm ihr mit seiner ehrlichen Antwort den Wind aus den Segeln.

Wie oft hatte sie sich gewünscht, dass er wieder zurückkommen würde. Doch die Fragen, die sie sich so oft gestellt hatte, hatten sich plötzlich in Luft aufgelöst.

Brianna holte einen Teller aus dem Regal und legte eines der Zitronentörtchen darauf ab. „Wir haben mehr als genug davon – deine Mom hat sie extra bestellt." Mit einem Lächeln reichte sie ihm den Teller und registrierte das kurze Aufflackern in seinen Augen.

„Das Lieblingsgebäck meines Dads." Evan nahm den Teller entgegen und kostete davon. „Mmh, wie sehr habe ich die vermisst. Wir haben versucht, sie zu kopieren, aber keines kam auch nur annähernd an Josephs Original heran."

„Was das angeht, lässt er nicht mit sich verhandeln – es ist schließlich ein Geheimrezept." Brianna konnte nicht sagen, wie sehr es sie amüsierte, dass ihr Grandpa nicht einmal für Evan eine Ausnahme gemacht hatte.

Okay, offensichtlich gab es doch ein Thema, über das sie sich unverfänglich unterhalten konnten. Es war ohnehin besser, die Vergangenheit auszuklammern. Sonst hätte sie ihm an den Kopf geschleudert, wie enttäuscht sie nach wie vor von ihm war.

„Ich freue mich, dass du diese Tradition fortführst." Evan machte eine Pause, ehe er fast peinlich berührt bemerkte: „Ich habe erst gestern erfahren, dass du immer noch hier und die neue Chef-Patissière des Juwels bist."

Überrascht sah Brianna ihn an, denn sie konnte kaum glauben, was sie da hörte. Evan hatte es nicht gewusst? Sein eigener Vater war auf ihrer Abschlussfeier gewesen!

Und da erst erkannte sie in Evans Augen dieselben Fragen, die auch ihr schon lange auf der Seele lagen.

6

Joseph

Schon vor dem Klingeln des Weckers wachte Joseph auf. Der ältere Herr schlüpfte wie jeden Tag in eine feine Hose und ein frisch gebügeltes Hemd – schließlich musste er auf einen respektablen Aufzug achten. Niemals hätte er sich in Jogginghosen und einer ausgeleierten Strickjacke in den Fluren des Juwels blicken lassen. Nicht einmal, wenn er krank war, was in den letzten fünfzig Jahren äußerst selten vorgekommen war.

Wie immer war er frisch rasiert und hatte sich das Haar leicht gescheitelt. Oder das, was davon übrig geblieben war. Er schnappte sich die Krawatte und band sie sich um. Auch wenn er für seinen Tag ziemlich overdressed war, fühlte er sich so am wohlsten. Schließlich kam es regelmäßig vor, dass man ihn trotz Ruhestands in die Lobby rief, weil seine Meinung zu einem bestimmten Thema gefragt war. Wenn er ehrlich war, liebte er es, noch nicht gänzlich zum alten Eisen zu gehören.

Joseph warf einen Blick auf die Uhr, dabei stieg seine Nervosität an. Ob Brianna und Evan sich zwischenzeitlich begegnet waren? Er hatte seine Enkelin natürlich gleich vorgewarnt, als er von Evans Rückkehr erfahren hatte. Bis heute schmerzte es ihn, dass Brianna so gelitten hatte, und obwohl er den Jungen mochte, so musste er zugeben, dass er ebenfalls von ihm enttäuscht worden war. Evan hätte sich wenigstens melden können. Doch die Ungewissheit hatte seiner Enkeltochter viel Kummer beschert.

Auch die Freundschaft zu Simon hatte darunter gelitten. Joseph konnte bis heute nicht nachvollziehen, warum Simon alldem zugestimmt hatte. Natürlich war es für einen jungen Menschen nicht verkehrt, aus alten Strukturen auszubrechen, aber Evan gleich ein Hotel in Paris zu überlassen, wenn man ihn hier am dringendsten brauchte?

Am liebsten hätte er seinem Freund den Kopf gewaschen, doch da dieser nicht nur sein Arbeitgeber, sondern Simon Wayne höchstpersönlich war, standen ihm derartige Belehrungen nicht zu.

Es gab Grenzen, und die sollte man niemals überschreiten. Dazu zählte auch die jugendliche Schwärmerei seiner Enkeltochter für Evan Wayne. Was das anging, war er altmodisch. Beziehungen unter Kollegen waren für ihn absolut tabu, erst recht, wenn es derart große Standesunterschiede zwischen ihnen gab.

Joseph schnappte sich seine Schlüssel und verließ die Wohnung. Wie jeden Morgen nach Briannas Schicht traf er sich mit ihr auf einen Kaffee und einen kleinen Snack. Um diese Zeit war es hier unten menschenleer. Einzig der Duft frischer Backwaren war der Beweis einer produktiven Nacht. Die Angestellten, die nicht im Juwel wohnten, hatten das Hotel längst verlassen, und die wenigen, die im Hotel lebten, lagen bereits schlummernd in ihren Betten.

Der frühe Morgen hatte für ihn seit jeher einen besonderen Zauber inne, auch jetzt, obwohl er selbst nicht mehr aktiv seinen Beitrag leistete. Die nächste Generation hatte das Kommando längst übernommen und führte die Traditionen fort.

Joseph erreichte das Sprossenfenster, das den Gang von der Konditorei trennte. Ein Lächeln breitete sich auf seinem Gesicht aus, denn zu dieser Jahreszeit leuchteten die Lichterketten hinter der Scheibe rund um die Uhr. Er hatte sie vor einigen Jahren höchstpersönlich aufgehängt. Trotz seiner Autorität als Konditormeister war es ihm stets wichtig gewesen, dass sich hier alle wohlfühlten. Natürlich war ein schöner Arbeitsplatz nur ein kleiner Teil dessen, viel wichtiger war ein aufmerksamer Teamleiter, der ein offenes Ohr hatte und die Belange seiner Kollegen ernst nahm.

Joseph horchte interessiert auf, als er Stimmen vernahm. Ganz offensichtlich war seine Enkelin nicht allein, sondern in ein Gespräch mit einem Mann vertieft, dessen Stimme er nicht zuordnen konnte. Gerade als er wieder kehrtmachen wollte, um im Aufenthaltsraum auf sie zu warten, fiel es ihm wie Schuppen von den Augen. Evan. Er war mit den Abläufen in der Konditorei bestens vertraut. Schließlich hatte er seine ganze Kindheit hier unten verbracht. Er wusste, wann der perfekte Zeitpunkt war, um Brianna vor ihrem Heimweg abzupassen – ganz allein.

Automatisch ballte Joseph die Fäuste, Brianna hatte schon genug gelitten. Jetzt war ein denkbar schlechter Zeitpunkt, um alte Gefühle wieder aufleben zu lassen, wo sie doch endlich glücklich war.

Joseph fiel auf, dass er immer noch wie angewurzelt im Flur stand. Eilig lief er in den Aufenthaltsraum. Es musste ein Schock für sie sein, Evan nach all den Jahren wiederzusehen.

Gesprächsfetzen, die er hier und da mal aufgeschnappt hatte, holten ihn ein. Informationen, die er lieber für sich behalten hatte, um Brianna nicht zu belasten. Er wusste, dass sie Evan nie vergessen hatte, auch wenn sie etwas anderes behauptete. Und es machte ihm plötzlich Sorgen, was sich aus diesem unverhofften Wiedersehen entwickeln würde.

„Guten Morgen, Grandpa!" Die Stimme seiner Enkelin holte ihn aus den Gedanken.

„Hallo, Brianna." Er sah die junge Frau besorgt an, ehe er vorsichtig nachhakte: „War das gerade Evan?"

Brianna nahm am Tisch Platz und fuhr sich müde übers Gesicht. „Ja. Ich sollte mich wohl daran gewöhnen, dass ich ihn in nächster Zeit öfter sehe."

Joseph nickte nur und schenkte ihr eine Tasse Kaffee ein. „Sag mir Bescheid, wenn du Hilfe brauchst."

Brianna nahm die Tasse dankend entgegen und trank einen Schluck. „Keine Sorge, Grandpa, mit dem werde ich schon fertig."

„Das bezweifle ich nicht." Joseph sah die junge Frau liebevoll an. Dennoch konnte er nicht verhindern, dass Evan Unruhe in ihr Leben brachte. Seine Enkelin hatte hart gearbeitet, um ihre Ziele zu erreichen. So hartnäckig war sie schon als kleines Mädchen gewesen. Wenn sie sich etwas in den Kopf gesetzt hatte, gab es keinen Zweifel daran, dass sie es schaffte. Sogar den Traum von einer eigenen Wohnung in der Upper West Side hatte sie sich erfüllt, natürlich nur zur Miete. Er freute sich mit ihr, schließlich konnte er nicht erwarten, dass sie ihr ganzes Leben hier bei ihm verbrachte. Etwas Abstand war schon gut, wie er sich eingestehen musste.

„Und, was hast du heute Schönes geplant?", fragte Brianna nach einem weiteren Schluck Kaffee.

Joseph warf einen skeptischen Blick zum Fenster. „Auch wenn ich den Schnee liebe, wie du weißt, wird es heute wohl eher eine kleine Runde werden."

„Muss ich mir Sorgen machen?", hakte Brianna amüsiert nach. „Das schlechte Wetter hat dich bisher nie aufgehalten."

„Nun, ich bin eben nicht mehr der Jüngste", erwiderte Joseph so gelassen wie möglich, denn tatsächlich trieben ihn ganz andere Motive um. Er wollte sich während Briannas Abwesenheit im Hotel umhören. Nur für alle Fälle, denn mit Evans Rückkehr würde sich auch hier einiges ändern. Er konnte sich nicht vorstellen, dass der Junge Simons altmodischen Führungsstil übernahm.

Nachdenklich verzog Joseph das Gesicht. Wie sollte er Edna klarmachen, dass er heute Abend weder die Zeit noch die Nerven für die Aufführung des *Nussknackers* hatte? Auch wenn er erst vor Kurzem seine Liebe für Musicals und das Ballett entdeckt hatte, müsste die alte Köchin in nächster Zeit auf seine Gesellschaft verzichten. Brianna stand an erster Stelle und er würde sie ab sofort, vor ihrer Schicht, über die neuesten Entwicklungen im Hotel unterrichten. Er war als Spion sicher genauso gut geeignet wie ein gewisser rabenartiger Concierge.

„Zeit für mich zu gehen." Die junge Frau erhob sich plötzlich. „Bis heute Abend, Grandpa." Sie umarmte ihn herzlich und verabschiedete sich mit einem Küsschen auf die Wange von ihm.

„Bis heute Abend, mein Liebling. Ich wünsche dir einen schönen Tag."

Joseph blieb gewohnheitsmäßig noch einige Zeit im Aufenthaltsraum sitzen, bis die ersten Mitarbeiter der Tagesschicht eintrudelten. Unter ihnen wirkte der herausgeputzte ältere Herr in Anzugshose, Hemd und Krawatte tatsächlich overdressed. Aber das machte ihm nichts aus, schließlich wollte er diesem Haus seinen Respekt zollen. Damals in seiner Konditorenuniform und heute eben so – auch wenn er in seinem Aufzug mitunter für einen persönlichen Kammerdiener gehalten wurde. Mit einem Schmunzeln erinnerte er sich an Ednas Anspielung auf eine Serie namens *Downton Abbey* und deren Dienerschaft. Und in gewisser Weise war er das ja auch. Mr. Waynes persönlicher Vertrauter und Freund.

***

Um Punkt acht Uhr erhob sich Joseph und verließ den Aufenthaltsraum, in dem es mittlerweile zuging wie in einem Taubenschlag. Mitarbeiterinnen der Wäscherei und einige der Zimmermädchen hatten sich ebenfalls hier versammelt, um den neuesten Klatsch auszutauschen. Heute ging es – wie konnte es anders sein – um keinen Geringeren als Evan Wayne. Joseph hatte sich nie an derartigem Tratsch beteiligt und jedes Mal das Zimmer verlassen, schließlich waren sie kein eigentümergeführtes B&B in irgendeiner Kleinstadt, sondern ein weltbekanntes Luxushotel. Nur leider konnte er diesem Getratsche kein Ende setzen – er war weder der Chef der Wäscherei, noch hatte er den Zimmermädchen irgendetwas zu sagen, er war lediglich der betagte Konditor, der seinem Dienstherren ewige Treue geschworen hatte.

Joseph machte einen Abstecher zu seiner Wohnung, schlüpfte in den gefütterten Mantel und schnappte sich die Schiebermütze im nostalgischen Fischgrätmuster von der Hutablage. Anschließend verließ er das Untergeschoss über die *gute* Treppe und erreichte die Eingangshalle, die sich so langsam füllte. Zu seiner Freude entdeckte er viele Familien, die vermutlich übers Wochenende eincheckten, um Manhattan von seiner schönsten Seite zu entdecken. *So ändern sich die Zeiten*, sinnierte Joseph gedankenverloren, denn zu einem unvergesslichen Wochenende gehörte für viele der Weihnachtsbaum und die Schlittschuhbahn am Rockefeller Center.

Als Joseph an der Rezeption vorbeikam, tippte er sich zum Gruß lächelnd an die Mütze und verließ das wohlig warme Gebäude. Die Straße und der Park dahinter hatten sich über Nacht in ein wahrhaftiges Winter Wonderland verwandelt, und so langsam fragte er sich, wo die Schneemassen hinwollten. Er schenkte den Doormen ein mitfühlendes Lächeln, die über ihren Uniformen dicke Mäntel und dazu gefütterte Kappen und Handschuhe trugen. Bei diesen Temperaturen hatte die Konditorei durchaus ihre Vorzüge gehabt, auch wenn es hier oben um einiges interessanter war. Die Männer an den Drehtüren sahen die Prominenten, Stars und Sternchen als Erste, bevor die Concierges sie auf ihre Suiten geleiteten. Sehr zu Briannas Unmut, denn seine Enkelin hätte damals nur zu gern einen Blick auf die Schauspieler geworfen, die sich im Juwel die Klinke in die Hand gaben.

Joseph überquerte die Straße und betrat den Park, der vor allem im Winter mit seiner märchenhaften Schönheit glänzte, am südlichen Ende. Die Wege waren geräumt worden, sodass er zügig vorankam und nach wenigen Minuten die Schlittschuhbahn am *Wollman Rink* erreichte.

Um diese Zeit war hier kaum etwas los. Er traf lediglich auf Einheimische, die die Zeit ohne Touristen für ihren Frühsport nutzten. Schlittschuhläufer, die er vom Sehen kannte.

Der ältere Herr verfolgte für einige Augenblicke, wie sich eine Dame in Longpullover und knalliger Daunenweste auf dem Eis drehte. Im Winter sah er sie fast jeden Tag. Sie kam immer allein und er hatte sich schon oft gefragt, ob es in ihrem Leben auch einen Mann mit Daunenweste gab. Amüsiert schüttelte Joseph den Kopf über seine Spekulationen. Nach all den Jahren, in denen er allein gewesen war, würde er doch wohl jetzt mit siebzig nicht ernsthaft an eine neue Liebe denken. Okay, er war im Juwel nie ganz allein. Aber bis vor einigen Monaten waren die Konditorei und natürlich seine Enkelin sein Lebensmittelpunkt gewesen. Er musste zugeben, dass er sich jetzt, wo Brianna ausgezogen war und man ihn in der Konditorei nicht mehr brauchte, manchmal einsam fühlte.

Wie einfach es aussah, wenn die Dame sich drehte. Obwohl sie ungefähr in seinem Alter sein musste, wirkte sie auf ihren Schlittschuhen und mit dem glücklichen Lächeln im Gesicht wie eine junge Frau. Vielleicht sollte er seinen ganzen Mut zusammennehmen und sie endlich ansprechen, bevor man die Eisfläche im Frühling wieder in eine Skaterbahn verwandelte.

Nein, heute nicht. Joseph sah ein letztes Mal zu der Dame hinüber und setzte dann seinen Weg fort. Er lief bis vor zur Bethesda Terrace und verweilte dort für einige Zeit. Jetzt im Winter war der Springbrunnen zum Teil zugefroren und das Wasser, das aus den Fontänen kam, wirkte wie erstarrt. Ein Kunstwerk aus Eiszapfen und Eiskristallen. Auf dem Rückweg zum Hotel begegneten ihm viele Berufstätige, die eilig durch den Schnee stapften und die Schönheit um sie herum gar nicht mehr wahrnahmen. Vermutlich waren sie der Schneemassen längst überdrüssig – sie kosteten sie nur zusätzliche Zeit.

Joseph trat wieder aus dem Park heraus und blieb für einen Moment stehen. Von der gegenüberliegenden Straßenseite aus ragte das Hotel so hoch auf, dass er den Kopf in den Nacken legen musste, um es in seiner ganzen Pracht zu bewundern.

Er liebte die unzähligen Erker und Türmchen sowie die steinernen Figuren auf den Vorsprüngen der Fassade, die denjenigen am Chrysler Building ähnelten. Doch am beeindruckendsten war immer noch seine Höhe, auch wenn das Gebäude längst nicht mehr aus den neuesten Wolkenkratzern herausstach. Aber die hatten ja keinen Charme – sie waren verspiegelte Türme ohne Persönlichkeit und Charakter, die nur den Sinn erfüllten, sich gegenseitig zu übertrumpfen. In einem davon befand sich eine Hotelkette, die mit Dumpingpreisen lockte, doch was nützte das den Gästen, wenn es an Behaglichkeit fehlte?

Stolz erfüllte ihn, dass er ein Teil des Juwels und seiner Behaglichkeit war. Nicht viele Häuser in New York konnten mit einer eigenen Konditorei aufwarten, wie sie das Juwel besaß. Es war Simon in all den Jahren wichtig gewesen, diese Tradition zu erhalten, denn wer im Juwel eincheckte, wartete ja schon darauf, mit allerlei kulinarischen Köstlichkeiten verwöhnt zu werden.

Joseph überquerte die Straße, nahm jedoch im Gegensatz zu vorhin nun den Hintereingang. Wie üblich hatten sich dort einige Angestellte versammelt, um zu rauchen. Auch hier drehten sich die Gespräche – wie Joseph mit einem missbilligenden Kopfschütteln feststellen musste – um *den verlorenen Sohn*, der aus Paris zurückgekehrt war.

Er schlüpfte durch die Tür, die nur angelehnt war, und eilte den Gang hinunter.

Edna, er musste zu seiner langjährigen Vertrauten. Im Gegensatz zu ihm kam sie nicht vor zehn Uhr aus den Federn, aber inzwischen sollte sie hoffentlich wach sein. Nun, es sei ihr gegönnt. Immerhin war sie jahrzehntelang die Erste in der Küche gewesen. Er musste ihr erzählen, dass sich Brianna und Evan heute Morgen begegnet waren. Joseph wusste schon jetzt, wie sie reagieren würde – hocherfreut. Edna, eine hoffnungslose Romantikerin, hatte die Liebesgeschichte zwischen seiner Enkelin und dem Erben nie abgeschrieben. Der Kaffeesatz, aus dem sie immer noch las, sagte ihr, dass die beiden eine Zukunft hatten, und sie passte ihre Erkenntnisse nach wie vor beliebig an. Doch Joseph hatte sie längst durchschaut, wie sie mit ihren Prognosen gutgläubige Mitarbeiter manipulierte. Na, immerhin auf eine gute Art. Weil er Edna mochte, ließ er ihr die Freude, auch wenn ihre Trefferquote zuweilen etwas schwankte. Die Chocolatiere aus der Schweiz und der kanadische Konditor waren eindeutig nicht füreinander geschaffen – das sah sogar er, ganz ohne Kaffeesatz.

Joseph klopfte an Ednas Tür, die sie ihm im Morgenmantel und mit Lockenwicklern auf dem Kopf öffnete.

„Herrje, hat man hier nicht mal im wohlverdienten Ruhestand einen Tag frei?" Doch ihr herzhaftes Lachen strafte ihre Rüge Lügen. Sie warf einen schnellen Blick nach draußen und winkte ihn eilig herein. Als ob sie nicht wollte, dass man sie beide zusammen sah. Was das anging, tickten sie glücklicherweise ähnlich altmodisch. Männliche Bedienstete trieben sich nicht in den Zimmern der Frauen herum. Da hielt sie es ganz wie in *Downton Abbey*. Nur dass Edna zuweilen leicht übertrieb. Jeder wusste, dass sie seit jeher nur eine tiefe Freundschaft verband, und Joseph hatte die Wohnung in den letzten Jahrzehnten gefühlt hundertmal betreten.

Ihre Heimlichtuerei musste mit den neuesten Entwicklungen zusammenhängen. Ehe er nachhaken konnte, hatte Edna die Tür hinter ihm verschlossen und blickte ihn erwartungsvoll an. „Lass mich raten. Es geht um Evan."

7

Evan

Immer noch hatte Evan den Geschmack der Zitronentörtchen auf der Zunge und Briannas Anblick vor Augen. Trotz der vielen Stunden, die seit ihrer Begegnung am Morgen zwischenzeitlich verstrichen waren. Dabei versank er in einem Berg von Arbeit. Haufenweise Arbeit, die ihm seine Mutter in Form von Akten und Rechnungen auf den Besprechungstisch gelegt hatte. Nicht dass er es nicht gewohnt war, auch samstags zu arbeiten – im Hotelgewerbe gab es keine freien Wochenenden. Aber er hätte sich gewünscht, dass er wenigstens für einige Stunden hinauskam, um seinen Kopf zu lüften.

Nur mit Mühe gelang es ihm, sich wieder auf das Angebot eines Winzers aus dem Napa Valley zu konzentrieren, der seinen Wein exklusiv dem Juwel anbieten wollte. Dabei drehten sich seine Gedanken permanent um Brianna und die unzähligen Fragen, die ihm seit ihrer letzten Begegnung vor fast zehn Jahren auf der Zunge brannten. Warum hatte sie ihm nie zurückgeschrieben? Jetzt, wo er wusste, dass sie das Juwel nie verlassen hatte, wäre es doch das Mindeste gewesen.

Sein Herz zog sich zusammen, als er sich an das bittersüße Gefühl erinnerte, das ihn schon am Treppenabsatz zum Untergeschoss erfasst hatte. Es fühlte sich wie nach Hause kommen an. Die vertrauten Düfte, die Geräusche, ja selbst das Mobiliar hatten ihn herzlich willkommen geheißen – nur Brianna, die erkannte er im Gegensatz zu früher kaum wieder.

Von dem Mädchen, das ihn einst schon auf dem Flur erwartet hatte, fehlte jede Spur. Ihre lustigen Zöpfe waren einem strengen, tief sitzenden Chignon gewichen, und die Latzhose samt Ringelshirt hatte sie gegen eine schwarze Hose und eine blütenweiße Konditorjacke eingetauscht.

Wie viel war von seiner einstigen Vertrauten überhaupt noch übrig? Die Zeit, die sie früher zusammen verbracht hatten, schien Lichtjahre entfernt.

Evan schnappte sich ein weiteres Zitronentörtchen, das er von der Bestellung, die an seinen Dad gegangen war, abgezwackt hatte. Während er sich das kleine Kunstwerk schmecken ließ, wanderte sein Blick nachdenklich über den Park. Widersprüchliche Gefühle kämpften in ihm, seit er die Konditorei verlassen hatte.

Er war verlobt, und doch hatte ihn die Begegnung mit Brianna so sehr verwirrt, dass er sich kaum auf seine Arbeit konzentrieren konnte. Er wusste inzwischen, dass sie in einer Wohnung in der Upper West Side wohnte. Ob es in ihrem Leben wohl einen Mann gab, der daheim auf sie wartete und ihr Frühstück machte, wenn sie frühmorgens nach ihrer Schicht das Juwel verließ?

Verärgert über seine Spekulationen schüttelte Evan den Kopf. Allein die Tatsache, dass es ihn interessierte, wurmte ihn. Und außerdem, was ging es ihn überhaupt an? Brianna führte schon seit zehn Jahren ihr eigenes Leben. Sie hatte ihn in dem Moment vergessen, als er New York den Rücken gekehrt hatte. Hätte sie ihn wirklich geliebt, wüsste sie, dass es niemals sein Wunsch gewesen war, die Stadt zu verlassen. Er hatte dies – zumindest am Anfang – nur aus einer Verpflichtung heraus getan; er hatte seine Eltern nicht enttäuschen wollen.

Evan spülte den letzten Bissen mit Kaffee hinunter und drehte sich zum Schreibtisch. Als Nächstes wollte er sich die Mitarbeiter-Auswertungen ansehen. Diese beinhalteten neben den Lohnkosten auch Kennzahlen zur Altersstruktur und Beschäftigtenzahl.

Auf einmal juckte es seiner Mutter in den Fingern, alles, was vernachlässigt worden war, auf den Tisch zu bringen. Ja, Evan musste zugeben, dass das Juwel überbesetzt war. Nach seinen Jahren in Paris wusste er, dass viele große Häuser mit weitaus weniger Personal auskommen mussten. Aber das Juwel hatte eine Beschäftigtenzahl, von der andere Häuser nur träumten.

Es gab für so ziemlich jeden Bereich gleich mehrere Verantwortliche. Fünf Elektriker, die den ganzen Tag scheinbar nichts anderes taten, als dafür zu sorgen, dass die fünfzehnflammigen Kronleuchter und die Lichter am Baum ununterbrochen leuchteten.

Es gab sogar eigens einen Reinigungstrupp, der nur für die Lobby zuständig war und fettige Fingerabdrücke in Windeseile von den messingfarbenen Griffen und Knöpfen wischte. Das Juwel konnte sogar mit einem hauseigenen Floristen aufwarten, der sämtlichen

Blumenschmuck koordinierte. Ob am Empfang, im Speisesaal oder in den Suiten.

Nach einem Blick auf die Listen seines Vaters erkannte Evan, dass schon jemand den Rotstift angesetzt hatte, dazu etliche handschriftliche Vermerke. Eindeutig das Werk seiner Mutter. Kein Wunder, dass sein Dad diesen Teil so lange vor sich hergeschoben hatte, denn auch Evan bekam allein beim Anblick der dicken roten Markierungen plötzlich Magenschmerzen. Es waren fast ausschließlich die langjährigen Mitarbeiter, die seine Mom so schnell wie möglich loswerden wollte. Sein Herz setzte für einen Schlag aus, als er auch Briannas Namen entdeckte. Die Chef-Patissière und einen Großteil ihrer Mitarbeiter durch eine externe Konditorei ersetzen? Das wäre fast so, als würde man dem Hotel sein Herz herausreißen!

Darüber musste er auf jeden Fall mit seinem Dad reden. Wenn es ums Personal ging, konnte er seinen alten Herrn nicht außen vor lassen. Immerhin handelte es sich nicht um irgendwelche Nummern, sondern um Menschen, die dem Juwel bereits vor vielen Jahren die Treue geschworen hatten. Allen voran Joseph, der zwar nicht mehr auf der monatlichen Gehaltsliste stand, aber als ehemaliger Mitarbeiter nach wie vor von Kost und Logis profitierte. Er lebte bis auf die Nebenkosten mietfrei im Untergeschoss. Die Unterkünfte der Bediensteten sollten, wenn es nach Patricia ging, sofort geräumt und auf profitable Art genutzt werden.

Es versetzte Evan einen Stich, dass seine Mutter so wenig Respekt für diese Menschen zeigte und ihnen ihr Zuhause wegnehmen wollte.

Das Klingeln des Telefons riss ihn aus seinen Gedanken. An der Durchwahl erkannte er, dass es sich um den Anschluss der Lobby handelte.

Evan nahm ab und hoffte, dass es nicht wieder Hector war. Der Mann ließ ihn seit seiner Ankunft keinen Moment aus den Augen. Nur dass der Concierge ihn heute nicht mehr einschüchtern konnte, im Gegenteil, Evan empfand fast ein wenig Mitleid für ihn. Was für ein Zufall, dass Hector nicht auf Patricias roter Liste stand.

„Entschuldigen Sie, Mr. Wayne", erklang die Stimme der Rezeptionistin, „aber ein gewisser Mr. Casey ist hier und möchte Sie dringend sprechen."

„Brad Casey?", hakte Evan etwas stumpfsinnig nach, als er den Namen seines alten Fechtpartners wiederholte.

„Genau", erwiderte die Dame freundlich. „Soll ich ihn hinaufschicken?"

Es dauerte einen Moment, bis Evan realisierte, wie schnell sich seine Rückkehr in New York herumgesprochen hatte.

„Nein, ich komme gleich runter", erwiderte er schnell. Evan konnte kaum glauben, dass Brad wirklich unten in der Eingangshalle stand. Außerdem war der Zeitpunkt geradezu perfekt; es war bereits Mittag und der Überraschungsbesuch seines Freundes bot die Gelegenheit, das Hotel für eine Pause zu verlassen.

Evan schnappte sich seine Daunenjacke, Geldbeutel und Handy und verließ wenige Augenblicke später das Büro seines Vaters. Seit seiner Ankunft vor zwei Tagen hatte er bis auf die Joggingrunde im Park noch keine Gelegenheit gehabt, das winterliche New York zu genießen.

Dankbar für die willkommene Abwechslung fuhr er mit dem Aufzug ins Foyer hinab, um seinen ehemaligen Schulkameraden zu begrüßen.

„Brad! Was für eine Überraschung!" Die beiden Männer, die vom Äußeren her fast Brüder sein könnten, fielen sich in die Arme.

„Also stimmt es. Der verlorene Sohn ist zurück." Brad lächelte ihn verschmitzt an.

„So kann man es auch sagen", erwiderte Evan mit einem herzhaften Lachen, bevor er Brad fragend ansah. „Hast du ein wenig Zeit oder musst du gleich wieder los? Wir könnten einen Happen essen gehen."

„Ich habe Zeit, wollte mich selbst davon überzeugen, ob die Gerüchte wahr sind. Schön, dich wiederzusehen, auch wenn der Grund deiner Rückkehr unerfreulich ist."

Evan verzog traurig das Gesicht. „Ich war viel zu lange weg, das wird mir nun klar."

Die beiden verließen gemeinsam die Lobby und traten auf die Straße hinaus. „Lust auf 'nen Burger bei Mike? Oder stehst du jetzt auf Schnecken und Froschschenkel?"

Evan schüttelte amüsiert den Kopf, was hatten nur alle mit den Froschschenkeln? Die wenigsten Franzosen mochten diese Spezialität, dennoch hielt sich das Vorurteil hartnäckig.

„Ich mag weder das eine noch das andere", erwiderte Evan ehrlich. Ein einziges Mal hatte er von Viviens Teller gekostet und konnte bis heute nicht nachvollziehen, was seine Verlobte daran fand.

„Und ich dachte schon, du führtest dort ein Leben wie Gott in Frankreich", scherzte Brad und boxte Evan freundschaftlich in die Seite. So wie er es schon damals gern getan hatte, wenn er Evan im Fechten besiegt hatte. Dies war zwar nicht oft der Fall gewesen, trotzdem war Brad der Einzige, der ihm jemals das Wasser reichen konnte.

Plötzlich prasselten Tausende Erinnerungen auf ihn ein, zusätzlich zu jenen, die ihn seit dem Morgen quälten. Sein Leben mit Vivien schien auf einmal so weit weg, als trennten sie alle Ozeane der Welt.

„Ich kann nicht glauben, dass es das *Mike's* immer noch gibt." Evan hatte den Laden geliebt. Nach der Schule hatte sein Chauffeur dort oft einen Zwischenstopp eingelegt, und Evan hatte sich nie beschwert – im Gegenteil. In diesem Laden hatte er einen Eindruck vom Leben außerhalb seines behüteten Daseins bekommen. Cops, Feuerwehrleute und Straßenarbeiter hatten sich zur Mittagszeit dort versammelt, während eine Mischung aus Fleischsaft, Soße und geschmolzenem Käse aus seinem Hamburger tropfte.

„*Mike's Diner* ist eine Institution, die sich nicht so leicht unterkriegen lässt, auch wenn neue Burgerläden fast täglich aus dem Boden sprießen."

Was das anging, hatte Brad vollkommen recht. Der Diner war ein Original, ebenso wie sein Besitzer Mike.

„Erzähl mal, was machst du eigentlich so? Ich kann mir nicht vorstellen, dass du Profifechter geworden bist." Evan verzog amüsiert den Mund, denn in jungen Jahren hatte sein Freund oft davon geschwärmt, sein Hobby zum Beruf zu machen. Das Immobilien-Unternehmen seiner Familie hatte ihn schließlich nie interessiert, und Monopoly hatte er als Kind schon gehasst.

Evan konnte sich nicht wirklich vorstellen, dass Brad in die Fußstapfen seines Vaters getreten war.

„Für eine Profikarriere hat mein Talent dann doch nicht ausgereicht." Brad lachte herzhaft. „Ich bin Architekt geworden und nebenberuflich Kinobesitzer."

Evan sah den dunkelhaarigen Mann überrascht an. „Okay, diese Kombination ist wirklich sehr ungewöhnlich."

„Nicht wenn deiner Frau ein nostalgisches kleines Kino in der Upper West Side gehört."

Die Männer überquerten die Straße und betraten kurz darauf den Diner. Augenblicklich breitete sich ein erfreutes Lächeln auf Evans Gesicht aus, denn auch heute hatten sich hier wieder einige Cops des NYPD und Feuerwehrmänner versammelt. Evan und Brad ließen die Jukebox am Eingang hinter sich – sie spielte einen Klassiker von Elvis – und bahnten sich ihren Weg durch die fettgeschwängerte Luft. Es roch so wie damals, zu seiner Kindheit und Jugendzeit, als er mit Frank für einen Snack eingekehrt war.

„Brad, schön, dich zu sehen!", rief der Inhaber Mike, der seinen Freund herzlich begrüßte und nach einem Blick auf Evan erstaunt die Augen aufriss. „Evan? Evan Wayne?"

Ehe Evan sich's versah, klopfte ihm Mike mit seiner Riesenpranke freundschaftlich auf den Rücken.

„Das ich das noch erleben darf. Frank hat mir erzählt, dass du jetzt in Paris lebst."

„Das stimmt, und ich kann nicht beschreiben, wie sehr ich mich in den letzten Jahren nach deinen Burgern verzehrt habe", gab Evan bereitwillig zu.

Mike verzog stolz das Gesicht. „Nun, ich bezweifle auch, dass die Franzosen wissen, wie man einen anständigen Patty brät – und den besten Bacon und Cheddar gibt es natürlich hier, in unserem schönen New York.“

Evan bekam plötzlich einen unbändigen Appetit auf Mikes Burger. Was zum einen daran lag, dass er in den letzten Jahren kaum Fast Food gegessen hatte, aber auch am passenden Ambiente. Der umgebaute Eisenbahnwaggon aus den Fünfzigerjahren war nach wie vor so eindrucksvoll, wie er ihn in Erinnerung hatte.

„Also, was kann ich euch bringen? Ihr habt Glück, der große Mittagsansturm ist bald vorbei und die Bullen räumen langsam das Feld.“

Mike zog den Kopf ein, als ein stattlicher Mann in Uniform an ihm vorbeilief. Doch sein amüsiertes Grinsen war trotz des gespielt strengen Blicks deutlich zu sehen.

Evan ging bei dieser Flachserei das Herz auf, denn es erinnerte ihn an unbeschwerte Tage in seiner Kindheit, als er sich noch nicht mit Bilanzen und Kalkulationen die Nächte um die Ohren geschlagen hatte.

„Für mich den Triple-Burger mit Pommes“, antwortete Brad.

„Und ich nehme den Cheeseburger mit extra Bacon und Pommes.“ Schon jetzt lief Evan das Wasser im Mund zusammen.

„Alles klar, dann lass ich euch Jungs mal allein. Ihr habt euch sicher viel zu erzählen nach all der Zeit.“ Der ältere Mann nickte den beiden freundlich zu und verschwand kurz darauf im offenen Küchenbereich.

Evans Blick wanderte zum Tresen und den Barhockern, die sich einer nach dem anderen leerten, weil der Dienst rief. Es war, als wäre seit seinem letzten Besuch kein Tag vergangen, denn auch die Tischsets aus Papier waren dieselben. Darauf waren die bekanntesten Sehenswürdigkeiten der Stadt abgedruckt.

„Und wie war es für dich, Brianna nach all den Jahren wiederzusehen?" Brads Frage holte Evan unvermittelt ins Hier und Jetzt zurück.

„Du hast gewusst, dass sie das Juwel nie verlassen hat?"

Brad lachte. „Klar weiß ich das. Meine Frau und ich gehen fast jeden Monat ins Café. Nirgends gibt es bessere Törtchen, das solltest du am besten wissen."

Ja, das sollte er am besten wissen. Und doch war ihm in all den Jahren nie der Gedanke gekommen, dass Brianna im Gegensatz zu ihm geblieben war, um dort das Konditorenhandwerk von der Pike auf zu lernen.

„Tatsächlich habe ich erst am Tag meiner Ankunft davon erfahren."

Brad riss überrascht die Augen auf. „Was? Das glaub ich jetzt nicht. Ihr hattet überhaupt keinen Kontakt?"

„Sie wollte keinen Kontakt mehr, sonst hätte sie meine Briefe beantwortet – irgendwann hab ich es kapiert und sie in Ruhe gelassen." Evan wusste selbst, wie deprimierend das klang. „Außerdem ist Brianna längst Geschichte und ich bin zwischenzeitlich verlobt."

„Aha", erwiderte Brad nur und bedachte seinen alten Freund mit einem undeutbaren Blick. Auch die Angestellten im Hotel beäugten ihn mit einer Mischung aus Angst und Misstrauen – warum auch immer. Er war ganz bestimmt nicht zurückgekehrt, um die Pläne seiner Mutter in die Tat umzusetzen, während sein Vater machtlos im Krankenbett lag.

„Achtung: heiß und fettig!“ Mike stellte zwei dampfende Teller mit Burgern und Pommes auf das Tischchen, unter dem die beiden Männer beinahe mit den Knien zusammenstießen. Dass der Waggon nicht viel Platz hergab, bekamen auch die Gäste zu spüren. Dafür war das Essen ein Genuss. Es wärmte nicht nur den Magen, sondern auch die Seele. Evan fiel wie ein Verhungerter über das Essen her und stellte mit Belustigung fest, dass es keine achtundvierzig Stunden gebraucht hatte, um zu seinen kulinarischen Wurzeln zurückzukehren.

„Besser als Froschschenkel und Schnecken, nicht wahr?“ Mike wackelte frech mit den Augenbrauen, als er den Tisch wieder verließ.

Evan lachte nur.

„Und deine Verlobte, ist sie Französin?“, fragte Brad mit vollem Mund.

„Vivien. Ja, wir haben uns vor drei Jahren in einem kleinen Restaurant in der Avenue de Versailles kennengelernt“, klärte Evan seinen Freund auf und merkte, dass er wieder in einen melodischen Singsang verfiel, wenn französische Worte mit einflossen. Kein Wunder, denn in den letzten Jahren hatte er fast vergessen, wie seine Muttersprache klang. Mitarbeiter aus der Bretagne, Freunde aus Paris und sogar ein Papagei, der Französisch sprach. Der Amerikaner in ihm war mit der Zeit immer mehr verblasst. Doch mit jeder weiteren Stunde fühlte er sich wieder wie der Evan Wayne, dessen Namen man nicht mit Akzent aussprach, und schon gar nicht wie ein gewisses Mineralwasser.

8

Brianna

Brianna war fast so nervös wie am Tag ihrer Konditorenprüfung. In knapp einer Stunde stand das letzte Meeting vor dem Winterball an, um finale Details zu besprechen. Die ganze Situation fühlte sich immer noch surreal an, denn zum ersten Mal in all den Jahren trug sie die alleinige Verantwortung für das Gelingen und die Konditorei. Fast ein ganzes Leben lang hatte sie von diesem einen Tag geträumt, doch jetzt machte ihr die ungeteilte Aufmerksamkeit Angst. Was, wenn ihre Ideen langweilig waren oder Patricia ihre Kreationen hasste? Ihr Team und sie hatten die ganze Nacht hindurch auf Hochtouren gearbeitet, um zusätzlich zum normalen Pensum die *Vorführmodelle* zu backen. Natürlich hatte es sich ihr Grandpa an diesem wichtigen Tag nicht nehmen lassen, ihr unter die Arme zu greifen. Worüber sie jetzt, im Nachhinein, sehr dankbar war. Es galt in diesem Jahr nämlich nicht nur Simon und besonders Patricia Wayne zu überzeugen, sondern auch Evan.

Das Treffen war auf neun Uhr morgens angesetzt, weswegen es sich für sie nicht gelohnt hatte, noch einmal heimzugehen. Erst recht nicht bei diesem Schnee, der sie nur wertvolle Zeit gekostet und zusätzlich unter

Stress gesetzt hätte. Aber das war nicht weiter schlimm. Brianna hatte wie immer mit ihrem Grandpa gefrühstückt und sich anschließend in ihr ehemaliges Zimmer zurückgezogen, wo sie sich in diesem Moment umzog. Sie konnte ihren Arbeitgebern ja wohl kaum in schmutzigen Arbeitsklamotten gegenübertreten. Ihr Oberteil hatte im Eifer des Gefechts nicht nur Eischnee, sondern auch rote Sprenkel der Himbeerfüllung abbekommen. Brianna schlüpfte in eine schwarze Skinny Jeans und einen cremefarbenen Kaschmirpulli, den sie sich erst letzte Woche bei *Macy's* gekauft hatte. Nicht zu aufdringlich, aber auch nicht zu salopp, wie sie nach einem Blick in den Spiegel zufrieden feststellte. Brianna löste ihren Dutt, der während der letzten Stunden in der Konditorei etwas gelitten hatte, und steckte sich das Haar erneut fest. Für einen Moment zögerte sie, doch dann griff sie nach dem Kosmetiktäschchen, das sie zuvor aus ihrem Spind geholt hatte. Vielleicht konnte es zur Feier des Tages nicht schaden, etwas Make-up aufzutragen. Für gewöhnlich verzichtete sie während der Arbeitszeit darauf. Es war schon so ziemlich warm, und mit Schminke im Gesicht hätte sie vermutlich das Gefühl gehabt, zu ersticken. Es hatte durchaus seine Vorteile, nachts zu arbeiten. Auf dem Weg zur Arbeit begegnete sie lediglich den Doormen, die vor den riesigen Appartementhäusern wachten und sich um Äußerlichkeiten nicht scherten.

Brianna packte Puder und Mascara wieder in das Täschchen und band sich schließlich die Schürze um. Es gab verschiedene Ausführungen davon. Die einfache, die sie während der Arbeitszeit trugen, und dann diese hier, für formelle Anlässe wie den Winterball. Die

Schürze war blütenweiß und das Seiden-Damast-Gewebe schimmerte leicht. Über der Brust war in goldenen Lettern das Logo des Juwels eingestickt. Wann immer sich die Gelegenheit dazu bot, war das Tragen dieser *Uniform* für Brianna ein großes Ereignis. Sie hoffte nur, dass Emma und Nat ebenfalls auf ein respektables Erscheinungsbild achteten. Für gewöhnlich trug der junge Konditor gern Chucks und eine Cap der *Maple Leafs*. Okay, solange der passionierte Eishockeyspieler später nicht auf die Idee kam, irgendetwas wie einen Puck hin und her zu schießen – so wie er es in der Konditorei ab und zu tat – musste sie nicht um Patricias Einrichtung fürchten.

Wenn Brianna ehrlich war, hätte sie die Präsentation viel lieber in einem Besprechungsraum hinter sich gebracht. Die Logistik wäre zumindest für sie und ihre Mitarbeiter um ein Vielfaches einfacher gewesen. Doch Patricia bestand auf ihrer Privatsuite, damit Simon ebenfalls teilnehmen konnte. Diese Location war für Brianna genauso befremdlich wie Evans plötzliche Anwesenheit.

Sie erinnerte sich an die vielen Sicherheitsschranken, die sie mit Evan hatte durchlaufen müssen, als er sie früher ins oberste Stockwerk mitgenommen hatte. Seitdem waren viele Jahre vergangen, und Brianna konnte nur erahnen, wie exklusiv es heute aussehen musste. Wahrscheinlich hatten die Waynes ihre Möbel zwischenzeitlich – im Gegensatz zu ihrem Grandpa – mehrmals ausgetauscht.

Brianna prüfte im Spiegel ein letztes Mal den Sitz ihrer Schürze, dann verließ sie aufgeregt ihr altes Zimmer.

„Willst du nicht ein wenig schlafen?" Sie sah zu ihrem Großvater, der müde in seinem Sessel saß.

„Du weißt doch am besten, dass man ein wenig Zeit braucht, um runterzukommen. Ich bin noch voll mit Adrenalin." Josephs Augen leuchteten auf. „Die Vorbereitungen für den Winterball sind auch für mich etwas Besonderes. Selbst nach all den Jahren."

Brianna konnte ihn nur zu gut verstehen, denn auch ihre Begeisterung hielt nach wie vor an. Der exklusive Ball, den sie als Kind heimlich besucht hatte, hatte schon damals einen ganz besonderen Reiz auf sie ausgeübt.

„Und du bist sicher, dass ich euch nicht nach oben begleiten soll?", hakte Joseph erneut nach. Offensichtlich wollte er seine Enkeltochter nicht allein in die Höhle der Löwin schicken. Patricia war bekannt dafür, dass sie offen und ehrlich ihre Meinung äußerte, nur dass sie dabei nicht gerade taktvoll vorging. Außerdem fand sie immer ein Haar in der Suppe, da konnten die Gebäckstücke noch so perfekt sein. Im Gegensatz zu Brianna nahm Joseph Patricias Kritik nicht persönlich, wo Madame doch selbst kaum den Unterschied zwischen einem französischen Croissant und einem Mürbeteighörnchen kannte.

„Ich bin ja nicht allein. Emma und Nat begleiten mich." Mit dieser Verstärkung im Rücken konnte ja gar nichts schiefgehen. Die Chocolatiere und der Konditor würden mit ihrer Kompetenz und ihrem Talent glänzen.

Joseph nickte, ehe er mit liebevollem Blick erwiderte: „Du siehst heute besonders schick aus, mein Schatz."

Brianna winkte ab. „Ach, das liegt nur daran, dass du mich in den letzten Monaten rund um die Uhr in Arbeitsklamotten gesehen hast."

Joseph zog eine Augenbraue hoch, sagte aber nichts weiter. Brianna konnte sich schon vorstellen, was er sich dachte. Sie musste sich ja selbst eingestehen, dass sie sich ein wenig für Evan herausgeputzt hatte.

„Ich mach mich dann auf den Weg, Grandpa." Brianna drückte ihrem Grandpa ein Küsschen auf die Wange und verließ kurz darauf die kleine Wohnung, mit der sie viele schöne Erinnerungen verband.

Jetzt ist es endlich so weit, und es wird schon alles klappen, redete sich Brianna Mut zu, als sie den Flur hinunter zur Konditorei lief. Emma und Nat waren gerade dabei, einen der Servierwagen zu beladen. Mit einem überraschten Lächeln stellte sie fest, dass sich Nat ebenfalls umgezogen hatte. Anstelle der Chucks trug er elegante Schnürschuhe und zum ersten Mal überhaupt sah sie ihn in einem Anzug. Sein geliebtes Team-Cap der *Toronto Maple Leafs* hatte er allem Anschein nach im Spind verstaut. Okay, nun wurde sie doch etwas nervös ... Emma, in ihrem schicken Overall, und Nat wirkten mit ihren blütenweißen Schürzen so förmlich.

„Hi, Brianna. Schick siehst du aus!" Nat schien über den Aufzug seiner Chefin mindestens ebenso überrascht.

„Danke, Nat. Ihr beiden aber auch." Sie schnappte sich eine der Platten und ging den beiden zur Hand. Zuletzt würden sie die empfindlicheren Stücke, die gekühlt werden mussten, auf einem separaten Servierwagen platzieren. Dazu hatten sie sich Kühlakkus besorgt, damit die Pralinen, Cremes und Mousses auf dem Weg nach oben keinen Schaden nahmen. Nicht auszudenken, wenn sie im Aufzug stecken blieben oder die Wärme all ihre Arbeit zunichtemachte.

„Entspann dich, Brianna. Wir zeigen ihnen nur unsere Törtchen. Du musst dort oben weder singen noch tanzen!" Nat sah sie schmunzelnd an.

Sie fühlte sich tatsächlich so, als stünde ihr ein Casting bei *America's Got Talent* bevor. Mit ihrem Können als Konditorin hätte sie die Jury garantiert überzeugt ... aber Patricia Wayne war eine ganz andere Nuss.

„Hätten wir es so wie üblich im Café gemacht, ohne dieses ganze Brimborium, wären wir schon längst fertig", maulte die Chocolatiere nach einem Blick auf die Uhr und gähnte dabei verhalten. Brianna konnte ihre Kollegin, die ebenfalls seit über zehn Stunden auf den Beinen war, gut verstehen.

„Eine Stunde wirst du ja wohl durchhalten", entgegnete Nat. „Wann sonst hat man mal die Gelegenheit, die privaten Gemächer der Waynes zu sehen? Die Suite soll besser abgeriegelt sein als Fort Knox."

Brianna biss sich im letzten Moment auf die Zunge, denn die Information, dass Evan sie damals ab und zu mit hinaufgenommen hatte, würde nur für unnötigen Klatsch und Tratsch sorgen. Ob der Blick auf den Park wohl immer noch so atemberaubend schön war wie damals? Mit Sicherheit. Denn das Juwel stand in erster Reihe zum Park und die Sicht war unverbaut. Brianna hoffte nur, dass Emma und Nat nicht völlig eskalierten, wenn sie von oben die Schlittschuhbahn am *Wollman Rink* und die romantisch verschlungenen Wege erspähten.

„So, das wär's." Nat unterbrach ihre Gedanken, als er ein letztes Tablett mit befüllten Weckgläsern neben den Stapel an Tellern und Besteck stellte.

Wer sollte das nur alles essen? Vermutlich würden sie mit dem Großteil wieder zurückkehren. Zumindest würden sich später die Kollegen im Aufenthaltsraum über die Pannacotta freuen, denn für die Tafel, die sie belieferten, waren die Kreationen allesamt nicht geeignet. Sie waren schlichtweg zu empfindlich, um sie im Schneegestöber bis über die Brooklyn Bridge zu kutschieren.

Brianna, Emma und Nat schnappten sich jeweils einen der Wagen und steuerten den großen Aufzug an, der sie auf die letzte Plattform bringen würde. Dort mussten sie umsteigen und würden in Begleitung eines Berechtigten nacheinander den Privataufzug bis ins letzte Stockwerk nehmen.

Brianna warf einen Blick auf ihre Armbanduhr, während der Aufzug immer höher stieg. Sie lagen perfekt in der Zeit. Als sie den öffentlichen Aufzug kurz darauf verließ und zum Liftboy in den privaten Aufzug stieg, schlug ihr das Herz bis zum Hals. Ein leises Pling kündigte ihr Ziel an und die Türen des Lifts öffneten sich. Erst jetzt fiel Brianna auf, wie fest ihre Hände den Griff des Servierwagens umklammert hielten, sodass ihre Knöchel weiß hervortraten. Sie lockerte ihren Griff und atmete einmal tief durch. Beinahe im selben Augenblick wurde die Tür zum Appartement von Evan geöffnet.

„Guten Morgen, Brianna." Sie registrierte, wie er sie kurz von oben bis unten abcheckte und dann amüsiert lächelte.

„Guten Morgen, Evan. Meine Kollegen müssten auch gleich da sein." Verdammt, es gelang ihr einfach nicht, ihre Nervosität zu verbergen. Vor zwei Tagen in der Konditorei hatte sie eindeutig einen Vorteil gehabt, aber hier oben, über den Dächern New Yorks, war sie den Waynes völlig ausgeliefert.

„Das freut mich, wir sind schon sehr neugierig, was ihr euch für dieses Jahr habt einfallen lassen." Evan machte Brianna Platz, sodass sie mit dem Wagen eintreten konnte. Überwältigt schnappte sie nach Luft, denn der Ausblick war noch schöner, als sie ihn in Erinnerung hatte. Brianna sah sich unauffällig um. Wie angenommen, hatte sich auch die Einrichtung seit ihrem letzten Besuch verändert.

Sie steuerte den offenen Küchenbereich an. Vor der großen Frühstücksinsel hätten sie genügend Platz, um alle drei Wagen abzustellen.

„Wow, der Ausblick ist der Hammer! Viel besser als vom Dach des Rockefeller Centers!", rief Emma und quietschte, als sie als Nächste die Wohnung betrat.

Aus dem Augenwinkel erkannte Brianna, wie Evan amüsiert den Mund verzog. „Ja, da gebe ich Ihnen vollkommen Recht."

Peinlich berührt zuckte die Chocolatiere zusammen, denn offensichtlich hatte sie vor lauter Erstaunen den Erben ganz übersehen. „Oh, hallo. Ich bin Emma. Ich glaube, wir sind uns bis jetzt nicht persönlich begegnet."

Brianna schmunzelte, denn ihre Kollegin schien auf einmal wieder hellwach zu sein.

„Es freut mich sehr, Sie alle einmal persönlich kennenzulernen", bemerkte Evan, als sie endlich vollzählig waren. „Außerdem möchte ich mich auch im Namen meines Vaters dafür bedanken, dass das Probeessen heute hier stattfinden kann.“

„Ach, kein Ding.“ Nat winkte gutmütig ab. Er hatte seinen Servierwagen zwischenzeitlich neben die anderen gestellt und sah sich nun neugierig um.

Evan lächelte die Crew um Brianna dankbar an, und erst jetzt fielen ihr die Fältchen um seine Augen auf. Es war alles so surreal. Gestern noch waren sie Kinder gewesen, und jetzt war Evan ein erwachsener Mann, der die Fäden eines Imperiums in den Händen hielt.

Stimmengewirr aus dem hinteren Teil der Wohnung holte sie in die Gegenwart zurück.

„Meine Eltern sind dann wohl so weit.“

Automatisch streckte Brianna den Rücken durch, es war für sie immer etwas Besonderes, den Waynes gegenüberzutreten. Auch wenn Simon harmlos war, so hatte sie seit Jahren zumindest vor Patricia großen Respekt.

Doch Patricia trat für einige Momente in den Hintergrund, als Briannas Blick auf Simon fiel, der unsicheren Schrittes ins Wohnzimmer kam. Es war das erste Mal, dass sie ihn seit seinem Schlaganfall sah. Der Mann, der stets unerschütterlich gewesen war, wirkte nun kraftlos und fremdbestimmt. Ein weiteres untrügliches Zeichen seiner Krankheit war deutlich zu erkennen – eine leichte Gesichtslähmung.

Es tat ihr im Herzen weh, ihn so zu sehen, denn auch sie verband eine besondere Verbindung, die weit über ihr Angestelltenverhältnis hinausging. Simon war neben ihrem Grandpa stets ihr größter Unterstützer gewesen. Sie wollte nicht wissen, wie viel Mühe und

Überwindung es ihn gekostet haben musste, sich für dieses Treffen zurechtzumachen. Dennoch begrüßte der Herr sie alle mit einem herzlichen Lächeln, soweit es ihm gelang.

Nachdem die Familie Platz genommen hatte, legte Brianna mit ihrem Vortrag los. Da sich der Winterball dieses Jahr zum fünfzigsten Mal jährte, hielt ihre Präsentation gleich mehrere Überraschungen bereit. Sie würden die Torte von damals ins Programm nehmen, die ihr Großvater höchstpersönlich für die Premierenfeier kreiert hatte. Emma und Nat würden dazu die passenden Desserts und Pralinen herstellen.

Brianna spürte, wie sich ihr Puls unter Evans Blick beschleunigte. Früher hatte sie ihm oft von ihren Ideen erzählt, von ausgefallenen Geschmacksrichtungen und kreativen Designs. Er hatte ihre Entwürfe alle geliebt. Doch heute fühlte sie sich, als müsste sie sich erst noch beweisen. Lag es daran, dass Evan jetzt auf der anderen Seite saß? Ihn nach all den Jahren zwischen seinen Eltern zu sehen, machte ihr seine gegenwärtige Macht erst bewusst. Er war kein hungriger Teenager mehr, der heimlich von ihren selbst gebackenen Plundertaschen kostete, sondern ein erfolgreicher Geschäftsmann, der sie jederzeit gegen eine bessere Konditorin eintauschen konnte. Würden ihre Kreationen an das, was er in Paris gewohnt war, heranreichen? Mit Sicherheit hatte er im *Balzac* nur die Besten aus ganz Frankreich eingestellt. Schließlich galt es für die Waynes, einen Ruf zu wahren.

Dennoch erkannte Brianna ein kurzes Aufflackern in seinen Augen, als sie die Jubiläumstorte lüftete. Evan hatte die Torte, die ihr Grandpa ihr stets zum Geburtstag gebacken hatte, sofort wiedererkannt.

Patricia erhob sich von ihrem Platz und trat näher, während Evan neben seinem Vater sitzen blieb. Mit gekräuselten Lippen umkreiste sie die dreistöckige Torte, während Brianna die Luft anhielt.

Im Gegensatz zu Brianna war Nat geistesgegenwärtig genug, der Dame eine Kuchengabel zu reichen. Bildete sie es sich nur ein oder hatte sich der Kanadier eben vor Patricia verbeugt?

Aus dem Augenwinkel bemerkte Brianna Emmas überzogenes Augenrollen und hoffte, dass es außer ihr niemandem aufgefallen war. Doch zu spät. In diesem Moment sah Evan sie mit einem amüsierten Lächeln an. Sie konnte nicht anders, als sein ansteckendes Lächeln zu erwidern. Wie hatte sie sich so lange einreden können, dass ihr sein Lachen, seine Anwesenheit nicht fehlten? All die unbeantworteten Briefe und das nagende Gefühl, vergessen worden zu sein, waren für einige Augenblicke verschwunden. Sie konnte es nicht leugnen, aber ihre Zuneigung für Evan war letztendlich größer als ihr Stolz – und diese Erkenntnis brachte sie kurz ins Wanken. Zum Glück bekam Patricia nichts von ihrem Gefühlschaos mit. Sie kostete genüsslich von den Desserts, während Nat seinen Charme versprühte und Emma beim Kredenzen half. Verdammt. Die Präsentation lief ganz und gar nicht, wie Brianna es sich vorgestellt hatte, ihr Kopf war völlig leer.

„Die kommt auf jeden Fall auf die Karte", Patricias Stimme holte sie ins Hier und Jetzt zurück, „und die leckere Mousse und die Trüffelpralinen auch."

Evan, der seinem Vater bis jetzt Gesellschaft geleistet hatte, kam nun ebenfalls auf sie zu und löste allein mit seiner Anwesenheit Hitzewallungen in ihr aus. Briannas Blick wanderte Hilfe suchend zum Fenster. Doch auch der Anblick des verschneiten Central Parks vermochte sie nicht abzukühlen.

9

Evan

Was tat er hier nur – und vor allem, was dachte er sich dabei? Evan zog sich die Strickmütze tiefer ins Gesicht und den Reißverschluss seiner Daunenjacke hoch. Als hätten die Präsentation und Briannas Anwesenheit nicht schon für genug Gefühlschaos gesorgt. Gleichzeitig nagte das schlechte Gewissen an ihm. Herrgott, er war verlobt, und bis vor wenigen Tagen hatte er gedacht, dass er mit Vivien glücklich war. Aber warum drehten sich seine Gedanken dann um die Frau, die ihm als Teenager das Herz gebrochen hatte?

Dank seiner dicken Verkleidung – ein Großteil der Angestellten kannte ihn nur in Anzug und feinem Zwirn – war es ihm gelungen, unbemerkt ins Freie zu gelangen. Für einige Augenblicke sah Evan den Räumfahrzeugen hinterher, die die Straße vom Schnee befreiten, und er hoffte, dass er Brianna nicht verpasst hatte. Noch während ihrer Präsentation hatte er den Entschluss gefasst, sie vor ihrem Heimweg abzufangen. Er wollte ihr danken. Aber nicht nur das ... Wenn er ehrlich war, wollte er ein wenig mehr Zeit mit ihr verbringen.

Evan fühlte sich wie ein Stelzbock, als er nun vor dem Eingang auf sie wartete. Er konnte sich nicht erinnern, wann er zuletzt so verwirrt und aufgeregt gewesen war. Die letzte Stunde im Appartement seiner Eltern hatte ihm deutlich bewusst gemacht, dass sie um ein klärendes Gespräch nicht herumkamen. Im Gegenteil, die offensichtliche Anziehung zwischen ihnen hatte alles nur komplizierter gemacht.

Evans Augen flackerten auf, als er Brianna erkannte. Die junge Frau trug gefütterte Stiefel, die bei diesen Schneemassen sicher nicht verkehrt waren, und einen marineblauen Daunenmantel. Als sie ihn ebenfalls in den dicken Klamotten erkannte, sah er die Überraschung in ihrem Blick.

„Ich würde dich gern ein Stück begleiten – wenn es okay ist." Evan kam sich bei seiner Bitte seltsam unbeholfen vor.

„Ähm, klar, warum nicht. Ich warne dich aber lieber vor, um diese Zeit bin ich kaum ansprechbar."

Natürlich war ihm sofort klar, dass sie auf ihren Schlaf-Wach-Rhythmus anspielte, der sich so sehr von seinem unterschied.

Evan lächelte Brianna mitfühlend an. „Alles gut, ich kann nur erahnen, wie müde du sein musst. Vor allem nach den Überstunden am Morgen. Danke noch mal, das ist nicht selbstverständlich."

Ein warmherziges Lächeln breitete sich auf Briannas Gesicht aus. „Für deinen Dad würde ich das Probeessen sogar aufs Dach des Empire State Building verlegen. Solange er sich schnell wieder erholt."

„Das wird er. Die Ärzte sind optimistisch." Evan hoffte, dass die Spezialisten recht behielten und sich die Lähmungserscheinungen wieder vollständig zurückbildeten.

Für einige Zeit liefen Brianna und Evan stumm nebeneinander her – jeder mit seinen eigenen Gedanken –, und ließen das Hotel hinter sich. Zu seiner Rechten entdeckte Evan schon die ersten Pferdekutschen, die sich entlang der Straße aneinanderreihten. Auch das Juwel bot derartige Touren an. Doch er konnte bis heute nicht verstehen, was daran romantisch war. Die armen Pferde taten ihm einfach nur leid. Mit einem wehmütigen Lächeln erinnerte er sich an die Papiertüten mit altbackenem Brot, die ihm Edna für die Tiere gepackt hatte ... es schien eine Ewigkeit her.

„Ich habe die Jubiläumstorte übrigens gleich erkannt", bemerkte Evan, als sie den Columbus Circle erreichten. „Eine wirklich originelle Idee, sie wieder aufleben zu lassen."

„Es ist mein erster Winterball als Chef-Patissière, noch dazu das Jubiläumsjahr. Da liegen die Erwartungen sehr hoch", erwiderte Brianna mit leuchtenden Augen. Ihre Müdigkeit schien für einen Moment wie weggeblasen.

„Ich hätte auch nichts anderes von dir erwartet als Perfektion. Schon damals hast du genau gewusst, was du einmal backen wirst."

Brianna schnitt eine Grimasse. „Damals war ich erst zwölf und von meinem Traum meilenweit entfernt."

Evan fragte sich, wie lange sie das Thema Briefe weiter ausklammern wollten. Auch wenn sich die Zeit nicht mehr zurückdrehen ließ, so erwartete er zumindest eine Antwort, warum sie ihn so schnell aufgegeben hatte. Aber nicht heute, man sah Brianna die Erschöpfung mittlerweile an.

„Du wohnst jetzt in der Upper West Side?", wechselte Evan zu einem unverfänglicheren Thema.

„Ja, im Gegensatz zu meinem Grandpa brauche ich dann doch etwas Abstand", erwiderte sie mit einem Lachen. „Die Wände im Hotel haben Ohren, wie du ja weißt. Außerdem habe ich ein Leben außerhalb des Juwels."

Klar hatte sie ein Leben außerhalb des Juwels. Dennoch schmerzte ihn diese Tatsache mehr, als sie sollte. Aber was hatte er erwartet, dass sie sich wie ihr Großvater gänzlich dem Hotel verschrieb?

„Und was machst du so in deinem Leben außerhalb des Juwels?" Kaum hatte er die Worte ausgesprochen, bereute er sie. Welcher Teufel hatte ihn nur geritten?

Brianna sah ihn irritiert an, ehe sie schmunzelnd erwiderte: „Na das, was man für gewöhnlich in seiner Freizeit so tut."

Okay, wenn man unpassende Fragen stellte, musste man mit solchen Antworten rechnen.

„Und du? Heute keine Joggingrunde im Park oder Burger bei Mike?" Sie hob amüsiert eine Augenbraue.

Ganz offensichtlich war sie bestens informiert. Der Flurfunk funktionierte also zuverlässig wie eh und je.

„Nein, heute nicht. Später steht noch das Treffen mit dem Küchenchef an. Er würde es mir übel nehmen, wenn ich mich zuvor mit Burgern vollstopfe."

Brianna lachte herzhaft. „Du kennst Ayden wirklich gut. Ach ja, und für Edna lässt du lieber auch ein wenig Platz übrig, sonst zieht sie dir die Löffel lang."

Beim Gedanken an die alte Köchin, die ihm stets seine Leibspeisen zubereitet hatte, verzog sich sein Mund zu einem breiten Lächeln. Er konnte es kaum erwarten, sie endlich wiederzusehen.

„Dort drüben wohne ich." Brianna blieb abrupt stehen und zeigte auf die nächste Kreuzung. „Den Rest schaffe ich allein."

„Dessen bin ich mir sicher, aber ich würde gern sehen, welches schmucke Brownstone du dir ausgesucht hast", erwiderte Evan lächelnd.

Wenige Augenblicke später bogen sie in das verschneite Sträßchen ab und Evan musste sich eingestehen, dass seine Schuhe für einen New Yorker Wintertag nicht taugten. Er spürte bereits, wie kaltes Wasser ins Innere seiner ledernen Schnürstiefel drang – ungefüttert waren sie zudem auch.

„Vielleicht sollte ich mir für meinen Aufenthalt hier lieber ein paar warme Stiefel zulegen."

„Wäre nicht verkehrt. Mit deinen französischen Salonschleichern kommst du nicht weit. Trägt man so was gerade in Paris?", hakte Brianna mit einem belustigten Grinsen nach.

Zu seiner Verteidigung musste er sagen, dass nicht er die Schuhe ausgesucht hatte, sondern Vivien. Sie waren der neueste Trend auf der *Armani*-Show gewesen, und auch Jean-Luc hatte beim Anblick des Schuhkartons wieder angeschlagen wie ein scharfer Hund. Was war nur aus ihm geworden? Während seiner Zeit in Frankreich hatte er völlig den Bezug zu sich selbst verloren.

Bequeme, praktische Schuhe wären das Erste, was er sich kaufen würde. Ebenso Proviant fürs Footballspiel, das er sich am Abend mit einigen Jungs aus der Wäscherei und der Küche ansehen wollte.

Evan freute sich schon darauf, seit sie ihn zu ihrer kleinen Runde eingeladen hatten. Nicht nur, weil es eine willkommene Abwechslung zu seinem Arbeitstag war, sondern auch, um die Neuen unter ihnen besser kennenzulernen. Zum Glück war seine schlimmste Befürchtung nicht eingetreten. Man nahm ihn im Untergeschoss immer noch mit offenen Armen auf.

„Du hast mich ertappt", sagte er und kam auf ihre Frage zurück, „und ich muss wohl vergessen haben, dass es hier etwas kälter ist." Eisige Temperaturen und starker Wind dominierten das New Yorker Winterwetter. Die wenigen Sonnenstrahlen am Tag schafften es kaum bis nach unten durch, weswegen der Schnee zwischen den tiefen Häuserschluchten liegen blieb.

„Die perfekte Kulisse zur Weihnachtszeit, oder nicht? Das Juwel wäre ohne den Schnee nur halb so schön."

Da gab Evan ihr völlig recht, auch wenn er seine Zehen zwischenzeitlich kaum mehr spürte.

„So, da wären wir." Brianna machte eine ausholende Bewegung und zeigte lächelnd nach oben. „Die Wohnung im ersten Stock ist meine."

Automatisch wanderte Evans Blick zum Fenster und er schmunzelte, als er die Fensterbilder und Tannengirlanden hinter der Scheibe sah. Es waren die gleichen wie am Sprossenfenster der Konditorei. Zumindest was ihre Vorliebe für Weihnachten anging, schien Brianna dieselbe wie früher zu sein. Und er war sich ziemlich sicher, dass sie nach wie vor den riesigen Weihnachtsbaum im Juwel bestaunte.

„Hast du mir die Christbaumkugeln nach Paris geschickt?"

Die Frage war ihm einfach herausgerutscht.

Auf Briannas Gesicht erkannte er eine Mischung aus Verwirrung und Schmerz. „Warum sollte ich dir Weihnachtskugeln nach Paris schicken, wo du mir nicht mal auf meine Briefe geantwortet hast?“

Hatte er eben richtig gehört? Ausgerechnet sie warf ihm vor, er hätte ihr nie geschrieben? Briannas Antwort war wie ein Schlag ins Gesicht. Doch warum wirkte sie in diesem Moment genauso verwirrt?

Für einige Augenblicke sahen sie sich nur an, als müsse ihr Verstand die Worte erst erfassen.

„Ich habe nie Post von dir erhalten“, entgegnete Evan mit bebender Stimme. „Keinen einzigen Brief in zehn Jahren. Irgendwann habe ich kapiert, dass du mich aus deinem Leben ausgeschlossen hast.“

Brianna fuhr sich müde übers Gesicht, während sie mit der anderen Hand Halt am Geländer suchte: „Evan, ich verstehe das nicht, ich habe dir ...“

Evan hörte das Blut in seinen Ohren rauschen, als er realisierte, was geschehen war. Man hatte die Korrespondenz zwischen ihnen einfach unterbunden. Es konnte unmöglich sein, dass sowohl seine als auch ihre Briefe auf dem Postweg verloren gegangen waren. Er wollte nicht glauben, dass jemand zu so etwas fähig war.

Als er zu Brianna sah, erkannte er in ihrem Blick dasselbe Entsetzen. Erschüttert schlug sie die Hand vor den Mund. „Ich glaube das alles nicht. Wer macht so was?“

Im ersten Moment fiel ihm tatsächlich seine eigene Mutter ein, und plötzlich ergab ihr seltsames Verhalten in den letzten Tagen auch Sinn. Die Panik, die sie bei seiner Anreise bekommen hatte. Die abwegige Idee, Vivien einzuladen, wo sie sich bisher kaum für seine Verlobte interessiert hatte. Ein eiskalter Schauder lief ihm über den Rücken, denn offensichtlich hatte auch seine Ausbildung in Frankreich zu ihrem durchtriebenen Plan gehört.

Erst jetzt bemerkte Evan, dass Brianna die Tür aufgeschlossen hatte. Ohne auf eine Einladung zu warten, folgte er ihr bis hinauf.

„Sie konnte mich noch nie leiden", bemerkte Brianna, als sie ihre Wohnung betrat und ihre Jacke an die Garderobe hängte. „Mein Grandpa und ich stehen schon seit Jahren auf ihrer Abschussliste."

„Du weißt davon?" Evan verzog überrascht das Gesicht.

„Dein Dad hat es meinem Grandpa natürlich gesagt und ihm versichert, dass uns nichts passieren wird. Dennoch nagt es an ihm, wie du dir sicher denken kannst."

„Brianna, es tut mir unendlich leid, was du in all den Jahren ertragen musstest." Er griff nach ihren Händen und sah sie mit schmerzerfülltem Blick an. „Ich habe dich nicht vergessen. Ganz im Gegenteil. Es gab keinen einzigen Tag, an dem ich nicht an dich dachte und mir wünschte, dass wir wieder zusammen wären."

Evan bemerkte das kurze Aufflackern in ihren Augen, das einer Mischung aus Schmerz und Sehnsucht gleichkam. Zum ersten Mal seit seiner Ankunft gestattete er sich die eine Frage: Was wäre wohl aus ihnen geworden, wenn er New York nie verlassen hätte?

„Ich habe meine Briefe alle in der Lobby abgegeben“, sagte Brianna tonlos. „Jemand muss sie direkt aussortiert haben.“

„Hector!“, entfuhr es Evan lautstark. „Wer sonst wäre zu so etwas fähig?“

Brianna löste sich aus seinem Griff und lief hinüber zur Couch. „Bitte nimm es mir nicht übel, aber ich brauche jetzt meinen Schlaf.“

Er sah seiner Kindheitsfreundin förmlich an, wie sehr sie nach dieser Erkenntnis mit sich kämpfte. Ihm ging es ähnlich, nur dass sich zu seiner Enttäuschung eine unbändige Wut mischte. Er würde seine Mutter zur Rede stellen, sobald er zurück war. Sie hatte ihn nicht nur manipuliert, sondern auch sein Vertrauen zerstört.

Evan nickte. „Bis dann, Brianna.“

Beinahe lautlos schloss er die Tür hinter sich, stieg die Treppe hinab und lief hinaus auf die Straße, auf der sich zwischenzeitlich einige Kinder zum Schneemannbauen versammelt hatten. Sein Blick wanderte ein letztes Mal nach oben zu Briannas Fenster, ehe er sich auf den Rückweg machte. Ab jetzt würde er die Dinge auf seine Art regeln. Seine Mutter hatte jegliches Recht auf Einmischung verspielt.

Evan blieb stehen, als ihm ein erschütternder Gedanke kam. Wusste sein Vater womöglich von den verschollenen Briefen? Oder gar Joseph? Steckten alle drei unter einer Decke des Verrats? Es war kein Geheimnis, dass der Konditormeister altmodisch war. Romantische Beziehungen zwischen den Angestellten waren ihm seit jeher ein Dorn im Auge. An manchen Tagen führte er sich sogar wie ein Vorsteher der Bediensteten auf. Einer, der gut ins vorherige Jahrhundert gepasst hätte – am besten in ein englisches Adelshaus – als es noch Standesunterschiede gegeben hatte.

Evan beschleunigte seine Schritte und bemerkte weder die kunstvollen Dekorationen am Columbus Circle noch das Telefon, das in seiner Jackentasche vibrierte. Die Umstände vor zehn Jahren tauchten wieder in seiner Erinnerung auf, und wie sehr seine Mutter von der Privatschule in Paris geschwärmt hatte. Wie hatte er nur so naiv sein können, nie etwas zu hinterfragen? Betriebswirtschaft, Marketing und Finanzen. Sein Dad hatte die Geschäfte auf seine Art geführt. Genau genommen war Simon irgendwo in den Siebzigern stehen geblieben. Natürlich hätte Evan alles dafür getan, damit das Imperium in Zukunft weiterlief.

Er erreichte das Hotel und durchquerte eilig die Lobby. Er wollte keine Zeit mehr verlieren, schließlich hatte er bereits zehn Jahre seines Lebens verloren. Während der Aufzug ihn nach oben brachte, warf er einen Blick auf sein Handy. Erst jetzt sah er, dass Vivien versucht hatte, ihn zu erreichen. Bestimmt wollte sie ihm die Flugdaten mitteilen. Doch die Freude über ihre baldige Ankunft hielt sich in Grenzen, denn auch hier hatte seine Mutter ihre Finger im Spiel gehabt – der Grund wurde ihm jetzt klar. Sie sah in Brianna bis heute eine Gefahr.

Und auch wenn er es nur ungern zugab, hatte Patricia mit ihrer Befürchtung recht. Das Wiedersehen mit Brianna und vor allem die Wahrheit über die Briefe stellten alles, was er in den letzten Jahren geglaubt hatte, auf den Kopf.

Als wäre der Schlaganfall seines Dads nicht schon schlimm genug, musste er sich eingestehen, dass er ein

Leben führte, das auf den Lügen seiner Mutter aufgebaut worden war. Die Begriffe *fremdbestimmt* und *manipuliert* trafen den Nagel auf den Kopf.

10

Patricia

„Aber ja, meine Liebe, natürlich dürft ihr auch eine Charity für die Musikschule abhalten", erwiderte Patricia mit zuckersüßer Stimme und verdrehte dabei die Augen. Zum Glück konnte Dana Carter sie durchs Telefon nicht sehen. Im Grunde war es ihr auch egal, für welche Organisation die Frau ihre Werbetrommel rührte, solange sie genug Gäste anlockten. Einflussreiche und wohlhabende Gäste, die ihr schon oft den einen oder anderen Gefallen erwiesen hatten. Es war von Vorteil, die Ehefrau von Simon Wayne zu sein.

„Fürs Obdachlosenheim auch?", wiederholte Patricia Danas Worte. Sie verzog wenig begeistert den Mund, verkniff sich aber ihren Kommentar, dass ein Obdachlosenheim weit weniger wert als eine Schule war.

„Prima, dann sehen wir uns spätestens am Wochenende zum Ball. Ich freu mich auf euch." Patricia legte auf und ließ sich in ihrem Sessel nieder. Am liebsten hätte sie Dana Carter samt ihrer Ideen wieder ausgeladen, wenn ihr zweiter Mann nicht Patrick Jones wäre, einer der einflussreichsten Investoren an der Ostküste.

Wer weiß, vielleicht würde ihr diese Verbindung irgendwann einmal von Nutzen sein. Eine Verbindung ähnlicher Art hatte sich bereits vor vielen Jahren ausgezahlt. Ohne Léos Unterstützung hätte sie Evan niemals im Pariser Internat untergebracht. Allein ihm verdankte sie, dass sie heute noch nicht Großmutter war und die Kinder einer gewissen Bäckerin aufziehen musste. Denn dazu wäre es mit Sicherheit gekommen, hätte sie der frühen Liebelei ihres vor Liebe blinden Sohnes kein Ende gesetzt. Nur gefiel es ihr ganz und gar nicht, wie sich die Dinge entwickelten. Sie war nicht blind. Evan und Brianna hatten während des Probeessens verliebte Blicke ausgetauscht. Je schneller Vivien nach New York kam, desto besser.

Ein Klopfen an der Tür holte sie aus ihren Gedanken. Überrascht sah sie auf, als ihr Sohn das Büro betrat. Der Ausdruck auf seinem Gesicht sagte ihr, dass etwas Schlimmes vorgefallen sein musste. Sie hatte ihn, bis auf den einen Tag vor vielen Jahren, als sie ihn nach Paris schickten, nicht so aufgebracht erlebt.

„Evan. Da bist du ja. Ich dachte mir schon, du hättest dich im Juwel verlaufen."

„Spar dir deine Witze", erwiderte er harsch und schlug die Tür hinter sich zu. „Ich weiß genau, was du getan hast. Du hast Briannas und meine Briefe abgefangen!"

Patricia spürte, wie ihr das Blut in den Adern gefror. Ihr Blick wanderte für einen Sekundenbruchteil panisch zum Sekretär. „Ich bitte dich. Warum sollte ich so etwas tun?"

„Spar dir deine Ausreden. Brianna hat keinen einzigen Brief bekommen, ebenso wie ich."

Patricias Gedanken überschlugen sich, wie kam sie aus dieser Nummer wieder heraus? Sie würde Evan einfach davon überzeugen, dass es zu seinem Besten war. Hinter dieser Meinung stand sie nach wie vor, sie musste sich dafür nicht rechtfertigen.

„Ich wollte nie, dass du es auf diese Art erfährst. Aber jetzt im Nachhinein wirst du mir sicher dankbar sein. Wenn du hiergeblieben wärst, hättest du Vivien nie kennengelernt."

„Halte Vivien aus dem Spiel!" Evan spie die Worte aus. „Sag mir, warum du mein Leben zerstört hast!"

Patricia schüttelte lächelnd den Kopf. „Ach, mein Junge. Merkst du denn nicht, wie du bei ihr jeglichen Verstand verlierst?" Sie öffnete die Schublade und überreichte Evan gönnerhaft die Briefe. „Kindische Schwärmereien, nicht mehr und nicht weniger. Vielleicht willst du sie ja als Andenken behalten. Sie riechen selbst jetzt noch nach billigem Parfum."

Patricia sah, wie ihr Sohn um Fassung rang, und für einen Moment dachte sie wirklich, er würde sie am Arm packen und kräftig schütteln. Doch dann schnappte er sich die Bündel Briefe und verließ ohne ein weiteres Wort ihr Zimmer.

Sie sah ihm verständnislos hinterher. Sie konnte beileibe nicht verstehen, warum er sich dermaßen aufregte. Trauerte er etwa immer noch seiner ersten Jugendliebe hinterher? Ihr Sohn konnte wohl kaum so naiv sein, zu glauben, dass so etwas Bestand hatte.

Spätestens wenn Vivien in New York eintraf, würde er sich wieder daran erinnern, welcher Frau er ein Versprechen gegeben hatte. Dennoch konnte es nicht schaden, diesbezüglich ein wenig nachzuhelfen. Patricia schnappte sich ihr Handy. Es dauerte nur wenige Sekunden, bis die Französin das Gespräch annahm.

„Patricia, ein Glück, dass du anrufst. Ich mache mir solche Sorgen um Evan. Ich habe ihn heute schon mehrmals angerufen, ihn aber nie erreicht."

„Hallo, Vivien. Mach dir keine Sorgen, Evan geht es gut. Er war eben hier bei mir", erwiderte Patricia mit einem aufgesetzten Lächeln. „Der Arme steckt mitten in den Vorbereitungen für den Winterball und hetzt von einem Termin zum nächsten."

„Oh, dann bin ich beruhigt. Der Winterball scheint ihn ja richtig in Beschlag zu nehmen. Gestern hat er sich auch nur kurz per Textnachricht gemeldet und musste gleich wieder los."

„Das Management hier schließt dann doch einige Aufgaben mehr ein als seine Tätigkeit im *Balzac*. Simon hat das Zepter nie aus der Hand gegeben und der arme Evan darf es nun ausbaden", sagte Patricia und kam auf ihren ursprünglichen Plan zurück. „Ich überlege schon die ganze Zeit, wie ich es wiedergutmachen kann." Sie machte eine kurze Pause, dann ließ sie die Bombe platzen. „Was hältst du davon, wenn ihr die Hochzeit vorzieht und einfach hier heiratet? Kein Ort wäre für eine romantische Märchenhochzeit besser geeignet als das Juwel."

„Du meinst jetzt im Dezember?", hakte Vivien überrascht nach.

„Ja, es wäre ein Leichtes, ein Fest in dieser Größe zu organisieren, schließlich sind wir ein Hotel, das auf exklusive Bälle spezialisiert ist. Die besten Köche, Konditoren und Dekorateure arbeiten für uns."

Am anderen Ende der Leitung entstand eine längere Pause und Patricia hoffte, dass sie den Bogen nicht

überspannt hatte. Gerade als sie weitere Vorzüge aufzählen wollte – Zimmer mit Blick auf den Central Park
und exklusive Karten für den Broadway – willigte Vivien euphorisch in Patricias Pläne ein.

„Eine Winterhochzeit in New York, das wäre so romantisch! Und wir müssten auch nicht mehr bis Mai
warten. Ich werde gleich Evan anrufen.“

„Wunderbar! Aber vielleicht sollten wir Evan vorerst
noch nicht einweihen, wo er gerade so viel um die Ohren hat“, bemerkte Patricia mit falscher Besorgnis in
der Stimme.

„Du hast natürlich recht, *Maman*. Das können wir
nach dem Winterball machen. Ich werde direkt mal
googeln, damit ich mir ein Bild von allem machen
kann.“

„Eine grandiose Idee. Und ich schicke dir Aufnahmen
von früheren Hochzeiten in unserem Haus, damit du
siehst, wie wunderschön unser großer Ballsaal ist.“

„Ich kann's kaum erwarten“, erwiderte Vivien aufgekratzt. „Eine Winterhochzeit mit Eiskristallen und Dia-
manten wäre sogar noch schöner als eine Gartenfeier.“

„Meine Worte, und mit weit weniger Insekten.“ Vivien hatte doch nicht wirklich geglaubt, dass sie Evans
Hochzeit unter freiem Himmel auf Klappstühlen feierten. „Funkelnder Strass und Edelsteine, in denen sich
das Licht aus den Kronleuchtern bricht – wäre das
nicht schön?“

„Ich sehe es schon vor mir. Oh, Patricia, ich weiß gar
nicht, wie ich dir danken soll, und vor allem werden
wir so viel Zeit sparen.“

„Nicht nur das, natürlich auch Geld. Wenn die Hochzeit hier bei uns stattfindet, werden wir die Kosten

selbstverständlich übernehmen. Unser Sohn heiratet schließlich nur einmal im Leben, nicht wahr?“

Ein leises Klopfen ließ Patricia aufhorchen und kurz darauf tauchte Hectors Kopf im Türrahmen auf.

„Meine Liebe, ich muss leider aufhören, die Pflicht ruft“, verabschiedete sie sich von der Französin und legte nach einem Küsschen auf.

„Ich sollte doch berichten, wenn mir etwas auffällt.“ Hector kam ohne Umschweife auf den Punkt und schloss schnell die Tür hinter sich. „Evan hat soeben völlig aufgelöst das Hotel verlassen und ist in ein Taxi gestiegen!“

Augenblicklich richtete sich Patricia in ihrem Stuhl auf. Sie konnte sich schon denken, wohin er wollte. Sollte er nur ... damit war es sowieso bald vorbei.

„Er ist hinter unser Geheimnis mit den Briefen gekommen.“

Hectors Gesicht wurde kreidebleich. „Ich habe doch gewusst, dass uns diese Sache eines Tages einholen wird“, erwiderte er mit Panik in der Stimme.

Patricia schenkte ihm einen missbilligenden Blick, denn mit schwachen Männern hatte sie noch nie viel Geduld gehabt. Leider war auch ihr Simon über die Jahre immer mehr zu einem Weichling geworden. Besonders wenn Gefühle im Spiel waren oder es um schwierige Entscheidungen ging. Sie hatte es satt, immerzu die Verantwortung für alles zu übernehmen und die Drecksarbeit zu erledigen. Es war schon schlimm genug, dass sie durch Simons Misswirtschaft ihr gemeinsames Vermögen dahinschwinden sah. Und ihr Sohn hatte, was die Gutmütigkeit anging, denselben

Charakter geerbt. Er war gefühlsduselig und ließ sich von seinen Emotionen leiten.

„Reiß dich endlich zusammen, Hector“, herrschte sie den hageren Mann an, woraufhin dieser zusammenzuckte. „Vivien wird bald hier sein und die beiden werden heiraten.“

„Hier im Juwel?“ Hector riss überrascht die Augen auf.

Patricia grinste wie der Grinch persönlich. „Mmh, genau hier, wo ich die beiden im Blick habe, ebenso wie unsere kleine Bäckerin. Die Gute wird sich nämlich um Evans Hochzeitstorte kümmern. Sie weiß nur noch nichts von ihrem Glück.“

Patricia stieß ein gackerndes Lachen aus. Es gab keine Bessere als Brianna für diesen Job.

11

Brianna

Das Klingeln des Weckers riss Brianna aus einem unruhigen Traum und sie brauchte einen Moment, um sich zu orientieren. Es war fünf Uhr am Nachmittag und Zeit zum Aufstehen. Doch zum ersten Mal seit ihrer Zeit als Chef-Patissière des Juwels spielte sie mit dem Gedanken, einfach einen Tag, oder besser gesagt eine Nacht, freizumachen. Nur leider war dies im Moment unmöglich. Der Winterball stand kurz bevor und sie trug mehr Verantwortung als je zuvor.

Brianna schlurfte in die kleine Küche, schaltete den Kaffeevollautomaten ein und zog sich die erste Tasse. Koffein, sie brauchte dringend Koffein, auch wenn er ihre Probleme nicht löste. Das Wissen um die Briefe und der Schock, dass man den Kontakt zwischen Evan und ihr jahrelang unterbunden hatte, hatten sie kaum schlafen lassen. Sie war am Morgen einfach zu müde und erschöpft gewesen, um weiter darüber nachzudenken, aber nun traf sie die Tragweite mit voller Wucht. Evan hatte sie nicht vergessen, als er New York verlassen hatte. Er hatte sie genauso vermisst wie sie ihn ...

Brianna nahm einen großen Schluck aus der Tasse und zog sich anschließend ihre Daunenjacke und die Lammfellboots an, sodass ihr Schlafanzug darunter kaum auffiel. Dann lief sie hinunter zum Briefkasten, um wie jeden Tag nach dem Aufstehen die Zeitung zu holen. Auch wenn der Tag schon fast wieder vorbei war, so wollte sie doch informiert sein, was sich im Big Apple abspielte. Natürlich hätte sie sich auch irgendeine Nachrichten-App herunterladen können, aber die Zeitung war besser, denn sie fand darin alle wichtigen Infos aus der Nachbarschaft. Ein gewisser Alex Carmichael, Anwalt und ebenfalls wohnhaft in der Upper West Side, würde die ehemalige Nanny seiner Kinder heiraten. Brianna verzog den Mund zu einem verträumten Lächeln, als sie sich an die gestrige Bekanntmachung erinnerte. Aber auch über Veranstaltungen im Juwel wurde regelmäßig berichtet. Sie sammelte zwar nicht, wie ihr Grandpa, jeden Zeitungsartikel, der ihren Namen enthielt, dennoch machte es sie stolz, wenn man sie in einem Nebensatz für ihre außergewöhnlichen Kreationen lobte.

Brianna öffnete den Briefkasten, doch zum Vorschein kam nicht nur die Zeitung, auch mindestens vier Dutzend Briefe purzelten ihr entgegen.

Hatte ihr der Zusteller im Eifer des Gefechts die gesamte Post der Nachbarschaft eingeworfen? Nein, das konnte nicht sein, die Briefe sahen alle gleich aus und waren an sie adressiert. Nach einem Blick auf die Briefmarke und den Hinweis *par avion* wurde Brianna alles klar. Sie hielt Evans Briefe in den Händen, jeden einzelnen, der nie bei ihr angekommen war. Erst jetzt entdeckte sie die kleine Karte, die sich ebenfalls im Briefkasten befand.

Brianna, auch wenn sie fast zehn Jahre zu spät kommen, möchte ich sie dir nicht vorenthalten – ich habe deine Briefe ebenfalls gelesen. Evan.

PS: Es waren so viele, dass ich sie einzeln einwerfen musste. Entschuldige das chronologische Durcheinander.

Die Briefe waren all die Jahre direkt vor ihrer Nase gewesen, und sie hatte nie auch nur einen einzigen Verdacht geschöpft, dass irgendetwas im Argen lag. Brianna schüttelte fassungslos den Kopf, denn der Anblick der an sie adressierten Briefe wühlte sie bis in ihr Innerstes auf. Ein unkontrollierbares Zittern nahm von ihrem Körper Besitz. Wie sehr hatte sie sich damals auch nur ein klitzekleines Lebenszeichen von Evan gewünscht!

Plötzlich wurde ihr siedend heiß, als sie sich an einige Passagen erinnerte, die sie ihm damals geschrieben hatte. Zu Beginn waren es noch Briefe voller Liebe und Hoffnung gewesen. Aber mit der Zeit hatten Wut und verletzter Stolz die zuckersüßen Worte abgelöst. In diesem Moment wurde ihr klar, dass Evans Briefe ein ebensolches Gefühlsspektrum enthalten mussten.

Brianna lief mit klopfendem Herzen nach oben und legte ihre Ausbeute auf dem Wohnzimmertisch ab. Mit einer Mischung aus Furcht und Neugier sah sie sich den Stapel an. Evan war extra zurückgekommen, um ihr die Briefe zu bringen. Doch war sie auch bereit, sich ihrer Vergangenheit zu stellen, jetzt, wo ihr Leben in geordneten Bahnen lief?

Es dauerte eine weitere halbe Stunde, in der sie mit sich rang, ehe sie den obersten Brief öffnete.

Evan hatte ihn am Tag seiner Ankunft in Paris geschrieben.

Brianna kämpfte mit den Tränen, denn sie hörte die Worte eines Freundes, den sie vor vielen Jahren verloren hatte. Seine vertrauten Formulierungen fühlten sich fast wie eine Umarmung an. Er hatte sie immer wie eine Prinzessin behandelt, obwohl sie gar keine war. Aus dem Brief sprach der Evan zu ihr, der damals oft rebelliert hatte, sich aber seiner Verpflichtung stets bewusst gewesen war. Es waren die Worte desselben Evan, der sie im Schutz der Dunkelheit zum ersten Mal geküsst hatte – während ihres letzten gemeinsamen Winterballs.

Brianna legte den Brief aus der Hand, denn die Emotionen, die sie lange verdrängt hatte, stürzten ohne Vorwarnung wieder auf sie ein. Sie hatte ihn für seine Ignoranz gehasst, doch jetzt musste sie sich eingestehen, wie falsch sie gelegen hatte. Natürlich hatte sie ihrem Unmut in ihren Briefen Luft gemacht. Aber sie hatte ja nicht wissen können, dass ihn keine Schuld traf.

Trotz des Hungers, den sie allmählich verspürte, schnappte sie sich den nächsten Brief. Dieser war zwei Wochen nach dem ersten entstanden. Evan reagierte mit Verständnis. Er könne verstehen, dass sie sehr enttäuscht von ihm war und noch eine Weile brauche.

Briannas Herz zog sich zusammen, als sie den Schmerz zwischen seinen Zeilen erkannte. Verdammt, sie hatte ihm zu diesem Zeitpunkt bereits zweimal geschrieben. Wie hatte Evan wohl auf ihre Briefe reagiert? Er hatte sie gelesen, wie er ihr auf der Karte zu verstehen gab. Wenn dem wirklich so war, wünschte sie sich, dass die nächsten Briefe ebenso emotional, verletzend und vorwurfsvoll waren wie ihre.

Wie sollten sie sich nach diesem Seelenstriptease je wieder in die Augen sehen?

Für einen Moment bereute sie, dass sie die Briefe überhaupt geöffnet hatte, sie veränderten einfach alles.

Briannas Magen meldete sich mit einem lauten Knurren. Es wurde höchste Zeit fürs Essen. Sie lief hinüber in die Küche und holte eine Portion Lasagne aus dem Kühlschrank hervor, die sie am Morgen zum Auftauen hineingestellt hatte. Anschließend heizte sie den Backofen vor. Ihre letzte Mahlzeit, das Frühstück mit ihrem Grandpa, lag bereits etliche Stunden zurück. Ihr allabendliches Ritual, eine Folge *Velvet*, würde heute ausfallen. Sie hatte keinen Kopf für noch mehr Liebesschmerz. Welch Ironie, dass sie auf einmal so viel mit der Protagonistin der spanischen Serie verband.

Während die Lasagne im Backofen backte, sah Brianna nachdenklich aus dem Fenster. Was würde ihr Grandpa wohl zu all den Briefen sagen? Würde er weiter hinter Patricia stehen, wenn er erfuhr, zu was sie fähig war? Wenn Brianna ehrlich war, kannte sie die Antwort bereits. Er würde ihr raten, mit ihrer Vergangenheit abzuschließen und nach vorne zu sehen. So wie damals, als sie sich von ihrem Ersparten ein Flugticket gekauft hatte, um Evan wiederzusehen.

Das Klingeln des Backofens holte sie in die Küche zurück. Erst jetzt fiel ihr auf, wie lange sie vor dem Fenster gestanden und in Erinnerungen geschwelgt hatte.

Wie sollte sie sich so auf den bevorstehenden Winterball und die To-do-Liste konzentrieren, die sie diese
Woche abarbeiten musste? Gerade jetzt brauchte sie
ein Höchstmaß an Konzentration, damit nichts schief-
ging.

Außerdem gab es eine weitere Premiere: Sie würde
den Winterball zum allerersten Mal als geladener Gast
besuchen. Simon hatte anlässlich des fünfzigjährigen
Jubiläums persönlich dafür gesorgt, dass einige der
langjährigen Angestellten – unter anderem ihr
Grandpa und Edna – eine der begehrten Karten bekamen. Doch die Vorfreude, endlich selbst inmitten der
geladenen Gäste zu sitzen, war ihr nach den neuesten
Ereignissen gehörig vergangen.

Brianna holte die Form aus dem Ofen und stellte diese
auf einem Untersetzer ab. Der Anblick der köstlichen
Lasagne ließ ihren Magen erneut knurren. Vielleicht
würde sie sich besser fühlen, wenn sie etwas gegessen
hätte ... und vielleicht hätte sie dann auch den Mut, sich
anschließend Brief Nummer drei vorzunehmen. Mit Sicherheit war dieser nicht mehr ganz so nett wie der
letzte. Brianna warf einen Blick auf die Uhr. Es blieben
ihr noch fünf Stunden, bis sie zur Arbeit musste. Normalerweise kümmerte sie sich in dieser Zeit um den
Haushalt oder machte Besorgungen.

Doch heute musste der Haushalt warten, auch wenn
sich die Wäsche im winzigen Badezimmer bereits sta-
pelte. Sie wollte mehr über Evan und seine Zeit in Paris
erfahren. Ob er wohl ebenso sehr gelitten hatte wie sie?
Sie wollte vorbereitet sein, falls er sie konfrontierte.

Brianna hoffte nur, dass dies nicht gleich heute geschah. Für einen einzigen Tag hatten sie genug Gefühle aufgewühlt.

Brianna kostete von der Lasagne, die Edna ihr vor Kurzem mit viel Liebe zubereitet hatte. Beim Geschmack des geschmolzenen Käses fühlte sie Geborgenheit. Besonders jetzt sehnte sie sich nach einem offenen Ohr und einem Menschen, der sie verstand. Schon damals hatte sie sich den Kummer bei Edna von der Seele reden können. Von Frau zu Frau. Die Köchin hatte sie schon immer besser verstanden als ihr eigener Grandpa. Was natürlich auch daran lag, dass die ältere Dame grundsätzlich für Beziehungen unter Kollegen war. Bei Edna hatte sie sich ausgeweint, als Evan fortgegangen war. Sie hatte sie in ihre Arme geschlossen und in mütterliche Liebe eingehüllt. Sie hatte sie getröstet und ihr gesagt, dass Wunder möglich waren, wenn man nur fest daran glaubte. An diesen Tagen war ihr Edna wie die gute Fee aus einem Märchen erschienen. Doch Brianna war heute kein Kind mehr, das an Wunder glaubte. Sie hatte den Tatsachen ins Auge gesehen und war ihren eigenen Weg gegangen – auch wenn er sie nie aus dem Juwel herausgeführt hatte. Vielleicht konnte sie bis heute nicht mit dem Hotel brechen, weil ein Teil von Evan dort immer noch zu spüren war. In den langen Fluren, in den versteckten Ecken und vor allem im Untergeschoss. Aber am deutlichsten hatte sie seine Präsenz gespürt, wenn sie sich zum Weihnachtsbaum schlich. Diesem Moment wohnte jedes Jahr ein besonderer Zauber inne, und beim Betrachten des Baumes war es fast so gewesen, als wäre er noch bei ihr.

Hast du mir die Kugeln nach Paris geschickt?

Evans Frage vom Morgen kam ihr in den Sinn, und erst jetzt wurde ihr klar, was das bedeutete. Es gab jemanden im Juwel, der in ihm sentimentale Gefühle hatte wecken wollen. Ihn daran erinnern, dass es in New York jemanden gab, zu dem es sich zurückzukehren lohnte. Briannas Mund verzog sich zu einem Lächeln, denn im Grunde wusste nur eine einzige Person, wie viel ihnen der Baum bedeutete und welche Erinnerungen sie mit der Nordmanntanne im Foyer des Luxushotels verband. Edna. Briannas Herz klopfte vor Aufregung. Doch wie war es der älteren Dame gelungen, völlig unbemerkt Kugeln vom Baum zu entwenden, wo er die ganze Zeit von Kameras überwacht wurde? Brianna lachte, als sie sich die Nacht und Nebelaktion bildlich vorstellte. Vermutlich hatte Edna es irgendwie geschafft, einige Kugeln im unteren ausladenden Bereich des Baumes zu ergreifen. Vielleicht eine nach der anderen, zum Ende ihrer Schicht oder gar nachts, wenn alle schliefen. Vielleicht gab es auch einen Komplizen, der sie bei ihren romantischen Plänen zugunsten des Erben unterstützt hatte. Der alte Portier aus der Nachtschicht war für diesen Job geradezu prädestiniert.

Brianna kratzte den Rest aus der Auflaufform und nahm sich vor, die alte Dame später direkt zu fragen, wenn sie ihr die Schale zurückbrachte. Da Edna eine Nachteule war und oft bis nach Mitternacht fernsah, würde sie vor ihrer Schicht bei ihr vorbeischauen. Außerdem sollte sie die Erste sein, die von Evans verschollenen Briefen erfuhr. Aber noch mehr wünschte sie sich einen mütterlichen Rat von ihrer langjährigen Vertrauten.

Sie spülte die Form von Hand ab und setzte sich wieder auf die Couch. Nach kurzem Zögern schnappte sie sich den nächsten Brief. Wie angenommen, hatte sich Evans Tonfall verändert. Auch wenn er relativ normal über seinen Alltag im Internat berichtete, las sie zwischen den Zeilen seine unterdrückte Wut und Enttäuschung heraus. Normalerweise sprühte Evan vor Witz und Charme, doch dieser Brief las sich vielmehr wie ein Bericht. Er war kurz vor Weihnachten entstanden, knapp drei Monate, nachdem Evan New York verlassen hatte. Vermutlich hatte er mit diesem Brief etwas gewartet, in der Hoffnung, dass er auf seine vorherigen Briefe doch noch eine Antwort bekam. Nichtsdestotrotz wünschte er ihr und ihrem Grandpa ein schönes Weihnachtsfest und entschuldigte sich dafür, dass er nicht selbst nach New York kommen konnte. Brianna erinnerte sich nur zu gut an dieses erste Weihnachtsfest ohne Evan und ein Lebenszeichen seinerseits. Noch nie hatte sie sich so einsam gefühlt. Daran hatte auch die ausgelassene Mitarbeiterparty nichts geändert. Im Gegenteil, die Feier hatte ihr einmal mehr vor Augen geführt, wie sehr Evan fehlte.

Dennoch hatte sie ihm im neuen Jahr wieder geschrieben, von ihrem Leben und dem Alltag im Hotel erzählt. Früher einmal hatte er sich über die Geschichten und den Klatsch köstlich amüsiert.

12

Evan

Die Briefe hatten Evans perfekt geplantes Leben auf den Kopf gestellt und brachten ihn in einen Zustand innerer Zerrissenheit.

Da waren nicht nur die Schuldgefühle, die er Vivien gegenüber empfand, sondern auch die Frage, wie sein Leben verlaufen wäre, hätte seine Mutter nicht dieses abgekartete Spiel gespielt.

Am liebsten hätte Evan die Hochzeitsvorbereitungen auf Eis gelegt; sein Leben erschien ihm plötzlich wie eine fremdbestimmte Farce. All seine Entscheidungen, ob gut oder schlecht, bauten auf den Intrigen seiner Mutter auf. Ja, er zweifelte im Moment sogar daran, ob Vivien überhaupt die Richtige für ihn war. Auch der Gedanke, dem Hotelgewerbe gänzlich den Rücken zu kehren, um etwas ganz anderes zu tun, drängte sich ihm auf. Im Grunde führte er das Leben seiner Mutter, nicht seins.

Evan sammelte die Briefe ein, die er vor sich auf dem Schreibtisch ausgebreitet hatte. Sie waren zum Teil mit hübschen Buntstiftzeichnungen verziert. Filigrane Törtchen, Feingebäck und unzählige Ideen hatte Brianna mit ihm geteilt – und das, obwohl sie nie eine Antwort oder Feedback von ihm bekam. Dennoch hatte sie trotz ihrer spürbaren Enttäuschung nicht damit aufgehört, ihn weiter an ihrem Leben teilhaben zu lassen. Die Briefe kamen ihm fast wie Tagebucheinträge vor, sie waren offen, ehrlich und schonungslos. Ebenso wie seine ... auch wenn er sich nun für den teils vorwurfsvollen Ton schämte.

Nachdem er am späten Vormittag all ihre Briefe gelesen hatte, war er noch einmal in die Upper West Side zurückgekehrt. Der Schnee, der in seine bereits durchnässten Schuhe gedrungen war, hatte ihn nur minimal gestört. Er war voll Adrenalin gewesen, und nicht einmal ein Schneesturm hätte ihn von seiner Mission abbringen können.

Auf dem Rückweg hatte er kurzerhand einen Zwischenstopp am Einkaufscenter im Columbus Circle eingelegt und sich endlich vernünftige Schuhe gekauft. Schuhe, die selbst den Schneemassen im Central Park trotzten. Da er es nicht eilig gehabt hatte, ins Hotel zurückzukehren, hatte er sich während eines langen Spaziergangs direkt von seinem Einkauf überzeugt. Er brauchte Zeit zum Nachdenken und vor allem Abstand zu seiner Mutter. Doch sein Pflichtbewusstsein hatte ihn letztendlich wieder an den Schreibtisch zurückgeholt, an dem er nun saß und dem Voranschreiten des Sekundenzeigers zusah. Es war die alte Uhr seines Vaters, die in der Stille des Büros zu hören war und irgendwie beruhigend auf ihn wirkte. *Tick-Tak. Tick-Tak.* Gleichzeitig wurde Evan klar, wie viel seiner Zeit er in den letzten Jahren mit Dingen und Menschen vergeudet hatte, die ihm nicht guttaten. Das Schlimmste daran war, dass er die verlorene Zeit nicht mehr zurückholen konnte – sie war für immer vorbei.

Evan schüttelte sich kurz, dann packte er die Briefe sorgsam zusammen und verstaute sie in seiner Tasche. Sie waren das Kostbarste, was er im Moment besaß, und er würde sie keinen Moment aus den Augen lassen – welch Ironie, wo er sich so ziemlich alles kaufen konnte, was es für Geld gab.

Doch Besitzgüter und Prestige hatten ihn nie interessiert. Weder damals als Kind – seine Freunde hatten nie verstanden, warum er keine neue Playstation wollte – noch heute, wenn er sich in Paris lieber zu Fuß fortbewegte als mit einem schicken Porsche. Evan würde ohne zu zögern sein gesamtes Vermögen eintauschen, wenn er im Gegenzug doch nur die Zeit zurückdrehen könnte.

Ob Brianna wohl schon wach war? Er hätte sie am liebsten gefragt, wie es ihr nach alldem ging. Sicher war sie ebenso verwirrt wie er. Er fragte sich, wie es nun weiterging, jetzt, wo sie beide wussten, dass sie nur die Marionetten eines miesen Spiels gewesen waren. Was hoffte er zu hören? Er war mit Vivien verlobt, und ja, er liebte sie, wenn auch auf eine andere Art, wie er Brianna geliebt hatte.

Evan schnappte sich sein Handy und wählte die Nummer seiner Verlobten. Es wurde höchste Zeit, dass er sich endlich zurückmeldete. Aber zu seiner großen Überraschung wirkte die Französin weder verärgert noch schlecht gelaunt. Im Gegenteil, sie sprühte vor Freude, was sein schlechtes Gewissen verstärkte. „Evan, mein Liebling. Mach dir keine Sorgen, ich kann verstehen, dass du in Arbeit versinkst. Ein Hotel in dieser Größe, und dazu der bevorstehende Winterball ...“

Es tat so gut, Viviens vertraute Stimme zu hören, sie erinnerte ihn daran, wem sein Herz gehörte. Was war er nur für ein Narr, sich allein von Briefen derart verunsichern zu lassen? Vivien und er liebten sich.

„Ich freue mich auf den Ball", erwiderte Evan mit einem Lächeln und mit jeder weiteren Minute löste sich seine innere Zerrissenheit auf. Er hatte sich in einem Anflug von Sentimentalität einfach hinreißen lassen. Der verletzte Teenager in ihm hatte rebelliert, und auch wenn er seiner Mutter diese Tat nie verzeihen könnte, so hatte es rein gar nichts mit Vivien zu tun. Sie war in den letzten Jahren für ihn da gewesen, und schon am Wochenende würden sie sich wiedersehen. Er würde ein für alle Mal einen Schlussstrich unter seine Vergangenheit ziehen.

Er freute sich schon jetzt auf ihre gemeinsame Zeit in New York. Sie würden romantische Spaziergänge im Central Park machen oder eine Show der Rockettes besuchen. Vivien träumte schon so lange von dieser magischen Weihnachtsshow. Und sobald sein Vater wieder auf den Beinen war, würde Evan New York den Rücken kehren. Den Kontakt zu seiner Mutter würde er auf ein Mindestmaß reduzieren, und Brianna und er würden dort weitermachen, wo sie vor einer Woche gestanden hatten.

Zum ersten Mal an diesem Tag gelang es Evan, wieder nach vorne zu sehen. Nach weiteren fünfzehn Minuten, in denen Vivien ihm vorgeschwärmt hatte, was sie sich alles in New York ansehen wolle, legte Evan amüsiert auf. Er trank einen weiteren Kaffee und war anschließend sogar bereit, sich endlich die Budgetplanung vorzunehmen. Je schneller er sich um die Dinge kümmerte, desto schneller konnte er nach Paris zurückkehren. Dort war sein Leben wesentlich unkomplizierter, zudem wurde ihm hier die ungeteilte Aufmerksamkeit und die Arbeit zunehmend zu viel. In Paris war er einfach nur Evan. Hier dagegen schwebten die Erwartungen, die man an einen Wayne stellte, immerzu über ihm. Ein Teil der Angestellten, die ihn nicht von früher kannten, begegneten ihm mit einer Mischung aus Vorsicht und Zurückhaltung, während sich die anderen in einer schon zu offensichtlichen Art und Weise anbiederten. Richtig wohl fühlte er sich nur mit jenen, die ihn schon als Kind gekannt hatten.

Evan konzentrierte sich wieder auf die Tabelle vor sich und tat das, was er am besten konnte und was er während seiner Ausbildung gelernt hatte: Tabellen auswerten, Berichte erstellen und die Planzahlen fürs kommende Jahr festlegen. Dadurch kam zutage, was er schon die ganze Zeit befürchtet hatte: Die goldenen Zeiten des Juwels gehörten schon seit einigen Jahren der Vergangenheit an. Einzig der weltbekannte Name und die optimale Lage am Central Park sorgten nach wie vor für einige Pluspunkte. Der Großteil der Einnahmen kam über die Veranstaltungen herein. Zum Glück wurde das Hotel immer noch für sein besonderes Ambiente und den bezaubernden Festsaal geschätzt. Hochzeiten standen ganz oben auf der Liste. Und natürlich die zahlreichen Charitys und Veranstaltungen, die das Juwel selbst ausrichtete. Wie den Winterball am kommenden Wochenende. Ohne diese Posten hätten sie den Laden längst schließen können, denn die Zahl der Übernachtungsgäste hatte sich im Vergleich zu damals fast halbiert.

Auch wenn er seiner Mutter im Moment nur ungern recht gab, so stimmte es, dass sich Touristen lieber in den günstigen Unterkünften einquartierten. Selbst einige ihrer langjährigen Stammkunden waren zu den moderneren Hotelketten gewechselt, wie ihm Winston mit zerknirschter Miene erzählt hatte. Das Juwel war irgendwann in seiner Entwicklung stehen geblieben. Waren ein exzellenter Service, exklusives Ambiente und goldene Kronleuchter heute nichts mehr wert? Sie konnten doch nicht alles herausreißen und modernisieren ... Jede Faser seines Körpers sträubte sich gegen eine solche Veränderung.

Evan erinnerte sich an seine Kindheit, als es hier nur so vor Besuchern und Gästen gewimmelt hatte. In der Eingangshalle und vor allem im Bereich vor dem großen Christbaum war es einst zugegangen wie am Rockefeller Center. Aufgeregte Kinder, Damen in teuren Mänteln und Herren mit Hut hatten sich hier die Klinke in die Hand gegeben. Niemand, der New York besucht hatte, kam an diesem altehrwürdigen Gebäude vorbei. Und wenn es nur für einen Abstecher ins Café gewesen war oder für ein Foto vor der Fassade.

Was war passiert? Evan wollte nicht glauben, dass die durchgestylten Hotels in der Nachbarschaft, die mit Highspeed Internet und Smoothie-Bars warben, so viel billiger waren. Auch das Juwel bot günstige Zimmer für jedermann an. Aber eben auch luxuriöse Suiten, in der eine Großfamilie wie die McAllisters aus *Kevin – Allein in New York* Platz gefunden hätte.

Ein Schmunzeln zeichnete sich auf Evans Lippen ab, denn dieser Film hatte damals in der Tat viele Besucher ins Juwel gelockt. Aufgrund einiger frappierender Ähnlichkeiten in der Architektur hatten viele Touristen angenommen, ihr Hotel sei tatsächlich das Luxushotel aus dem Film. Was nicht nur an den roten Teppichen auf dem Gehsteig und den messingfarbenen Drehtüren lag, sondern auch an den uniformierten Doormen, die den Besuchern galant die Türen öffneten. Die Stretchlimousinen, die dieser Tage vor dem Eingang warteten, hatten ihr Übriges getan.

Evan sah auf die Uhr. Erst jetzt fiel ihm auf, dass die letzten Stunden wie im Flug vergangen waren und ein Großteil der Arbeit auf seinem Tisch erledigt war. Den freien Abend mit den Jungs hatte er sich mehr als verdient.

Evan fuhr seinen PC herunter und verließ kurz darauf das Büro, um sich umzuziehen. Er konnte ja schlecht in Anzug und Krawatte bei seinem ersten Männerabend im Untergeschoss aufschlagen. Heute Abend wollte er nur Evan sein, ein Mann, der sich für Football interessierte und Spaß hatte. Er erinnerte sich noch heute gern an die Zeit aus seiner Kindheit zurück, als er dabei sein durfte, wenn die Männer im Aufenthaltsraum den Fernseher einschalteten, um gemeinsam ihre Teams anzufeuern. Natürlich hätte er mit seinem Dad auch jederzeit ein Spiel von der Tribüne aus verfolgen können – Simon Wayne war Besitzer einer exklusiven Lounge – doch im Aufenthaltsraum machte es doppelt so viel Spaß, was nicht zuletzt an den derben Flüchen und Snacks lag.

Evan schlüpfte in eine Jeans und einen Kapuzenpulli und verließ kurze Zeit später sein Appartement. Während er auf den Aufzug wartete, machte sich allmählich eine leichte Nervosität in ihm breit. Es würde auch das erste Mal sein, dass er Joseph wiedersah. Aus verschiedenen Gründen hatte er Briannas Großvater bis jetzt immer wieder verpasst – der ehemalige Konditor schien in seinem Ruhestand viel um die Ohren zu haben. Was er wohl den lieben langen Tag so trieb, jetzt, wo er nicht mehr in der Konditorei stand? Wenn Evan ehrlich war, konnte er sich den älteren Mann gar nicht anders vorstellen als mit mehlbestäubten Händen und stets einem flotten Spruch auf den Lippen.

Die Aufzugtüren öffneten sich. Schon auf dem Flur hörte er die ausgelassenen Stimmen und die unterschiedlichsten Sprachen, die hier gesprochen wurden. Nach wie vor war Spanisch vorherrschend, und dank einiger Männer aus der Wäscherei hatte er bereits als kleiner Junge alle Schimpfworte gekannt, die man als reicher Erbe niemals zu hören bekam.

Ein Schmunzeln huschte über sein Gesicht, gerade als sich die Tür öffnete, vor der er sich als Kind so gern herumgetrieben hatte. Doch es war nicht Brianna, die heraustrat, sondern ihr Großvater.

Überrascht hielt Joseph inne, als er Evan erkannte. Es stand ihm deutlich ins Gesicht geschrieben, dass er nicht mit seiner Anwesenheit zum Spiel gerechnet hatte.

„Evan!" Der ältere Herr schloss ihn herzlich in die Arme und erst jetzt wurde Evan bewusst, wie wichtig es ihm war, dass Joseph ihn nicht verurteilte. Auch wenn er mit Sicherheit noch nicht von den verschwundenen Briefen wusste, so war er die letzten Jahre hautnah dabei gewesen, als Brianna wegen ihm so gelitten hatte.

„Joseph. Ich freue mich, dass wir uns endlich begegnen. Leider haben wir uns jedes Mal verpasst“, erwiderte Evan mit einem aufrichtigen Lächeln.

Der alte Konditor hob entschuldigend die Hände. „Ich hätte es ja nicht für möglich gehalten, aber mein Ruhestand hält mich ganz schön auf Trab. Besonders seit ich dieses Seniorencenter in Queens besuche und Edna mich in jede Show am Broadway schleppt.“

Evan grinste amüsiert, er konnte sich das ungleiche Paar bildlich vorstellen. Gleichzeitig freute es ihn, dass Joseph nach wie vor aktiv zu sein schien – etwas anderes hätte ihn auch sehr gewundert.

„Dann hoffe ich, dass wir uns zusammen das Spiel ansehen können, oder hast du heute Abend etwas anderes geplant?“

„O nein, ich werde das Hotel heute nicht mehr verlassen“, erwiderte Joseph voller Inbrunst und schenkte Evan ein undeutbares Lächeln.

Warum wurde Evan das Gefühl nicht los, dass doch etwas zwischen ihnen stand?

Weitere Männer, bepackt mit Getränken und Proviant, kamen auf sie zu und stellten sich vor. Wie zu erwarten, reagierten die Neuen unter ihnen mit großer Zurückhaltung auf ihn. Evan hoffte, dass er sie im Laufe des Abends davon überzeugen konnte, dass er nicht so war, wie sie ihn offensichtlich einschätzten. Er war es gewohnt, dass man ihm mit Vorurteilen begegnete, aber Gott sei Dank lösten sich diese im Laufe der Zeit immer wieder auf. Die Menschen wirkten teilweise völlig überrascht, wenn sie erkannten, wie gewöhnlich er war.

„Du kannst mir direkt beim Tragen helfen, mein Junge." Josephs Stimme holte ihn aus seinen Gedanken und er winkte ihn in die kleine Wohnung hinein, in der sich seit seinem letzten Besuch nichts verändert hatte. Evan sah denselben Sessel und die Möbel, die schon zu seiner Kindheit lange aus der Mode gewesen waren.

„Der Beamer und die Leinwand sind neu." Der ältere Herr zwinkerte ihm verschmitzt zu, als hätte er seine Gedanken erraten. Er drückte ihm beides in die Hand. „Dann muss ich nicht zweimal laufen", fuhr Joseph fort und schloss, nachdem er etwas Proviant eingepackt hatte, das Zimmer.

„Wow, nicht schlecht", erwiderte Evan nach einem ersten Blick in den Aufenthaltsraum. Joseph legte eindeutig Wert auf Qualität.

„Wir veranstalten hier unten regelmäßig unsere eigenen kleinen Events. Filmnächte und so weiter, du weißt schon, damit die Frauen auch was davon haben."

„Oh, natürlich", entgegnete Evan amüsiert, als sie den Aufenthaltsraum betraten, in dem sich die Zahl der Frauen für das heutige Event an einer Hand abzählen ließ.

Sofort kam ihm einer der jungen Angestellten zu Hilfe, um ihm sein Gepäck abzunehmen. Alles klar, er war allem Anschein nach auch trotz seiner Straßenkleidung innerhalb des Juwels bekannt wie ein bunter Hund. Und dabei hatte er gedacht, dass ihn die ausgewaschenen Jeans und der Kapuzenpulli lässiger machten.

Wahrscheinlich wusste inzwischen jeder im Haus, wer er wirklich war. Nichtsdestotrotz half Evan beim

Aufbau – jetzt erst recht – und nahm anschließend neben Joseph Platz, der zwischen all den jungen Männern wirkte wie die Autorität in Person. Daran würde sich wohl nie etwas ändern, und es war nicht zu übersehen, wie viel Respekt man ihm immer noch entgegenbrachte. Evan eingeschlossen, denn es war ihm schon damals sehr wichtig gewesen, was Joseph über ihn dachte. Nicht zuletzt, weil er sich bei dessen Enkeltochter Hoffnungen gemacht hatte. Gut, was das anging, war es nun wohl zu spät.

Evan sah zur Leinwand, die fast die gesamte Breite des Raumes einnahm. Wie sehr hatte er diese Art des gemeinsamen Sportschauens vermisst. Die kollektive Vorfreude und der Schweiß lagen in der Luft. Dazu mischten sich die unterschiedlichsten Gerüche wie Bier und Chips. Hin und wieder gab es laute Zwischenrufe und Flüche. Bald erschien die Liveübertragung der *New York Giants* in Großaufnahme vor ihnen. Sofort fühlte sich Evan in eine Zeit zurückversetzt, in der die wichtigsten Fragen des Tages gewesen waren, ob Edna genügend Snacks bereithielt und seine Freundin Brianna ebenfalls kam.

13

Evan

Fünfzehn Jahre zuvor

„Simon, nun sag etwas." Patricia warf ihrem Mann einen ungeduldigen Blick zu, doch dieser schien in seine Unterlagen vertieft zu sein. „Ich möchte nicht, dass sich Evan immerzu im Untergeschoss herumtreibt und sich zwischen die Bediensteten mischt, als wäre er einer von ihnen."

Evan sah zwischen seinen Eltern hin und her und hoffte, dass sich sein Vater nicht auf die Seite seiner Mutter schlug. Er fieberte schon seit Tagen dem Spiel der *Giants* entgegen, das er sich mit den Angestellten des Hotels ansehen wollte.

„Lass den Jungen doch. Im Gegensatz zu mir wird er sich wenigstens nicht langweilen", entgegnete Simon und spielte auf das Essen am Abend an, das seine Eltern ausrichteten. Soweit er wusste, würden der Bürgermeister von New York und ein weiterer Politiker dabei sein. Allein beim Gedanken an die Gespräche, die sich stets um die Personen selbst drehten, musste Evan lautstark gähnen.

„Evan", wies ihn seine Mutter zurecht. „Hand vor den Mund. Du bist schließlich ein Wayne." Sie schüttelte den Kopf. Nur gut, dass sie nicht mitbekam, wie die Männer während eines Spiels rülpsten. Vielleicht hielt er sich deswegen so gern im Untergeschoss des Juwels auf. Hier musste er weder auf Etikette noch auf Knigge achten – dort waren die Menschen echt.

Für einen Moment tat ihm sein Dad, der sich heute mit den Snobs aus der New Yorker Upper Class herumschlagen musste, leid. Doch Geschäft war Geschäft, und Evan war klar, dass es auch bei seinem Dad nicht ganz ohne Speichellecken ging. Genau genommen hatte er diese Info von Brianna, die nie ein Blatt vor den Mund nahm und die Neuankömmlinge im Juwel mit einem einzigen Blick abscannen konnte. Und fast immer hatte sie recht behalten, denn kaum jemand aus diesen Kreisen tat etwas nur aus reiner Gefälligkeit, sondern stets mit einem Hintergedanken.

„Entschuldigung, Mom", entgegnete Evan, ehe er vorsichtig nachfragte: „Also darf ich zu Brianna runter?"

Im Blick seiner Mutter erkannte er ein längeres Zögern, dann stimmte sie widerwillig zu.

Keine Viertelstunde später war Evan auf dem Weg nach unten. Aber es war nicht nur die Vorfreude aufs Spiel, die ihm Herzklopfen bescherte, sondern auch die Tatsache, dass seine neue Freundin ebenfalls anwesend sein würde. Obwohl sie ein Mädchen war, liebte sie Sportveranstaltungen und feuerte ihr Team lautstark an. Wahrscheinlich hatte sie diesen Kampfgeist von ihrem Grandpa geerbt, der ebenfalls mit vollem Einsatz dabei war, wenn es um einen Wettkampf ging. Dennoch musste Evan sich erst daran gewöhnen, dass seit kurzer Zeit ein kleines Mädchen unter ihnen weilte. Zwei Monate waren nunmehr vergangen, seit

Brianna bei ihrem Grandpa eingezogen war und jetzt ebenfalls im Juwel wohnte. Es war etwas Besonderes. Nicht nur, weil sie fast im selben Alter waren, nein, es war auch das erste Mal, dass er so viel Zeit mit einem Mädchen verbrachte. Er kannte sonst kaum welche außerhalb der Familie, es gab sie auf seiner Privatschule nicht. Vielleicht hatte seine Mutter aus diesem Grund so seltsam reagiert – er hatte seine Eltern heimlich belauscht. Seine Mutter war der Ansicht, dass ein Hotel weder der richtige Ort noch ein geeignetes Zuhause für ein siebenjähriges Mädchen war. Doch sein Dad hatte darauf bestanden, dass Brianna blieb – schließlich war Joseph ihr Großvater und der einzige, der ihr nach ihrem tragischen Schicksalsschlag blieb.

Evan passierte die Küche und wurde vom Duft der heißen Schokolade förmlich angezogen. Ständig köchelte etwas auf dem gusseisernen Herd. Heißer Punsch für die Mitarbeiter, die stundenlang vor den Toren in der Kälte standen, oder Wachmacher für jene, die erst in der Nacht ihren Dienst taten. Heute war es eindeutig Punsch, der da in einem großen Topf vor sich hin blubberte und einen bereits jetzt in Weihnachtsstimmung versetzte. Evan lief immer der Nase nach und traf zu seiner Freude direkt auf Brianna, die auf einem Stuhl Platz genommen hatte und Edna fasziniert beim Herumwirbeln zusah.

„Hallo, Brianna", begrüßte er sie.

Wie üblich trug sie ihr brünettes Haar zu zwei Zöpfen geflochten, die links und rechts über ihren Schultern baumelten. Dazu ein Ringelshirt und eine rosafarbene Latzhose. Evan grinste, denn dieser Look war ihr Markenzeichen. Er kannte kein anderes Mädchen – erst recht nicht aus seinen Kreisen – das sich so kleidete. In diesem Aufzug hätte er sie sogar inmitten des überfüllten Times Squares erkannt.

Sein Herz machte einen kleinen Sprung, als sie ihn anlächelte. Es war ihm egal, dass sie an manchen Tagen noch etwas skeptisch oder schüchtern war. Und es war ihm auch egal, was seine Eltern oder die Angestellten über ihre außergewöhnliche Freundschaft dachten. Evan fühlte sich endlich lebendig, denn er war in diesem großen Haus voller Erwachsener nicht mehr allein.

„Hallo, Evan. Ich setze fünf Marshmallows auf die *Giants*", antwortete Brianna und sah sich kurz um, ob ihr Grandpa nicht in Hörweite war. Was Glücksspiele oder Sportwetten anging, war Joseph nämlich sehr streng. *Teufelszeug*, nannte er diese Art von Zeitvertreib, und jeder, der hier unten etwas auf sich hielt, respektierte seine Regeln. Dennoch sah sich Evan ebenfalls kurz um, auch wenn ihr Einsatz nur aus unförmigen Schaumbällchen bestand und nicht aus richtigem Geld.

„Zehn Kaugummistreifen auf die *Jets*", entgegnete Evan mit einem herausfordernden Grinsen und holte die Packung heraus, die er sich aus dem Süßigkeiten-Vorrat seiner Eltern stibitzt hatte.

„Na, ihr seid mir vielleicht welche ... Hallo, Evan!", begrüßte ihn Edna, die in diesem Moment um die Ecke kam. Dabei wechselte sie amüsierte Blicke mit den Kindern. „Du kommst genau rechtzeitig. Der Früchtepunsch ist so gut wie fertig."

„Hallo, Edna! Der riecht wie immer sehr lecker. Warum bietet ihr ihn eigentlich nicht im Café an?" Evan konnte von diesem heimeligen Duft nicht genug bekommen. Wie schön wäre es, wenn es auch oben im Appartement seiner Eltern so weihnachtlich nach Zimt und Äpfeln duften würde.

„Im Café? Oh, mein Junge. Die Leute kommen ins Juwel, um etwas Besonderes zu trinken, doch nicht mein Gebräu." Die ältere Dame lachte und zwinkerte ihm verschwörerisch zu. „Den Punsch gibt es nur hier unten bei uns."

Evan verstand nicht, warum Edna so reagierte, denn einen ähnlichen Punsch hatte er schon am Weihnachtsmarkt im Bryant Park getrunken, und die Menschen hatten dafür minutenlang Schlange gestanden.

„Was habt ihr beiden heute sonst noch vor? Wie ich euch kenne, werdet ihr euch das Spiel nicht bis zum Schluss ansehen."

Evan grinste schief, denn es war tatsächlich immer er, der auf die verrücktesten Ideen kam. Wie ihr Ausflug in das Requisitenlager des Juwels, wo er Brianna stolz die Girlanden und Kugeln gezeigt hatte, die man demnächst am Baum aufhängen würde. Seine Freundin war aus dem Staunen nicht mehr herausgekommen, denn der Raum wirkte fast wie ein kleiner Laden oder die Deko-Abteilung bei *Macy's*. Erst letzte Woche hatte er mit seinen Eltern einen Abstecher dorthin gemacht. In erster Linie war es ein Geschäftstermin gewesen – das Juwel bestellte seine Dekorationen seit jeher in dem Traditionshaus – aber im Anschluss war genügend Zeit gewesen, um sich in die lange Schlange bei Santa einzureihen, schließlich wollte Evan ihm seinen diesjährigen Weihnachtswunsch mitteilen. Es war kein neuer technischer Schnickschnack, der auf seiner Liste stand, sondern ein ganz besonderer Wunsch für seine Freundin.

„Wir sollten los, wenn wir den Anpfiff nicht verpassen wollen." Briannas Stimme holte ihn aus den Gedanken und sie sprang vom Stuhl auf.

Nachdem Edna den beiden jeweils eine große Tasse mit Punsch eingeschenkt hatte, verließen sie die gemütliche Küche.

„Bist du heute doch nicht bei dem wichtigen Geschäftsessen dabei?", fragte Brianna, als sie den Gang hinunter zum Aufenthaltsraum liefen.

Er hatte ihr natürlich von dem bevorstehenden Dinner erzählt, und wie wenig Lust er darauf hatte. So wie er ihr in letzter Zeit überhaupt alles erzählte, denn Brianna hörte ihm zu. Ob es nun Dinge waren wie die Auswahl der neuen Trikots im Fechten oder sein kleiner Streit mit Brad, seinem Schulfreund.

„Ich konnte meine Mom in letzter Sekunde umstimmen. Vermutlich wäre ich schon während der Vorspeise vor Langeweile gestorben." Evan verdrehte die Augen als täusche er einen Ohnmachtsanfall vor.

„Du Schauspieler", entgegnete Brianna lachend. „Besser, du gewöhnst dich an solche Pflichten, schließlich bist du ihr einziges Kind."

Evan schnitt eine Grimasse, denn er mochte es nicht, wenn Brianna ihn an seine Verpflichtungen erinnerte. Es reichte schon völlig aus, wenn seine Mutter es ständig tat. *Evan, sitz gerade, Evan, zieh dir dieses Hemd an, Evan, eine Schneeballschlacht vor dem Juwel schickt sich nicht.*

Und bis vor Kurzem hatte es ihn auch nicht sonderlich gestört, er hatte es in all dem Luxus, der ihn umgab, nicht anders gekannt – bis er Brianna kennenlernte. Sie lebte ebenfalls im Juwel und führte dennoch ein ganz anderes Leben. Seitdem verbrachte er mehr Zeit hier unten, wo man weder den Central Park sah noch die prächtige Einkaufsstraße, doch innerhalb von Sekunden hinaus in den versteckten Hinterhof gelangte.

Evan konnte nicht glauben, dass er zuvor nie etwas von diesem geheimen Ort gehört hatte, wo sich die Mitarbeiterinnen der Wäscherei im Sommer gern aufhielten, um ihre mitgebrachten Snacks zu verspeisen. Snacks, von denen er ebenfalls nie gehört hatte und die seine Mutter niemals servieren würde. Empanadas mit Hackfleisch war einer davon.

Während die Frauen sich unterhielten oder die Mittagssonne genossen, tobten sich die Männer sportlich aus. Evan hatte nicht schlecht gestaunt, als er den Basketballkorb an der Wand entdeckte. Bis auf Briannas Grandpa, der immer die Fassung wahrte, beteiligte sich so ziemlich jeder Mann zwischen zwanzig und sechzig an einem kleinen Wettkampf. Nicht selten mit vor Stolz geschwelter Brust, um eine der Arbeitskolleginnen zu beeindrucken.

Seine Mom würde vor Empörung schreien – bei so viel nackter Männerhaut im Hinterhof.

Evan und Brianna erreichten den Aufenthaltsraum, der bereits aus allen Nähten platzte, und quetschten sich bis nach vorne zum Fernseher durch. Es handelte sich dabei um ein älteres Modell, das im Vergleich zu dem Fernseher seiner Eltern geradezu winzig war. Doch offensichtlich hatte damit keiner der Anwesenden ein Problem. Im Gegenteil, ihm schien es fast so, als wäre das Spiel nur Mittel zum Zweck. Ein Grund, um sich zu versammeln und Zeit miteinander zu verbringen.

Mittlerweile hatten sich die Angestellten daran gewöhnt, dass er sich regelmäßig unter sie mischte, was nicht zuletzt auch daran lag, dass sein Dad selbst ein gern gesehener Gast war. Nicht unbedingt während eines Spiels, aber sehr wohl für eine Partie Schach oder einfach nur, um sich einen Überblick über die aktuellen Belange der Mitarbeiter zu verschaffen.

Evans Gesicht hellte sich auf, denn auch Joseph war wieder dabei, obwohl ihm der Geräuschpegel zuweilen zu laut wurde. Er saß direkt in der ersten Stuhlreihe, die man heute anlässlich des Events aufgestellt hatte. Evan dagegen interessierten vielmehr die Snacks. Zum Teil Selbstgekochtes der Mitarbeiter, wie er an den bunten Schüsseln und Töpfen erkennen konnte. Erst jetzt fiel ihm die Geburtstagstorte auf. Hatte er etwas verpasst? Brianna hätte ihm doch sicher erzählt, wenn es hier unten etwas zu feiern gab.

„Happy Birthday, Brianna. Ich dachte schon, du verpasst deinen eigenen Geburtstag!"

Evans Kopf fuhr herum, als er sah, wie einer der Doormen das Mädchen herzlich in die Arme schloss. Verdammt! Brianna hatte heute Geburtstag und ihm nichts davon erzählt? Nicht nur, dass er kein Geschenk für sie hatte, es war ihm auch peinlich, selbst ein überraschter Gast auf einer Überraschungsparty zu sein. In seiner Familie wurden derart Feste für gewöhnlich wochenlang im Voraus geplant, Gästelisten und Einladungskarten geschrieben und das Menü auf den Blumenschmuck abgestimmt.

Zum Glück schien Brianna ebenso überrascht zu sein wie er, als ihr Großvater nun freudig aufsprang und das Geburtstagsständchen anstimmte.

Evans Bedenken verflüchtigten sich und er stimmte lauthals in das Lied ein, während er Brianna nicht aus den Augen ließ. Er konnte sich nicht erinnern, wann er seine Freundin jemals so glücklich erlebt hatte.

Als er sich nun ebenfalls strahlend umsah, musste er zugeben, dass er noch nie auf so einer coolen Party gewesen war. Football, Snacks und natürlich all die Menschen, die ihm neben seinen Eltern etwas bedeuteten. Für einen Moment tat es ihm leid, dass sein Vater mehrere Stockwerke über ihm in Smoking und Fliege seine Pflicht tat, während er in den Katakomben des Hotels den Spaß seines Lebens hatte. Und in diesem Moment schwor er sich, sich selbst für immer treu zu bleiben, allen Widrigkeiten zum Trotz.

14

Brianna

Die allgemeine Aufregung und Vorfreude auf den Winterball war überall zu spüren. Selbst hier im letzten Winkel des Hotels wurde fleißig gearbeitet, damit alles gelang. Die Tischdecken aus Damast kamen frisch aus der Reinigung und der Mangel, in den polierten Gläsern konnte man sich spiegeln und auch das Geschirr stand schon für die alljährliche Veranstaltung bereit. Das Untergeschoss glich einem Ameisenhaufen, in dem es nur so vor fleißigen Arbeitern wimmelte, noch mehr als sonst, denn für den Abend hatte man zusätzliches Personal einbestellt. Nur für den Fall, dass sich einer der Kellner schlecht fühlen sollte oder gar jemand in der Küche ausfiel.

Briannas Arbeitstag dagegen lag bereits einige Stunden hinter ihr und sie war nun für die Veranstaltung am Abend zurückgekehrt. Zum ersten Mal als Gast. Sie konnte nicht sagen, was sie mehr in Aufregung versetzte: die Tatsache, dass sie den Ball zum ersten Mal offiziell als Gast besuchen würde, oder dass es dort ihre eigenen Kreationen gab und sie die Reaktionen der exklusiven Gäste hautnah miterleben durfte.

Brianna betrat ein letztes Mal die Konditorei, bevor sie sich auf den Weg zu ihrem Grandpa machte. Dieser hatte am Morgen nicht schlecht gestaunt, als er das Ergebnis der Arbeit seiner Enkelin gesehen hatte. Hunderte von Cupcakes, mehrstöckige Torten und allerlei Desserts, die sie gemeinsam mit Emma, Nat und ihren Mitarbeitern gezaubert hatte.

Als sie sich nun im Abendkleid ein letztes Mal in der Konditorei umsah, wurde ihr erst bewusst, wie weit sie es geschafft hatte. Sie leitete ein Team aus kreativen Konditoren und Chefs, ihre Arbeit wurde vom Management wertgeschätzt und sie führte ein eigenständiges Leben außerhalb des Juwels. Auch wenn ihre Träume vor vielen Jahren etwas anders ausgesehen hatten. Damals hatte sie noch insgeheim von Evan an ihrer Seite geträumt. Brianna schüttelte verärgert über ihre Mädchenfantasien den Kopf, denn von eben diesem Mann hatte sie seit genau fünf Tagen nichts mehr gehört. Genau genommen war es der Tag gewesen, an dem er ihr die Briefe gebracht und sie mit ihrem Gefühlschaos allein gelassen hatte.

Seitdem waren ihr Hunderte von Szenarien durch den Kopf gegangen. Das wahrscheinlichste von allen war, dass er ihre Korrespondenz von damals als jugendliche Schwärmerei abtat und seinen Alltag weiterlebte wie zuvor. Vielleicht hatte er sich über ihre Briefe auch nur köstlich amüsiert, sonst wäre er längst auf sie zugekommen, um darüber zu reden, wie es mit ihnen weitergehen sollte.

Für einen kurzen Moment hatte sie sogar mit dem Gedanken gespielt, den Winterball sausen zu lassen, nur um Evan nicht über den Weg zu laufen, aber Edna hatte ihr, was das anging, schnell den Kopf gewaschen. Warum sollte ausgerechnet sie zurückstecken, wo sie doch am meisten Opfer gebracht hatte und sich seit ihrer Kindheit auf diesen einen Tag freute? Heute sah sie zwar nicht aus wie die Prinzessin, die sie stets vor Augen hatte – nein, auch kein Diadem von *Target* – aber mit ihrem cremefarbenen Paillettenkleid stand sie den Damen aus der High Society in nichts nach. Dana Carter, mit der sie inzwischen befreundet war, hatte vor vielen Jahren ein ähnliches Teil getragen. Briannas Mund verzog sich zu einem Lächeln, als sie an die Dame dachte. Erst vor einem Monat hatte die Frau bei ihr eine besondere Bestellung in Auftrag gegeben. Seitdem bestellte sie regelmäßig Gebäck und Torten zum Abholen, wenn sie eine private Feier ausrichtete. Auch wenn ihr Grandpa diesen Extraservice mit gemischten Gefühlen verfolgte – er hatte womöglich Angst, dass sie ihren Job vernachlässigte – wusste sie dennoch, dass er sehr stolz auf sie war.

Brianna verließ die Konditorei, um ihren Grandpa abzuholen, der sie heute begleiten würde. Noch bevor sie sein Zimmer erreichte, wurde die Tür von innen geöffnet und der ältere Herr trat auf den Flur. Nicht dass er sonst keinen Wert auf einen respektablen Auftritt legte – im Gegenteil –, aber heute verschlug es ihr fast die Sprache, als sie ihn zum ersten Mal im Smoking sah. Ihr Herz floss vor Liebe über.

Er sah skeptisch an sich hinab. „Na, ich weiß nicht. Ist das nicht eine Nummer zu dick aufgetragen? Ich fühle mich wie Fred Astaire.“

Brianna hielt sich prustend die Hand auf den Mund. „Du bist mir einer. Du siehst toll aus, Grandpa.“

Joseph zuckte mit den Schultern und betrachtete dann seine Enkeltochter. „Und du erst, mein Liebling.

Du wirst heute die schönste Frau auf dem Ball sein und dich vor Verehrern kaum retten können."

Brianna schnitt eine Grimasse, denn das war das Letzte, was sie wollte. Anwälte, einflussreiche Manager oder weltfremde Erben, die sie mit Small Talk langweilten und sich schnell wieder abwandten, wenn sie erfuhren, dass sie hier nur die Konditorin war.

„Da steht ihr ja schon marschbereit!", hallte Ednas Stimme quer über den Flur. Brianna musste beim Anblick der älteren Köchin blinzeln. Edna sah in ihrem Kleid aus wie eine Discokugel aus den Siebzigern. Dazu hatte sie sich die Haare leicht toupiert und wirkte wie von einem anderen Stern. Die Gute hatte es mit dem Wort *herausputzen* eindeutig übertrieben, denn mit ihrem unbeholfenen Make-up wirkte sie, als wäre sie in einen Farbtopf gefallen. Nichtsdestotrotz zauberte einem schon der Anblick ihres eigenwilligen Outfits ein amüsiertes Lächeln ins Gesicht.

„Ich bin so aufgeregt! Wir drei auf dem Winterball, dass ich das noch erleben darf!" Edna strahlte über das ganze Gesicht, und Brianna wusste schon jetzt, dass ihr der Abend für immer in Erinnerung bleiben würde. Das Bild, wie die ältere Frau mit ganzem Körpereinsatz über die Tanzfläche fegte und die High Society in ein ungläubiges Staunen versetzte, tauchte vor ihrem inneren Auge auf.

Und auch die Gäste an ihrem Tisch würden garantiert auf ihre Kosten kommen. Edna war nicht nur gesellig, sondern auch ziemlich witzig. Erst jetzt wurde Brianna klar, dass sie gar nicht wusste, wer mit ihnen am Tisch sitzen würde. Da sich Brianna sehr gut in der High

Society auskannte, sie sah die Reichen und Schönen bereits ihr ganzes Leben lang im Juwel ein- und ausgehen, konnte sie, was das anging, nur spekulieren. Vermutlich würden es eher langweilige Gäste sein, die Patricia Wayne nur einlud, weil sie ihr irgendeinen Vorteil verschafften.

„Edna, ich hätte dich fast nicht wiedererkannt mit all dem Lack!", begrüßte Joseph sie etwas unschmeichelhaft.

„Da siehst du mal, was ein wenig Kosmetik ausmacht", erwiderte die Dame mit einem herzhaften Lachen. „In der Küche kann ich so ja nicht rumlaufen, bei all dem Dampf und der Hitze." Sie fächelte sich wie zum Beweis Luft zu. „Und selbst hier bekommen meine Poren kaum Luft. Wie heißt es so schön? *Wer schön sein will, muss leiden.* Aber ich bin es ja nicht, die heute ihren großen Tag hat", fuhr Edna nach einem vielsagenden Blick in Briannas Richtung fort.

Natürlich war ihr sofort klar, was der Köchin durch den Kopf ging. Romantische Filmszenen, in denen Aschenputtel endlich selbst den Ball besuchen durfte, um mit dem Prinzen zu tanzen. Sie musste zugeben, dass sie vor zehn Jahren ebenfalls davon geträumt hatte. Und um ehrlich zu sein, auch vor fünf Tagen. Nur hatte sie die Realität mal wieder auf den Boden der Tatsachen zurückgeholt. Sie befand sich weder in einem Märchen noch verzehrte sich der Prinz nach ihr. Im Gegenteil, er hatte nach den Briefen kalte Füße bekommen – im wahrsten Sinne des Wortes – und ging ihr seitdem aus dem Weg.

„Lasst uns losgehen, wir sollten nicht als Letzte dort auftauchen." Brianna schluckte das Gefühl von verletztem Stolz hinunter. Sie brauchte Evan nicht zu ihrem Glück – was sie in den letzten Jahren gut bewiesen hatte.

Die drei nahmen gewohnheitsgemäß den Angestelltenaufzug, was Brianna zum Schmunzeln brachte. Sie konnte sich nicht erinnern, dass jemals einer der Gäste des Winterballs diesen Weg genommen hätte. Alle betraten das Juwel durch den Haupteingang, wo ihnen von den Portiers die Tür geöffnet wurde. Von der Empfangshalle führte der Weg dann am Weihnachtsbaum vorbei und über die geschwungene Treppe hinauf. Es war ein Schaulaufen, denn oft lauerten dort auch die Fotografen bekannter Zeitungen und Magazine. Hier im Aufzug würde ihnen niemand auflauern, und es war auch besser so, denn Brianna stand nicht gern im Mittelpunkt.

Drei Stockwerke weiter verließ die ungleiche Gruppe den Aufzug und steuerte den Eingang des Saals an. Wie oft hatte sie sich diesen Tag als junges Mädchen ausgemalt? Doch wenn man sein Ziel erreichte, fühlte es sich ganz anders an als in seiner Fantasie. Wahrscheinlich hatte sie dieses Event einfach zu oft im Hintergrund begleitet und wusste nun, wie viel Arbeit dahintersteckte. Die Realität hatte ihr ein Stück des Zaubers genommen, denn strahlend weiße Damast-Tischdecken, Hunderte Blumenarrangements und das Essen kamen nicht von allein.

Brianna nickte dem jungen Türsteher lächelnd zu und da erst schien er sie zu erkennen. Gerade im letzten Moment biss er sich auf die Zunge, schenkte ihr jedoch einen bewundernden Blick. Auch Edna wurde erst nach einem Blick auf ihre Karte als die gutherzige Köchin identifiziert. Als ihr Grandpa nun das Schlusslicht bildete, konnte sich Brianna ein amüsiertes Grinsen nicht verkneifen. Denn in seinem Smoking und seiner akkuraten Frisur wirkte er selbst wie einer der alternden Richter und Politiker, die sich bereits im Ballsaal tummelten.

Auch wenn Brianna bis vor wenigen Minuten geglaubt hatte, dass sie nichts mehr überraschen könnte, blieb ihr beim Anblick des geschmückten Saals für einen Augenblick das Herz stehen.

Der Raum war in gedämpftes Licht getaucht, und die runden Tische mit den Kerzenleuchtern und dem edlen Geschirr wirkten wie aus einem märchenhaften Filmset. Zu ihrer Überraschung hatte man die weißen Rosen mit violetten Vergissmeinnicht kombiniert, die all dem einen romantischen Touch verliehen. Es hätte sie nicht weiter gewundert, wenn sie in irgendeiner Ecke ein Streichquartett oder gar ein Brautpaar entdeckt hätte. Okay, die Fantasie ging mal wieder mit ihr durch, aber dieses Thema würde auch gut zu einer winterlichen Märchenhochzeit in Manhattan passen, wie sie mit einem Schmunzeln zugeben musste.

Einer der Platzanweiser führte sie zu ihrem Tisch, an dem sich bereits zwei Paare eingefunden hatten. Brianna identifizierte ihre Tischnachbarn als Cast-Mitglieder eines Stücks am Broadway, deren Show sie schon einmal besucht hatte. Vermutlich war Mrs. Wayne bei der Erstellung der Sitzordnung nicht klargewesen, welche Freude sie Brianna damit machte.

Brianna begrüßte die Schauspieler begeistert und stellte ihren Grandpa und Edna ebenfalls vor, die natürlich gleich preisgab, dass sie sich vor einiger Zeit ein Theaterabonnement gegönnt hatte. Während sich die Köchin angeregt mit den Schauspielern austauschte und ungefragt Feedback zum Stück gab – sie kam Brianna fast vor wie eine Kritikerin – sah sich Brianna im Saal um. Ihr fiel auf, dass sie Evan bis jetzt nirgends gesehen hatte – auch nicht seine Eltern, die die Gäste normalerweise an der Tür in Empfang nahmen. Hatte sich am Programmablauf etwas geändert? Sie konnte es sich kaum vorstellen, denn seit ihrer Kindheit standen Simon und Patricia Wayne Spalier, um auch wirklich jeden einzelnen Gast persönlich zu begrüßen.

Ein Schauder lief Brianna über den Rücken, als ihr eine mögliche Erklärung in den Sinn kam. Vielleicht fühlte sich Simon wieder schlechter? Oder er wollte sich so kurz nach seinem Schlaganfall doch nicht in der Öffentlichkeit zeigen – weil man ihm seine Lähmung noch leicht ansah. Jeder hätte dafür Verständnis gehabt. Doch das erklärte nicht, warum Patricia und Evan ebenfalls fehlten. Oder war der Grund etwa ein ganz anderer? Wollte man den verlorenen Sohn, jetzt wo er wieder da war, mit großem Tamtam vorstellen? Zuzutrauen wäre es Patricia. Sie hatte schon immer einen Hang zum großen Auftritt und zur Theatralik gehabt. Und das würde natürlich viel besser gelingen, wenn schon alle da waren und sich das Scheinwerferlicht völlig überraschend auf den einzigen Wayne-Erben richtete. Briannas Magen krampfte sich bei dieser Vorstellung zusammen, denn es war das, was Evan nie gewollt hatte. Aber was wusste sie schon über ihn – er war längst nicht mehr der kleine Junge, mit dem sie all ihre Geheimnisse geteilt hatte.

„Alles in Ordnung?" Joseph sah seine Enkelin besorgt an und sie musste ihm nicht erst erzählen, was sie beschäftigte. Sein Nicken sagte ihr, dass er sie auch ganz ohne Worte verstand. „Dieser Abend muss eine Menge in dir aufwühlen, meine Kleine."

„Mmh, es ist, als würden all die Winterbälle vor meinem geistigen Auge im Zeitraffer abgespielt werden. Ich sehe die Mode, die sich in den letzten Jahren so sehr verändert hat, höre die Musik", ein Lächeln zeichnete sich auf Briannas Lippen ab, „und bestaune auch die unzähligen Kuchen, Torten und Desserts, die seitdem die Konditorei verlassen haben."

„Wem sagst du das, mein Kind. Es müssen Tausende gewesen sein."

Brianna nickte gedankenverloren, die Torten waren ein Teil ihrer Kindheit gewesen. Sie konnte sich noch gut erinnern, wie ihr Großvater auch in seiner Freizeit an neuen Entwürfen gearbeitet und diese mit Bleistift auf Papier skizziert hatte. Wenn er damit fertig gewesen war, hatte sie sich künstlerisch austoben dürfen. Mit Pinsel und Wasserfarben hatte sie die Skizzen coloriert und ihnen Leben eingehaucht. Kunstvolle Cupcakes mit Zuckerstreuseln und mehrstöckige Torten, gefüllt mit Himbeercreme. Illustrationen, die man auch gut in einem Kinderbuch hätte verwenden können. Manche Bilder waren sogar so schön geworden, dass sie sie eingerahmt und in ihrer Wohnung aufgehängt hatte.

Ednas Lachen holte sie in den Ballsaal zurück. Erst jetzt bemerkte sie, dass bereits ein Kellner am Tisch war, um die Getränkebestellung aufzunehmen. Doch von den Waynes fehlte – wie sie nach einem Blick auf den leeren Tisch feststellte – nach wie vor jede Spur. Dafür entdeckte sie Dana Carter und deren Ehemann, die es sich bereits ohne die Gastgeber gemütlich gemacht hatten.

Wie jedes Jahr organisierte die Dame eine Charity und schaffte es sogar, selbst die knauserigsten Geschäftsmänner zu einer hohen Spende zu motivieren. Brianna freute sich, ein Teil von alldem zu sein. Heute sogar mehr, da ihre Kreationen hoffentlich zu einem guten Gelingen des Events beitragen würden.

„Seltsam. Simon und Patricia sind immer noch nicht da." Auch ihr Großvater schien zwischenzeitlich bemerkt zu haben, dass die Waynes fehlten.

„Ich habe mich auch schon gefragt, was da los ist. Es wird doch hoffentlich nichts mit Simon sein?" Brianna erkannte selbst die Besorgnis in ihrer Stimme.

„Heute Morgen ging es ihm gut. Wir waren zusammen eine kleine Runde im Park spazieren und ich habe ihn schon seit Tagen nicht mehr so gut gelaunt erlebt. Er konnte den Abend kaum erwarten."

Brianna sog scharf die Luft ein, als ihr plötzlich ein anderer Gedanke kam. Lag es womöglich an ihr? Patricia hatte in den letzten Jahren alles dafür getan, um den Kontakt zwischen Evan und ihr zu boykottieren – doch jetzt ließ sich ein Aufeinandertreffen nicht mehr vermeiden. Schließlich hatte Brianna ihre Einladungskarte bereits vor Wochen bekommen, lange bevor Evan wieder in ihrem Leben aufgetaucht war.

15

Evan

Missmutig sah Evan aus dem Fenster, doch die dicken Schneeflocken, die hinter der Scheibe wirbelten, ließen kaum einen Blick auf die Szenerie dahinter zu. Alles, was er sah, war ein weißes Durcheinander, das sich im Laufe des Tages zu einem immer heftigeren Schneegestöber zusammengebraut hatte. Einige der Gäste für den Winterball hatten bereits abgesagt, weil es ihnen unmöglich war, anzureisen – und auch Vivien hatte sich in den frühen Morgenstunden bei ihm gemeldet. Sämtliche Flüge ab Paris nach New York waren aufgrund des heftigen Schneesturms gecancelt worden, was bedeutete, dass er auf seine Verlobte verzichten und den Winterball ohne Begleitung durchstehen musste. Ehrlich gesagt hatte er keine Lust darauf. Vor allem nicht auf die neugierigen Blicke und Erwartungen, die an ihn gestellt wurden. Seine Mutter hatte ihn bereits gestern gebrieft, als handelte es sich um einen wichtigen Geschäftstermin und nicht um eine Abendveranstaltung mit gutem Essen und Tanz. Doch er würde einen Teufel tun, vor der New Yorker Society eine einstudierte Rede zu halten, die nur einer Person nützte – Patricia Wayne. Genauso widerstrebte es ihm, seinen Dad und seine aktuelle Situation miteinzubeziehen. Er war aus persönlichen Gründen nach New York gekommen, um seinem Dad in dieser schweren Zeit zur Seite zu stehen, und nicht, um sich vor der Gesellschaft als Retter in der Not aufzuspielen.

Seit dem lautstarken Streit am Nachmittag hatte Evan kein Wort mehr mit seiner Mutter gewechselt, und wenn nicht sein Dad ihn gebeten hätte, sie zu begleiten, wäre er am liebsten in seinem Appartement geblieben, um sich ein Spiel anzusehen. Allemal besser, als sich in einen Smoking zu zwängen und mit einem Dauergrinsen im Gesicht unzählige Hände zu schütteln.

Was ihn aber am meisten ärgerte, war die Tatsache, dass seine Mom wegen Viviens Absage völlig am Rad drehte. Sie hatte mittlerweile nicht nur das Wetter verflucht, sondern auch sämtliche Fluggesellschaften und Piloten, die sich ihrer Meinung nach wegen ein bisschen Schnee alle in die Hosen machten.

Inzwischen wusste er, warum. Seine Mom hatte den großen Abend direkt für die Ankündigung der Verlobung nutzen wollen, eine Sache, die ihm ebenfalls widerstrebte.

Nach dem, was in den letzten Tagen geschehen war, hatte seine Mutter jegliches Recht verwirkt, sich weiterhin in sein Leben einzumischen. Ganz gleich, ob es gut für ihn war oder nicht. Diese Entscheidung traf er immer noch selbst. Auch wenn er nun und mit etwas Abstand ebenfalls zu dem Entschluss gekommen war, dass die Zeit mit Brianna endgültig der Vergangenheit angehörte. Er hatte in einem Anflug von Sentimentalität nicht nur sein Leben mit Vivien infrage gestellt, sondern auch alles, was er sich in den letzten Jahren aufgebaut hatte – wegen ein paar Briefen, auf denen die Tinte bereits verblasste.

Evan wandte sich nur widerwillig vom Fenster ab, denn es wurde höchste Zeit, sich endlich auf den Weg zu machen, um seine Pflicht zu tun. Das war er seinen Eltern schuldig, denn es ging heute einzig und allein ums Juwel.

Evan zog sich die Jacke seines Smokings über und atmete einmal tief durch, dann verließ er sein Appartement, um seine Eltern zu treffen. Schließlich wollten sie geschlossen als Familie auftreten, so wie es sich gehörte.

Immerhin war wenigstens sein Vater in bester Laune, als er die beiden abholte. Seine Mutter dagegen würdigte ihn keines zweiten Blickes. Er hatte ihr gedroht, den Ball sofort zu verlassen, käme sie auf die Idee, die Verlobung ohne Verlobte anzukündigen.

„Ich habe heute Morgen schon zu Joseph gesagt, wie sehr mich dieser Winterball an jenen vor zehn Jahren erinnert. Damals hat es genauso sehr geschneit, dass wir dachten, wir müssten alles abblasen. Etliche Gäste kamen zu spät und total zerzaust an." Simon lachte herzhaft und dies allein reichte aus, dass Evan einen anderen Blickwinkel auf alles bekam. Der Weg zum Schafott wirkte nicht mehr ganz so bedrohlich.

Evan erinnerte sich nur zu gut an die Veranstaltung vor zehn Jahren, denn es war der Ball gewesen, an dem Brianna dieses kitschige Diadem getragen hatte und er sie zum ersten Mal geküsst hatte …

Sein Mund verzog sich beim Gedanken an sein jüngeres Ich zu einem Lächeln, denn im Vergleich zu heute war damals zumindest alles unkompliziert gewesen. Seine einzige Sorge war an jenem Tag, ob Edna die Box mit Leckereien auch voll genug gepackt hatte und ob Joseph ihnen erlauben würde zu gehen.

„Wir kommen zu spät", unterbrach Patricia die Stille und sah ihren Sohn vorwurfsvoll an.

„Ach Patricia, läuft in diesem Jahr nicht alles etwas anders?", bemerkte Simon und erhob sich vom Sessel. Evan wusste, dass sein Dad darauf anspielte, dass es nur einem Zufall zu verdanken war, dass er noch am Leben war. Hätte einer der Angestellten nicht so schnell reagiert und den Notarzt gerufen, hätte der Ball erst gar nicht stattgefunden. Und auch während der letzten Tage hatte alles davon abgehangen, wie sich Simons Zustand entwickeln würde. Gott sei Dank war sein Dad ein zäher Mann, der sich von nichts unterkriegen ließ. Und seit Evan ihn eingehend darum gebeten hatte, gelang es ihm auch, sich komplett aus dem Tagesgeschäft rauszuhalten und sich um seine Genesung zu kümmern.

Die Familie verließ das Appartement und betrat den privaten Aufzug, der sie auf die erste Plattform brachte. Von dort aus stiegen sie um und nahmen den Aufzug zum Ballsaal.

Es war seiner Mutter deutlich anzusehen, wie peinlich ihr die Verspätung war, doch immerhin konnte sie sich glücklich schätzen, dass Evan sie dennoch begleitete. Pah, seine Verlobung ankündigen, ausgerechnet auf dem Winterball vor Menschen, die er entweder kaum kannte oder nie wiedersehen würde. Okay, bis auf Brianna, Edna und Joseph, die heute ebenfalls unter den Gästen weilten. Vor zehn Jahren noch undenkbar, wie er sich eingestehen musste. Aber so änderten sich auch im Juwel die Zeiten, ob es seiner Mutter nun passte oder nicht.

Mit jedem Schritt, mit dem sich Evan nun dem festlich geschmückten Saal näherte, beschleunigte sich sein Puls. In wenigen Sekunden würden alle Blicke auf ihn gerichtet sein. Vermutlich erkannten ihn die meisten nicht wieder, denn zwischen dem Jungen von damals und dem Mann, der er jetzt war, gab es bis auf das dunkle Haar und die braunen Augen kaum Gemeinsamkeiten.

Unbewusst griff sich Evan an den Hals und schluckte schwer. Die Fliege, die er heute trug, schnürte ihm fast die Kehle zu.

Er hasste es, sich derart aufzubrezeln. Selbst in Paris hatte er zu formellen Anlässen nie einen Smoking oder dergleichen getragen, sondern einen gewöhnlichen Anzug. Allerdings nahm man es in seinem Freundeskreis mit dem Dresscode nicht immer ganz so genau. Kurz musste er über den eigenwilligen Stil seiner Freunde schmunzeln, die in ihren luftigen Chinoshorts und Schuhen ohne Socken vielmehr wirkten wie Künstler oder Winzer aus der Bretagne. Aber jetzt war er nun mal in New York, und er trug, wie man es von ihm erwartete, einen schicken Smoking.

Evan ließ seinen Eltern den Vortritt, dann folgte er ihnen in den Saal, in dem es augenblicklich ruhiger wurde. Er hatte nicht die Gelegenheit, sich einen Rundumblick zu verschaffen, denn der Scheinwerfer, der sich nun auf ihn richtete, nahm ihm jegliche Sicht. Das

Ding blendete so stark, dass er froh war, als er unbeschadet unten ankam.

Evan fühlte sich wie ein Star im Scheinwerferlicht, den man bis zu seinem Platz verfolgte. Nur dass er mit seinem verärgerten Gesichtsausdruck garantiert keinen Oscar für die Rolle des Prince Charming abstauben würde. Er fühlte sich im Moment vielmehr wie John Wick.

Endlich erlosch der helle Schein und Evan bekam einen ersten Eindruck des Winterballs. Überrascht sah er sich um. Er konnte nicht sagen, ob es daran lag, dass er so lange fortgewesen war, aber der Saal wirkte auf ihn noch beeindruckender als früher. Die Kronleuchter tauchten den Raum in ein sanftes Licht und dennoch funkelte das polierte Silber im Glanz des Kerzenlichts. Die Champagnergläser schimmerten geheimnisvoll mit den Roben der Damen um die Wette, und das Juwel machte seinem Namen an diesem Abend mal wieder alle Ehre. Sein Blick wanderte weiter, hier und da entdeckte er ein bekanntes Gesicht. Geschäftspartner seines Vaters oder einflussreiche Freunde aus New York.

Evans Herz machte einen Hüpfer, als er Edna unter den Gästen ausmachte. Unwillkürlich musste er grinsen, denn die Köchin stach mit ihrem bunten Stil wie ein Paradiesvogel aus der Gesellschaft heraus. Neben ihr hatte Joseph Platz genommen, der sich wie immer perfekt an seine Umgebung angepasst hatte. Er sah selbst aus, als würde er nach dem ersten Gang ein Gespräch über Aktienfonds oder einen abgeschlossenen Fall beginnen. Es war immer wieder erstaunlich, welche Autorität der alte Konditor ausstrahlte.

Evans Blick wanderte zum nächsten Gast und ihm fiel auf, dass es sich bei der eleganten Frau um keine andere handelte als Brianna. Sie trug ihr Haar in einer Hochsteckfrisur, selbst von hier aus konnte er den schmalen Haarreif erkennen, der sich von ihrem brünetten Haar abhob und im Halbdunkel funkelte. Er verlieh Brianna eine bescheidene Anmut, die ihr vermutlich nicht einmal bewusst war. Ihr Kleid machte ihren Auftritt komplett, sie sah darin aus wie die geheimnisvolle Prinzessin auf einem Ball.

Evan starrte seine alte Freundin gebannt an. Mit jeder weiteren Sekunde zerbröselte sein so konsequent aufgebautes Konstrukt der Vernunft. Wie hatte er sich in den letzten Tagen nur einreden können, dass Brianna kein Teil seines Lebens mehr war? Er könnte sie nie vergessen, egal, wie viele Ozeane sie trennten oder Briefe verschwanden.

Brianna, die seine Blicke wohl spürte, sah auf und direkt in seine Augen. Evan atmete ruhig ein und aus, andernfalls wäre er vor Anspannung geplatzt. Wie sollte er den Abend überstehen, wenn er selbst aus dieser Entfernung so stark auf sie reagierte und die Luft derart aufgeladen war, dass es um ihn herum fast knisterte?

Das Räuspern seines Vaters holte ihn in die Wirklichkeit zurück, und er fühlte sich wieder wie der kleine Junge, der in diesem Moment lieber ganz woanders wäre. Auf den langen Fluren im Untergeschoss, in denen es nach Waschmittel, Backwaren und Zuhause duftete.

Seine Mutter hatte ihren Platz verlassen und die Bühne betreten. Mit einem Lächeln, das ihre Augen nicht erreichte, und einem Kleid, das den Preis eines

Kleinwagens hatte, eröffnete sie den diesjährigen Winterball. Nur dass er sich dieses Mal nicht in den hinteren Reihen verstecken konnte, sondern die Hauptattraktion war.

Kaum dass Patricia seinen Namen ausgesprochen hatte, richteten sich mehr als hundert Augenpaare erwartungsvoll auf ihn. Evan erhob sich kurz und nickte den Gästen freundlich zu, doch mehr war nicht drin, auch wenn sich seine Mutter allem Anschein nach mehr erhoffte. Ganz sicher würde er nicht nach vorne gehen, das Mikrofon übernehmen und eine ausschweifende Rede halten. Er fühlte dabei fast ein wenig Genugtuung, dass es ihm trotz ihres auffordernden Blicks gelang, wieder neben seinem Vater Platz zu nehmen und so zu tun, als wären sie die perfekte Familie.

Doch Profi, wie Patricia war, ließ sie sich durch ihren Sohn nicht beirren und fuhr mit ihrer Rede fort. In einigen Sätzen stellte sie die heutige Charity-Veranstaltung vor und rief anschließend Dana Carter auf die Bühne, die mit viel Leidenschaft über eines ihrer Projekte sprach.

Nachdem die Damen die Bühne verlassen und wieder am Tisch Platz genommen hatten, wurde direkt der erste Gang serviert. Evan war froh, dass sich die Aufmerksamkeit der Gäste nun auf die Vorspeise richtete und er zumindest während des Essens durchatmen konnte. Wenn sich die Gesellschaft später zerstreute, müsste er noch genug Rede und Antwort stehen. Immerhin war er der New Yorker Society mehrere Jahre ferngeblieben und er sah es einigen Leuten förmlich an, wie sehr sie darauf brannten, ihn endlich auszuquetschen. Am meisten graute es ihm vor den matronenhaften Damen, die ihn seit seiner Ankunft interessiert beäugten. Er würde darauf wetten, dass sie alle ihr Tänzchen einforderten, nicht ohne Hintergedanken, sondern allein, um ihn ins Kreuzverhör zu nehmen. Garantiert hatten einige unter ihnen gleich mehrere heiratswillige Töchter, die sie an den Wayne-Sprössling bringen wollten, der mit ihnen glücklich bis an ihr Lebensende im Hotel lebte. So oder so ähnlich hatte Brad ihn oft aufgezogen, als sich die Mädchen um ihn scharten. Doch schon damals hatte er nur Augen für eine gehabt. Brianna, die auf all den Luxus keinen Wert legte und auf eigenen Füßen stehen wollte.

Sein Blick wanderte automatisch zu der Frau, die mit ihrer Anmut aus der Menge herausstach – und es nicht einmal zu merken schien. Sein Herzschlag beschleunigte sich, denn plötzlich wurde ihm klar, dass sie immer die Einzige für ihn gewesen war.

16

Brianna

Der Winterball war noch schöner, als sie ihn sich in ihren kühnsten Träumen ausgemalt hatte. Kein Vergleich zu damals, als sie das Geschehen vom Hintergrund aus verfolgt hatte. Sie konnte es gar nicht glauben, dass sie gerade selbst an der festlich gedeckten Tafel saß, vor ihr ein mehrteiliges Besteck – zum Glück war sie mit den Tischmanieren bestens vertraut – und direkt neben ihr ihr Grandpa, dem sie das alles zu verdanken hatte. Wer hätte gedacht, dass sie beide und Edna sich eines Tages zwischen all die wichtigen Persönlichkeiten New Yorks mischen würden? Nicht dass Brianna Status je wichtig gewesen war, aber hier mittendrin, konnte man den Einfluss und die Macht all jener Menschen förmlich riechen.

„Puh, Gott sei Dank ist Ayden die Pilzmousse gelungen." Edna bekreuzigte sich und wirkte wie die stolze Mutter eines Kleinkindes. Beim Anblick der ehemaligen Köchin musste Brianna schmunzeln. Selbst jetzt konnte sie ihr altes Zepter nicht aus der Hand legen. Bereits am Morgen hatte Edna in der Küche patrouilliert, um die Koordination und Logistik zu überwachen. Jahrzehntelange Erfahrung und die dazugehörige Nervenstärke in Extremsituationen befähigten sie trotz ihres Ruhestands zur Ansprechperson in allen Krisen rund um die Küche. Wie auch heute, als die Pilzmousse selbst nach dem dritten Versuch im Ausguss gelandet war oder der Mixer mal wieder streikte. Mit liebevoller Zuwendung und ein paar netten Worten war es Edna gelungen, das Ding wieder in Gang zu setzen.

„Mmh, köstlich", kam es zu Briannas Rechten. „Ich muss sagen, hier oben am festlich gedeckten Tisch schmeckt es noch viel besser. Das Auge isst ja bekanntlich mit." Joseph nahm den Rest Soße mit einem Stück Brot auf, als Brianna eine ältere Dame am Nachbartisch entdeckte, die Joseph beäugte.

„Grandpa, ich glaube, du wurdest soeben ins Visier genommen", flüsterte sie ihm zu. „Dein Smoking zeigt bereits seine Wirkung."

„Da kann es sich nur um eine Verwechslung handeln", erwiderte Joseph, ohne von seinem Teller aufzublicken. Das war so typisch für ihn; sie konnte sich nicht erinnern, dass er sich je für eine andere Frau interessiert hätte, seit ihre Grandma verstorben war.

„Eine Verwechslung?" Edna wackelte mit den Augenbrauen. „Joseph, ich weiß, du willst solche Dinge nicht von mir hören, wir sind ja schließlich Kollegen und geschlechtsneutral, aber vorhin dachte ich mir auch für einen Moment: *Heilige Mutter Gottes, den würde ich nicht von der Bettkante stoßen.*"

Josephs Messer fiel ihm mit einem Scheppern aus der Hand und endlich sah er auf. Zum Glück erweckte er in dem allgegenwärtigen Stimmengewirr und der Hintergrundmusik nicht zu viel Aufmerksamkeit, doch die

Dame am Tisch nebenan schmunzelte übers ganze Gesicht.

„Oh, das ist die Eiskunstläuferin!", entfuhr es ihrem Grandpa sichtlich überrascht und Brianna verfolgte, wie er sich fahrig durch die Haare strich und sich die Fliege richtete, die nach wie vor perfekt saß.

„Ihr kennt euch?", hakte Brianna lächelnd nach, während sich die beiden scheu zuwinkten. Seit wann hatte ihr Grandpa Geheimnisse vor ihr?

„Kennen ist übertrieben. Ich sehe sie nur immer während meiner morgendlichen Runde am *Wollman Rink*. Sie ist eine begnadete Schlittschuhläuferin ..."

„... und so wie es scheint ohne Begleitung hier", beendete Edna seinen Satz mit verheißungsvoller Stimme.

„Ich kann sie doch nicht einfach ansprechen", entfuhr es Joseph entsetzt, „wir sind doch nicht auf einem Hippie-Festival."

Brianna verdrehte ob seiner biederen Art die Augen. „Du kannst sie zum Tanzen auffordern, Grandpa. Daran ist nichts verkehrt."

Joseph schien für einen Augenblick zu überlegen, dann griff er nach Briannas Hand. „Aber erst nachdem du mir den ersten Tanz geschenkt hast – wie versprochen."

„Nichts lieber als das", erwiderte Brianna mit einem breiten Lächeln. Wie oft hatte sie sich als junges Mädchen ausgemalt, wie es wohl war, sich auf der Tanzfläche zu drehen, bis ihr schwindelig vor Glück wurde?

„Ein Tänzchen nach all den Gängen kann nicht schaden – und bis zum Nachtisch dauert es ja noch ein bisschen", bemerkte Joseph, als er mit seiner Enkeltochter die Tanzfläche ansteuerte. „Und du solltest dich auch endlich entspannen", rügte er sie. „Ich sehe dir schon den ganzen Abend an, wie aufgeregt du wegen nachher bist."

Sie war tatsächlich aufgeregt. Denn es war immerhin das erste Mal, dass sie die Reaktionen der Gäste auf ihre Kreationen hautnah miterleben würde. Und sie fürchtete sich vor nichts mehr als Tellern, die wieder zurückgingen. Das Publikum war schließlich verwöhnt und sehr wählerisch. Aber es war auch Evan, der sie nervös machte, wann immer er zu ihr herübersah. Sie wurde aus ihm einfach nicht schlau. Fünf ganze Tage hatte er sich vor ihr versteckt, und jetzt konnte er kaum den Blick von ihr abwenden. Sie wusste nicht, ob sie sich darüber ärgern oder freuen sollte. Für einen Moment wünschte sie sich sogar, er wäre dem Event ganz ferngeblieben, dann wäre der Abend wesentlich ruhiger verlaufen.

„Darf ich bitten, meine Dame?", fragte ihr Großvater mit nasaler Stimme und schmunzelte, als er dazu eine Verbeugung antäuschte.

Sie griff nach seiner Hand und nach wenigen Sekunden hatte sie sich dem Takt angepasst, obwohl es schon eine Ewigkeit her war, dass sie einen Walzer getanzt hatte. Außer in dem kleinen Wohnzimmer ihres Großvaters hatte sie auch nirgends die Gelegenheit dazu bekommen. Brianna musste zehn gewesen sein und war hin und weg von ihren ersten Eindrücken im Juwel. Sie erinnerte sich daran, dass an diesem Abend auch Edna und weitere enge Kollegen ihres Großvaters dabei gewesen waren und sie ihren ganz privaten Winterball feierten, während einige Stockwerke über ihnen die offizielle Feier stattfand. Es hatte niemanden gestört, dass die Musik vom alten Plattenspieler kam und es keinen Champagner gab.

„Ich habe mich gerade an unsere Feier vor vielen Jahren erinnert", bemerkte Brianna lächelnd. „Als du mir den Walzer beigebracht hast."

„Oh, was für ein Abend!", erwiderte Joseph. „Erst der Walzer, dann das Schachspiel …"

Automatisch musste Brianna grinsen, denn was das Schachspiel anging, war sie bis heute ein hoffnungsloser Fall. Sie verstand weder die Regeln noch brachte sie genug Geduld auf, wenn ihr Großvater minutenlang dafür brauchte, den nächsten Schachzug zu durchdenken.

„Na immerhin kriege ich den Walzer einigermaßen hin, ohne dir die Zehen zu brechen", entgegnete sie. Neben ihnen schob sich auch Edna auf die Tanzfläche – sie hatte sich direkt den begehrtesten Mann des Abends geschnappt. Evan. Oder wie sie ihn liebevoll nannte: *ihren kleinen Lord.* Natürlich fand Evan diese Bezeichnung nicht gerade amüsant, aber für eine Tasse dampfende Schokolade und einen ofenfrischen Scone durfte sie ihn nennen, wie sie wollte. Selbst während seiner Teenagerzeit.

„Mir scheint, als hätte sich Evan hier schnell wieder eingelebt." Josephs sah ebenfalls zu dem ungleichen Paar.

„Kann sein. So viel reden wir nicht, und ich habe ihn auch seit Tagen nicht mehr gesehen."

Natürlich entging ihr nicht, wie Joseph ihr einen verwunderten Blick zuwarf. Edna hatte allem Anschein nach Wort gehalten und ihm nichts von den Briefen erzählt. Dafür tanzte sie jetzt mit Evan. Mist. Die Tanzfläche, wo er ihr nicht entwischen konnte, war geradezu perfekt dazu geeignet, um ihn auszufragen. Brianna hoffte nur, dass sich die ältere Dame zusammenriss und nicht irgendwelche Reanimierungsversuche startete. Doch zu spät. Die beiden kamen immer näher und ehe sich's Brianna versah, hatte sich Edna ihren Großvater geschnappt. Evan und sie standen sich plötzlich gegenüber, wie zwei Teenager, die nicht wussten, wie ihnen geschah. Offensichtlich wollte Edna, dass sie sich endlich aussprachen. Brianna fühlte sich schlagartig zu einem kalten Wintertag in ihrer Kindheit zurückversetzt, als Evan ihr einen Schneeball in den Kragen gesteckt hatte und sie weinend zu ihrem Großvater gerannt war. Natürlich hatte er es nicht gewagt, den Jungen ordentlich zurechtzuweisen, schließlich war es immer noch Evan Wayne. Edna dagegen hatte damit keine Probleme gehabt. Evan hatte kurz darauf wie ein begossener Pudel vor ihr gestanden und sich entschuldigt, damit sie ihm verzieh. Seitdem waren etliche Jahre vergangen und sie brauchte keine Vermittlerin mehr, die sich in diesem Moment neugierig den Hals verrenkte, um ja nichts zu verpassen. Flüchten konnte Brianna jetzt auch nicht mehr. Die Tanzfläche hatte sich nach dem letzten Gang gefüllt und sie waren förmlich von Gästen eingekreist.

„Ich glaube, wir fallen weniger auf, wenn wir tanzen", raunte Evan ihr zu und griff einfach nach ihrer Hand. Da ihr im Moment keine bessere Lösung einfiel, als sich unsichtbar zu machen, blieb ihr nichts anderes übrig, als mit ihm zu tanzen.

Tanzen. Es war vielmehr ein sanftes Schaukeln, während sie sich gegenseitig stumm musterten. Keine gute Idee, denn mit jeder weiteren Minute spürte sie, wie ihr Puls unter seinem ruhigen Blick weiter anstieg und sich ein Kribbeln in ihrem Körper ausbreitete. Seit wann brachte Evan sie derart durcheinander? Ja, als Teenager hatte sie ebenfalls Herzklopfen bekommen und die Schmetterlinge hatten in ihrem Bauch Purzelbäume geschlagen. Eine Unbeschwertheit, die sie nie wieder spüren würde, denn jetzt lag auf alldem ein süßer Schmerz und die Trauer um ihre verlorene Zeit.

„Brianna, es tut mir alles so unendlich leid." Seine Worte waren nicht mehr als ein Flüstern, doch drückten sie alles aus, was zwischen ihnen stand.

Musste er das Thema gerade hier und jetzt ansprechen? Evan hatte in den letzten Tagen genug Gelegenheit dazu gehabt, stattdessen war er ihr permanent aus dem Weg gegangen und sie hatte sich mit seiner Mutter allein für die letzten Vorbereitungen treffen müssen.

„Danke, dass du mir die Briefe vorbeigebracht hast", entgegnete sie unter Aufbringung all ihrer Willenskraft. Sie war sich der neugierigen Blicke um sie herum nur zu deutlich bewusst. Sogar Patricia, die gerade mit dem Senator tanzte, war zwischenzeitlich aufgefallen, dass ihr schlimmster Albtraum eingetreten war und sie den Lauf des Schicksals nicht mehr aufhalten konnte.

„Das ist alles, was dir dazu einfällt?" Evan unterbrach seinen Tanz und sah Brianna schmerzerfüllt an.

Wollte er sie gerade allen Ernstes allein für ihre verzwickte Situation verantwortlich machen?

„Moment mal, du bist mir doch in den letzten Tagen aus dem Weg gegangen, oder hab ich was verpasst?"

Brianna konnte kaum glauben, dass sie dieses Gespräch wirklich führten.

„Es ist ja auch nicht gerade einfach, dich tagsüber zu erwischen", erwiderte er und meinte es allem Anschein nach völlig ernst.

Brianna musste über seine kindische Antwort beinahe schmunzeln, stattdessen erwiderte sie mit ruhiger Stimme:

„Gerade du als CEO solltest ja am besten wissen, wann deine Angestellten arbeiten, oder etwa nicht?"

Evan entglitten die Gesichtszüge und sie freute sich über diesen kleinen Triumph, doch der währte nicht lange. Unter der stolzen Fassade erkannte sie, dass da noch etwas anderes war. Eine innere Zerrissenheit, wie sie sie an ihm nie gesehen hatte.

„Tut mir leid, aber ich glaube, ich sollte jetzt lieber gehen", murmelte Brianna. Gerade als sie sich umdrehen wollte, um die Tanzfläche, auf der sie die Hauptattraktion waren, zu verlassen, griff er nach ihrem Handgelenk.

„Bitte, Brianna, bleib!" Sein liebevoller Blick, der ihr durch Mark und Bein ging, machte jeden Widerstand zwecklos. „Seit wir uns kennen, hast du davon geträumt, einmal die Ballprinzessin zu sein."

Es war ihr fast peinlich, dass er sich daran erinnerte, denn die Zeiten, als sie solche Träume gehabt hatte, waren schon lange vorbei.

Dennoch ließ sie sich von ihm zurück auf die Tanzfläche ziehen, schließlich war Evan der einzige Prinz Charming gewesen, von dem sie geträumt hatte. Und was war schon ein Tanz? Er hatte nichts zu bedeuten. Selbst ihr Großvater schob Edna in einer unerwarteten

Eleganz über die Tanzfläche, während er der Schlittschuhläuferin verstohlene Blicke zuwarf.

„Ich habe mich nicht gemeldet, weil ich mit der Situation überfordert war", erklärte Evan einige Augenblicke später. „Es ist viel passiert."

„Mmh, wir sind keine Teenager mehr und die Briefe haben längst ihre Gültigkeit verloren." Brianna hoffte, dass er ihr nicht ansah, wie weh es ihr tat, diese Worte laut auszusprechen.

Für einen Moment dachte Brianna, er wollte ihr sagen, dass dem nicht so war, stattdessen presste er stumm die Lippen aufeinander. Enttäuschung stieg in ihr auf, doch dann zog er sie plötzlich näher an sich. Sie klammerten sich wie zwei Ertrinkende aneinander, denen nichts weiter als dieser eine Abend blieb.

Brianna bekam weder mit, wie ihr Grandpa die nette Dame zum Tanz aufforderte, noch wie die Fotografen sich um sie scharten. Alles, was sie sah, war die schmerzhafte Sehnsucht in Evans Augen, die ihr gleichzeitig etwas Angst, aber auch Freude bereitete.

17

Joseph

„Deine Enkelin läuft dir schon jetzt den Rang ab", bemerkte Simon mit einem herzhaften Lachen, als er und Joseph das Juwel hinter sich ließen und auf den Park zusteuerten.

„Daran habe ich nichts auszusetzen. Talent muss schließlich auch belohnt werden." Joseph konnte nicht beschreiben, wie stolz er auf Brianna war. Die Kreationen aus der Konditorei waren der kulinarische Höhepunkt am gestrigen Abend gewesen und würden den Gästen noch lange in Erinnerung bleiben.

Vermutlich genauso wie ihr Tanz mit Evan. Peinlicherweise musste er zugeben, dass er ausgerechnet jenen Teil verpasst hatte, bei dem sich Edna, wann immer sie davon anfing, an die Brust fasste und verträumt aufseufzte. Aber wann tat sie das nicht? Besonders jetzt zur Weihnachtszeit war sie in ihrer Romantik-Bubble geradezu gefangen.

Vermutlich interpretierte die Gute auch einfach mal wieder zu viel in den Tanz hinein. Genauso wie in seinen Tanz mit Marlene. Ein Lächeln breitete sich auf seinem Gesicht aus, als er sich an den schönen Abend erinnerte. Er hätte nie gedacht, dass er sich so gut mit einer Frau amüsieren könnte, die er nur vom Sehen kannte. Aber die Zeiten hatten sich geändert, ebenso seine altmodischen Ansichten, was Brianna und Evan anging.

Er hatte all die Jahre geglaubt, dass er sie mit seinen strengen Regeln vor möglichem Kummer bewahren könnte – doch was das anging, hatte er sich gehörig getäuscht. Brianna und Evan hatten sich verliebt, verloren und wiedergefunden. Heute schämte er sich dafür, dass er ihr all die Jahre im Weg gestanden hatte. Er hatte ihr sogar verboten, Evan in Paris zu besuchen, und ihr ans Herz gelegt, ihn endlich zu vergessen. Doch die Liebe ließ sich niemals aufhalten, wenn zwei Menschen füreinander bestimmt waren. Vielleicht wurde es höchste Zeit, Brianna endlich loszulassen. Er konnte sie nicht vor allem beschützen, erst recht nicht vor Liebeskummer. Sie war kein kleines Mädchen mehr, das man von einem Tag auf den anderen in seine Obhut gegeben hatte, sondern eine erwachsene Frau, die ihre eigenen Entscheidungen traf.

„Du bist so in Gedanken, mein Freund.“ Simon holte ihn in die Wirklichkeit zurück. „Immer noch auf dem Ball?“

„Ich habe gerade über Brianna und Evan nachgedacht. Kaum zu glauben, wie schnell die Zeit vergangen ist.“

„Wem sagst du das. Mir scheint, als wäre es erst gestern gewesen, dass ich Evan mit ins Büro nahm.“ Simon schüttelte amüsiert den Kopf. „Er hat mir einmal den ganzen Aktenschrank auseinandergenommen ... und meine guten Zigarren mit dem Spitzer gestutzt.“

Joseph lachte, denn diese Anekdote war ihm bis heute in bester Erinnerung. Die Zigarren waren ein Geschenk eines kubanischen Diplomaten gewesen. Zum Glück hatte sich dieser nie wieder im Juwel blicken lassen, sonst wäre Simon in Erklärungsnot gekommen.

„Ich kann mich nicht beschweren. Wann immer Evan in die Konditorei kam, war er der Musterschüler“, entgegnete Joseph mit Unschuldsmiene.

„Er hatte schon damals großen Respekt vor dir, daran hat sich bis heute nichts geändert. Ich muss leider zugeben, dass er sich mir gegenüber auch mal anders verhält. Erst heute Morgen hat er mir in aller Deutlichkeit gesagt, was er wirklich von meinem Management hält.“ Der Hotelmogul wirkte bei dieser Beichte kein bisschen gekränkt oder enttäuscht, im Gegenteil: Er schüttelte amüsiert den Kopf.

„Da musst du erst ausfallen, damit Evan sich einmischt“, bemerkte Joseph nachdenklich. „Ich habe schon damals nicht verstanden, warum ihr ihn ausgerechnet nach Paris geschickt habt.“

„Patricia war damals der vollen Überzeugung, dass es das Beste für ihn sei. Hier hätte er nicht viel Neues gelernt, wo er von klein auf jeden Winkel im Juwel kannte. Meiner Frau war es wichtig, dass mit der nächsten Generation wieder frischer Wind hereinkommt.“

Das klang auch für Joseph durchaus plausibel, und doch hörte er ein Aber heraus.

„Inzwischen sehe ich die Dinge etwas anders“, fuhr Simon nach einer nachdenklichen Pause fort. „Besonders seit letzter Nacht. Ich habe meinen Sohn lange nicht mehr so glücklich gesehen.“

Joseph schnitt eine Grimasse, denn er war, was das anging, etwas weitsichtiger. Evans Rückkehr würde auch eine Menge Aufarbeitung brauchen. Edna hatte ihm erst am Morgen von den verschollenen Briefen erzählt … nur Gefühle ließen sich nicht so einfach an- und ausknipsen wie seine alte Leselampe neben der Couch.

Die Tatsache, dass Evan der neue CEO des Juwels und Briannas Chef war, machte es nicht leichter. Ebenso, dass er ihr schon einmal das Herz gebrochen hatte.

„Sie haben einmal miteinander getanzt, wir sollten nicht gleich die Hochzeitsglocken läuten hören“, erwiderte Joseph so gelassen wie möglich.

Simon blieb plötzlich stehen und sah den alten Konditor zerknirscht an. „Apropos Hochzeitsglocken. Es wird höchste Zeit, dich über Evans Privatleben aufzuklären. Hätte ich gewusst, wie sich alles entwickelt, hätte ich es dir viel früher erzählt.“

Joseph wusste sofort, dass es sich nur um eine schlechte Nachricht handeln konnte. War Evan bereits verheiratet? Hatte es in Paris still und heimlich eine Hochzeit gegeben, von der niemand etwas wusste? Natürlich war er nicht so naiv zu glauben, dass der Junge sein Leben nicht weitergelebt hätte.

„O nein, er ist nicht verheiratet – noch nicht“, setzte Simon schnell nach. „Evan ist verlobt, und die Hochzeit ist für nächsten Mai geplant.“ Simon sah seinen langjährigen Vertrauten betroffen an. „Nur denke ich, dass er, was das angeht, den größten Fehler seines Lebens begeht.“

Joseph brauchte einige Augenblicke in denen er um Fassung rang, dabei war er dafür bekannt, selbst in den schwierigsten Situationen einen kühlen Kopf zu bewahren. „Dann wird es für deinen Sohn höchste Zeit, sich endlich zu entscheiden, wen er wirklich liebt! Ich möchte nicht, dass er mit Briannas Gefühlen spielt."

„Glaub mir, nichts liegt mir ferner als das, und ich verstehe nicht, warum Evan bis jetzt geschwiegen hat. Vivien war bereits auf dem Weg hierher; wäre der Schneesturm nicht gewesen, hätte Brianna auf dem Winterball von ihr erfahren."

Joseph schüttelte verärgert den Kopf. Nicht auszudenken, wenn es wirklich dazu gekommen wäre. Ausgerechnet an ihrem Premierentag als Chef-Patissière. Wenigstens war ihr diese unsägliche Schmach erspart geblieben.

Am liebsten hätte er seine Enkelin auf der Stelle aufgeklärt, doch diese Aussprache würde er Evan nicht abnehmen. Das war ganz allein seine Aufgabe, auch wenn er sonst alles für den Erben getan hätte.

Die beiden Männer setzten ihren Weg fort und erreichten nach kurzer Zeit die Schlittschuhbahn am *Wollman Rink*. Warum musste die Liebe so kompliziert sein? Vermutlich war dies der Grund, warum er sich in den letzten Jahrzehnten ausschließlich auf seine Arbeit und Brianna konzentriert hatte. Auf Herzschmerz und Gefühlschaos hatte er schlichtweg keine Lust. Er hatte sein Leben als Rädchen in einem funktionierenden System immer geschätzt, die Dienstpläne und selbst auferlegten Normen hatten stets für ein ruhiges geregeltes Leben gesorgt. Nur wusste er jetzt, wo all dies zusammenbrach, überhaupt nicht mehr, was er wollte oder wer er war. An manchen Tagen hatte er sogar das Gefühl, als müsse er erst lernen, wie man richtig lebte. Vielleicht ging es Evan im Moment auf eine andere Art genauso. Er war in seinem Leben an einem Punkt angekommen, an dem er die Weichen neu stellen musste.

„Ich gebe Evan zwei Tage, dann kläre ich meine Enkelin auf.“

Simon nickte dem Konditormeister zu. „Danke, Joseph. Ich weiß deine Loyalität zu schätzen.“

Für eine Weile verfolgten sie, wie die Schlittschuhläufer ihre Runden drehten, doch heute war Marlene nicht unter ihnen. Joseph lächelte, er musste sich noch etwas gedulden, bis er sie wiedersah. Um genau zu sein, bis heute Nachmittag. Er hatte einen Tisch im *Café on the Corner* reserviert – quasi ein richtiges erstes Date – wo sie sich auf ein Stück Kuchen und eine Tasse Kaffee treffen würden. Er hatte absichtlich ein Etablissement außerhalb des Juwels ausgewählt, denn auf Spekulationen und Tratsch konnte er verzichten. Was aber auch bedeutete, dass er stattdessen mit einem nur mittelmäßigen Gebäck vorliebnehmen musste. Da hatte er es schon wieder. Er würde wohl nie aus seiner Haut kommen.

„Na, schon nervös?“ Simon holte ihn erneut aus den Gedanken. „Ist schließlich schon ’ne Weile her, dass du ein Rendezvous hattest.“

Joseph verzog leicht verlegen das Gesicht. „Einigen wir uns darauf, dass es lediglich eine nette Fortsetzung des gestrigen Abends wird. Wir konnten uns ja kaum unterhalten.“

„So nennst du es also.“ Simon hob schmunzelnd eine Augenbraue. „Als Nächstes fängst du noch an, Schlittschuh zu laufen.“

„Gott bewahre. Das kann Marlene viel besser.“ Auch wenn die Dame heute nicht in Sichtweite war, so sah er ihre grazilen Bewegungen vor sich. Wahrscheinlich hatte sie es einfach im Blut, sich so anmutig zu bewegen, kein Wunder, sie war jahrelang Tänzerin bei den Rockettes gewesen. Schade, dass er sie nicht schon damals gekannt hatte, er hätte sie zu gern auf der Bühne erlebt. Mit Sicherheit war sie die schönste Ballerina gewesen. Eine schlanke Figur und die nötige Körperspannung hatte sie bis heute, wie er gestern beim Tanzen festgestellt hatte. Vielleicht könnte er ihr für später etwas Gebäck einpacken. Ihm war es wichtig, dass auch sie einen Einblick in seine Leidenschaft bekam. Und wie könnte ihm das besser gelingen als mit einer kleinen Köstlichkeit? Irgendwie würde es ihm schon gelingen, unbemerkt ein Mürbeteig-Himbeertörtchen aus dem Juwel zu schmuggeln.

***

Joseph fühlte sich wie ein übermütiger Teenager, als er sich wenige Stunden später in die Konditorei schlich. Kein Wunder, lediglich Simon wusste über seine Pläne am Nachmittag Bescheid. Er sah sich kurz um, dann schnappte er sich eine der vanillegelb-gestreiften Schachteln und suchte zwei besonders perfekt geratene Mürbeteigtörtchen mit Himbeeren aus. Marlene würde sich über diese Aufmerksamkeit sicher freuen. Sie liebte Süßes, wie sie ihm gestern gestanden hatte, und holte nun das Schlemmen nach. Während ihrer Zeit als Ballerina hatte sie streng Diät gehalten und der Figur wegen auf vieles verzichtet. Joseph schmunzelte. Vielleicht war ihnen beiden noch gar nicht klar, wie gut sie zueinander passten. Er könnte sie mit Backwaren versorgen, und sie könnte ihm dabei helfen, endlich seine altmodischen Ansichten über Bord zu werfen. Er hatte selten eine Frau kennengelernt, die so vor Lebenslust und Leidenschaft sprühte und es geschafft hatte, dass seine Fassade plötzlich bröckelte. Zum ersten Mal in seinem Leben wollte er ausbrechen und das Juwel hinter sich lassen.

Mit der gefüllten Schachtel machte sich Joseph schließlich wieder auf den Weg zu seiner Wohnung. Auf halbem Weg kam ihm Edna entgegen. Sie würde den Braten sofort riechen. Noch nie hatte er sich mit Gebäck davongeschlichen.

Er konnte geradezu sehen, wie ihr Blick zwischen der hübschen Schachtel und seinem Zimmer hin und herwanderte, während die Rädchen in ihrem Kopf ratterten. Edna dachte wohl nicht, dass er Frauenbesuch in seiner Wohnung hatte? So abenteuerlustig war er nun auch wieder nicht. Er hatte das Café als Treffpunkt gewählt, auf der anderen Seite des Parks, wo er weder auf Edna, Brianna oder sonst einen Spion aus dem Hotel treffen würde.

Ihr breites Lächeln verriet ihm, dass sie der Spur nahe war. Er konnte der älteren Köchin einfach nichts vormachen, sie las in ihm wie in einem offenen Buch. Was nicht schwierig war, wenn er sich so auffällig entgegen seiner üblichen Art verhielt. Mit dem Anzug, dem Einstecktuch in der Brusttasche des Jacketts und der Schachtel in der Hand wirkte er so, als heckte er etwas aus.

„Ui, werde ich hier gerade von etwas Zeuge, das du geheim halten wolltest?" Die Frau, die heute wieder wie Edna aussah und nicht wie eine angemalte Discokugel, sah ihn strahlend an. Joseph verzog das Gesicht, als hätte er in eine Zitrone gebissen. Dabei war er sich so sicher gewesen, dass seine Gefährtin in den nächsten Stunden nichts von seiner Mission mitbekommen würde. Ihr Fernsehapparat, der bis durch seine Wand hindurch zu hören war, strahlte bereits seit dem Mittag Weihnachtsromanzen in Dauerschleife aus.

„Man darf sich ja wohl noch einen kleinen Snack gönnen", sagte Joseph in beiläufigem Tonfall. Er konnte auf Flirttipps von Edna verzichten. Ein Treffen mit einer Dame bekam er auch ganz gut allein hin – hoffte er zumindest.

„Joseph, man sieht dir an der Nasenspitze an, was du im Schilde führst. Wie gut, dass ich dich rechtzeitig abfangen habe und dich vor einer peinlichen Blamage bewahren konnte."

Joseph runzelte argwöhnisch die Stirn, denn er wurde aus ihr einfach nicht schlau.

„Bei einer Frau wie Marlene musst du ganz andere Geschütze auffahren. Sie war Tänzerin bei den Rockettes und ist es gewöhnt, ein Star zu sein." Edna brauchte ihn nicht erst daran zu erinnern, dass sie aus ganz unterschiedlichen Welten kamen. Frauen wie Marlene gingen im Juwel ein und aus, während er all die Jahre in der Konditorei gestanden hatte. Zweifel kamen in ihm hoch, ob die Verabredung zum Kaffee wirklich eine gute Idee war. Oder hatte er gestern, im Rausch des Winterballs, zu viel verlangt? In seinem Smoking und der perfekt sitzenden Frisur war er ein anderer Mensch gewesen. Es hatte sich erstaunlicherweise gut angefühlt, einmal all seine Moral über Bord zu werfen und zu sehen, was geschah. Dass ausgerechnet er das einmal sagen würde, wo er doch seiner Enkelin immer wieder gepredigt hatte, dass es Grenzen gab, die man lieber nicht überschritt.

„Und was schlägst du vor?", hörte er sich fragen und bereute es im selben Moment. Wenn sie ihm nun mit irgendeinem Film kam …

„In *Pretty Woman*", sagte sie aufgeregt, „hat Julia Roberts erst mal einen Crashkurs bekommen – bevor man sie auf die Öffentlichkeit losgelassen hat."

„Du vergleichst mich mit einer unbeholfenen Prostituierten?" Josephs Stimme überschlug sich fast. Edna hatte ja völlig den Verstand verloren. „Also, was Tischmanieren angeht, bin ich der Dame im Film eindeutig voraus. Ich lebe zeit meines Lebens in einem Luxushotel, da kenne ich mich mit solchen Dingen bestens aus!"

„Beruhig dich wieder, diesen Teil habe ich doch gar nicht gemeint." Edna rollte mit den Augen. „Es geht mir nur darum, dass du heute vielleicht nicht der typische Joseph sein solltest."

Dieses Gespräch verlief in eine Richtung, die ihm nicht gefiel. Warum sollte er ausgerechnet Tipps von Edna annehmen, die selbst wie eine alte Jungfer lebte? Er wollte sich nicht verstellen, schon gar nicht beim ersten Date und vor allem nicht in seinem Alter. Vielleicht war er, was das anging, altmodisch oder naiv, aber er gehörte zu den Menschen, die mit offenen Karten spielten – im Gegensatz zu Evan Wayne.

„Ich bin nun mal so, wie ich bin", antwortete er mit einem entschuldigenden Schulterzucken und ließ die Köchin einfach auf dem Flur stehen.

18

Evan

Evan war immer noch voll Adrenalin. Der Tanz mit Brianna hatte ihn seit Langem wieder lebendig fühlen lassen. War es höhere Gewalt gewesen oder ein Wink des Schicksals? Jedenfalls hatte der Schneesturm sämtliche Flüge lahmgelegt. Heute herrschte in New York strahlender Sonnenschein, das konnte fast kein Zufall sein. Schon als Evan das Juwel verlassen hatte, um sich auf den Weg zu Brianna zu machen, wusste er, dass Widerstand zwecklos war. Irgendetwas zog ihn mit aller Macht zu ihr hin. Er liebte Brianna und würde seine Verlobung lösen. Dies war ihm während seines nächtlichen Streifzugs durch Manhattan – an Schlaf war ohnehin nicht zu denken gewesen – klargeworden. Auf dem fast menschenleeren Times Square hatte er zudem ein kleines Wunder erlebt. Evan schmunzelte, als er an die dicken Schneeflocken dachte, die plötzlich wie in Zeitlupe vom Himmel schwebten. Die Zeit war für einige Augenblicke stehen geblieben. Fasziniert hatte er nach oben gestarrt und selbst die meterhohen Leuchtreklamen um sich herum vergessen.

In diesem Moment hatte er erst verstanden, was Brianna in all den Jahren mit *ihren Zeichen* meinte. Auch wenn er für seine Entscheidung keine brauchte, so wusste er nun mit Sicherheit – es gab kein Zurück.

Am liebsten hätte er das Gespräch mit Vivien längst hinter sich gebracht, nur leider erreichte er sie nicht. Er fühlte sich wie der größte Betrüger und hoffte doch, dass Vivien seine Beweggründe verstand.

Sein Herz hatte immer nur Brianna gehört, sie waren füreinander bestimmt und man hatte ihnen übel mitgespielt. Unter normalen Umständen hätte er nie etwas mit einer anderen Frau angefangen. Trotzdem zählte das Verhalten seiner Mutter nicht als Entschuldigung, er hatte stets eine Wahl gehabt. Er hätte um Brianna kämpfen müssen, doch sein Stolz und die Angst vor Ablehnung waren letztendlich größer gewesen als sein Schmerz. Dies war auch der Grund, warum er Brianna bis jetzt nichts von seiner Verlobung mit Vivien erzählt hatte. Er würde sie mit diesem Eingeständnis erneut verletzen. Dennoch war ihm klar, dass er die Wahrheit nicht länger zurückhalten konnte. *Morgen,* sagte er sich entschlossen, *Morgen werde ich mit ihr sprechen.*

Evan legte einen Stopp bei *Starbucks* ein und bestellte zwei Becher Kaffee und eine große Tüte mit Blaubeermuffins. Er wollte Brianna heute an ihrem freien Tag überraschen. Das hatte sie sich nach den letzten Wochen und der Vorbereitung des Balls redlich verdient. Vielleicht könnten sie nach dem Frühstück eine Runde im Park drehen und am Nachmittag Weihnachtseinkäufe erledigen. Alles Dinge, die zu zweit mehr Spaß machten als allein. Außerdem war heute Sonntag, und hatte nicht auch er einen freien Tag verdient, an dem er mal nicht über den Akten brütete oder Videokonferenzen mit seinen Partnern in Paris führte?

Sie würden ihm sonst was erzählen, wenn er sie an einem Sonntag behelligte. Was das anging, tickten die Franzosen eindeutig anders als die Amerikaner.

Evan verließ die *Starbucks*-Filiale am Columbus Circle und lief die Upper West Side hinauf, wo sich Briannas Wohnung befand. Nach dem Schneesturm der letzten Tage wirkte die Landschaft heute wie aus einem kitschigen Weihnachtsfilm. Der Schnee glitzerte unter der Wintersonne und auf einem Baum entdeckte er ein Eichhörnchen auf Nahrungssuche. Es begleitete ihn ein Stück, vermutlich hoffte es auf einen Leckerbissen aus seiner Tüte, und Evan schmunzelte über die Zutraulichkeit der Tiere im Park. Solange es kein Waschbär war, der ihn verfolgte ... denen traute er nicht mehr über den Weg, seit einer ihm als kleiner Junge seine Eistüte direkt aus der Hand geklaut hatte.

Nach wenigen Minuten erreichte Evan sein Ziel. Überrascht sah er sich um, denn der Räumdienst hatte es allem Anschein nach noch nicht bis hierhin geschafft. Der Schnee lag in hohen Bergen auf der Straße, und wenn er es nicht besser wüsste, hätte er gedacht, er befände sich im tiefsten Maine und nicht mitten in New York.

Zum Glück trug er seine neuen Winterstiefel, die laut Hersteller selbst Minusgraden in Kanada trotzten. Auch die Jacke, die er sich im hoteleigenen Shop gekauft hatte, tat ihren Dienst und wärmte ihn, obwohl die Sonne heute alles gab.

Wie Brianna wohl auf seinen Überraschungsbesuch reagieren würde? Er wollte nicht glauben, dass es nur bei einem einzigen Tanz bleiben sollte. Sie liebte ihn ebenfalls, er hatte es in ihren Augen gesehen. Selbst in dem Moment, als sie ihm den Kopf gewaschen hatte, weil er ihr aus Angst aus dem Weg gegangen war. Ja, er hatte eine Scheißangst bekommen. Angst, sich seine Gefühle einzugestehen und alles, was er sich in den letzten Jahren aufgebaut hatte, infrage zu stellen.

Doch ihr Aufeinandertreffen gestern beim Winterball hatte sein Kartenhaus zum Einstürzen gebracht. Er konnte sich noch so viel einreden, vernünftig und rational zu bleiben – aber wenn Brianna in seiner Nähe war, war dies unmöglich. Sogar jetzt spürte er sie in seinen Armen und erinnerte sich daran, wie glücklich sie gewesen war, als er sie wie damals gedreht hatte. Nur waren sie jetzt erwachsen und keine unschuldigen Kinder mehr, die den Ball heimlich mit einer Pappschachtel voll Sandwiches und Zimtschnecken von ihrem Versteck aus verfolgten.

Evan erreichte die Treppe und stieg diese vorsichtig hinauf – auch hier lag der Schnee – dann drückte er den Klingelknopf.

Nach einigen Sekunden ertönte Briannas Stimme aus der Sprechanlage. „Ja?“

„Hi, Brianna, ich bin's, Evan“, erwiderte er gut gelaunt.

Für einen Moment machte ihm das Schweigen auf der anderen Seite Angst, doch dann summte endlich der Türöffner.

Mit jedem weiteren Schritt überlegte er, wie er ihr seinen Besuch erklären sollte. Jetzt am nächsten Tag war der Zauber des Winterballs fast schon wieder verflogen. Er musste sich also ganz auf seinen Charme verlassen.

Als Brianna ihn am Treppenabsatz allerdings mit einem erfreuten Lächeln begrüßte, fielen alle Bedenken und die Anspannung von ihm ab. Wie in Trance bewegte er sich auf sie zu und schloss sie einfach in die Arme, als wäre es das Normalste auf der Welt.

„Ich habe es keine Sekunde länger ohne dich ausgehalten, Brianna“, flüsterte er beinahe verzweifelt.

„Mir ging es genauso“, erwiderte sie lächelnd. Mehrere Augenblicke standen sie einfach so da, bis Evan es nicht mehr aushielt. Er musste sie endlich küssen. Sein Mund, der bis eben auf ihrem Scheitel geruht hatte, wanderte nach unten zu ihrer Stirn und über ihr Gesicht, um sie zu liebkosen. Ihr leises Seufzen ging ihm durch Mark und Bein. Ihren warmen Körper an seinem zu spüren und ihren Duft wahrzunehmen, war mehr, als er ertragen konnte.

Sie drängten in die Wohnung, wo er geistesgegenwärtig die Tüte und die Kaffeebecher auf einem Schränkchen abstellte. Dann endlich fand sein Mund ihre Lippen. Sie küssten sich erst zaghaft, als müssten sie sich erst neu kennenlernen, dann brach die Leidenschaft, die sie all die Jahre zurückgehalten hatten, ohne Vorwarnung durch. Er fühlte sich wieder wie der unbeschwerte Teenager von damals. Warum konnte nicht alles so einfach sein?

„Brianna, du machst mich wahnsinnig“, raunte er ihr heiser zu und erschrak über seine Leidenschaft. Das Pochen in seinem Unterleib bereitete ihm fast körperliche Schmerzen. Doch er war nicht deswegen gekommen, nein, er war hier, weil er keinen weiteren Tag mehr ohne sie leben konnte.

„Evan, vielleicht sollten wir es etwas langsamer angehen lassen", entgegnete Brianna mit einem amüsierten Kopfschütteln, ehe sie fragte: „Woher hast du gewusst, dass mir gerade die Kaffeebohnen ausgegangen sind?"

Evan lachte herzhaft. „Im Ernst, du hast wirklich keinen Kaffee mehr?"

„Nein, und das ausgerechnet an meinem freien Tag. Du hast wohl ein Gespür dafür ..."

Evan grinste stolz und erinnerte sich an damals, als er ihr nach ihrem ersten Geburtstag im Juwel nachträglich sein Geschenk überreicht hatte. Einen hübschen Metallkasten mit hochwertigen Buntstiften, die sie sich schon lange gewünscht hatte.

„Vielleicht war es einfach nur Intuition", erwiderte er und entdeckte eine der Zeichnungen an der Wand im Flur, die zweifelsohne aus ihrer Kindheit stammte. Er konnte sich genau daran erinnern, wie sie entstanden war. Sie hatten bei Edna am Küchentisch gesessen und sich die Zeit bis zum Weihnachtsfest mit Zeichnen vertrieben. Okay, vielmehr hatte Brianna gezeichnet, während er sich den Bauch mit Plätzchen vollstopfte. Er verspürte Dankbarkeit, dass ihr freundschaftliches Band so weit in die Vergangenheit zurückreichte.

„Zeichnest du immer noch?", fragte er interessiert.

„Ab und zu, wenn ich mit Nat und Emma Ideen durchspiele. In meiner Freizeit habe ich leider keine Zeit dafür", erwiderte Brianna, als sie im Wohnzimmer Platz nahmen. „Immerhin bin ich schon dazu gekommen, meinen Weihnachtsbaum zu schmücken."

Evan folgte ihrem Blick und schmunzelte, denn der Baum war bei seinem ersten kurzen Besuch nicht da gewesen. Er wirkte wie eine Miniaturversion der Nordmanntanne im Juwel.

„Meine Wohnung ist kaum größer als ein Schuhkarton, aber etwas Glanz in der Hütte kann nicht schaden." Brianna zwinkerte ihm zu und wirkte dabei so fröhlich, dass er ihr sofort glaubte, wie wohl sie sich in ihren eigenen Wänden fühlen musste. Es waren nicht nur die gemütlichen Polstermöbel und Bücherschränke, sondern auch die karierten und gepunkteten Stoffe, die die kleine Wohnung in eine Art Villa Kunterbunt verwandelten. Irgendwie passte die gesamte Einrichtung perfekt zu den verzierten Törtchen, die sie mit Hingabe backte.

„Im Gegensatz zu meinem Appartement im Juwel hat dein Zuhause wenigstens Charme. Ganz ehrlich, ich habe es nie gemocht, in einem Hotel zu wohnen, auch wenn mich viele um die Aussicht im zwanzigsten Stock beneidet haben." Evan schnitt eine Grimasse und öffnete die Tüte mit den Muffins.

„Danke, du hast meinen ersten freien Tag seit Wochen gerettet." Brianna zwinkerte ihm zu und schnappte sich dann den Kaffee. „Mmh, lecker. Und was hast du sonst für Überraschungen dabei?"

„Was hältst du davon, wenn wir zusammen zum Rockefeller Center gehen?" Evan hob fragend eine Augenbraue. „Ich weiß, das übliche Touristenprogramm, aber ich kann dir gar nicht sagen, wie sehr mir der Baum gefehlt hat."

„Das trifft sich gut, ich habe nämlich noch kein einziges Weihnachtsgeschenk besorgt, und da ich schon weiß, was ich von Edna bekomme, muss ich mich dieses Jahr anstrengen."

„Ach, sie verschenkt keine bemalten Holzlöffel mehr?", hakte Evan belustigt nach.

Brianna schlug ihm auf den Arm. „Du bist gemein. Ich habe jeden einzelnen aufgehoben."

„Das hätte ich mir denken können", erwiderte er trocken und ging vorsichtshalber in Deckung. Dennoch musste er zugeben, dass Ednas folkloristische Präsente weitaus persönlicher gewesen waren als die seiner Familie. Seine Mutter hatte sich in all den Jahren nie die Mühe gemacht, irgendetwas zu bemalen. Nicht einmal die Eier zu Ostern, denn auch diese hatte er gemeinsam mit Brianna an Ednas Küchentisch verziert.

***

„Ich hatte fast vergessen, wie schön es hier ist." Evans Blick wanderte zur Spitze des Rockefeller Centers, das hoch über ihnen aufragte. Seit dem Morgen, als er all seinen Mut zusammengenommen und sie besucht hatte, lebten sie ihre eigene vorweihnachtliche Netflix-Romanze. Direkt nach dem Frühstück waren sie dick eingepackt in den Park gegangen, um eine große Runde zu drehen. Natürlich nicht ohne Zwischenstopp an einem der Stände, die Waffeln und Heißgetränke anboten. Anschließend waren sie mit der U-Bahn bis zum Rockefeller Plaza gefahren, um sich von der weihnachtlichen Stimmung in Midtown mitreißen zu lassen. Er hatte heute nichts weiter vor, als die Zeit mit Brianna zu genießen. Ob sie wohl auch mit ihm zu Abend essen wollte? Evan schmunzelte über seine lange Liste, denn im Grunde wollte er nur eines nicht: sich wieder von ihr trennen.

„Ist Paris zur Weihnachtszeit auch so wunderschön?", hakte Brianna interessiert nach.

Evan schnitt eine Grimasse. „Schon, aber eben auf eine ganz andere Art. Dort gibt es keinen Santa wie in New York."

„Dann sollten wir unbedingt bei *Macy's* vorbeischauen", schlug Brianna mit leuchtenden Augen vor.

Wie konnte er ihr diesen Wunsch abschlagen, wenn sie genauso strahlte wie das kleine Mädchen damals, das neu in New York war und zum ersten Mal das Winter Wonderland im berühmtesten Kaufhaus der Welt besuchte.

Brianna hatte wochenlang geglaubt, dass es der echte Weihnachtsmann sei, und Evan hatte sie in dem Glauben gelassen, weil er instinktiv gespürt hatte, dass sie nach all dem Kummer ein kleines Weihnachtswunder brauchte.

„Auf was warten wir noch?" Evan legte ihr den Arm um die Schulter und sah sie erwartungsvoll an.

Brianna kuschelte sich an ihn, was ihn unsagbar glücklich machte, und sie liefen los. Vor zum Bryant Park, der sich direkt hinter der Bibliothek befand und ab November zum Winter Village wurde. Sie flanierten an der Schlittschuhbahn und an den Ständen des Weihnachtsmarktes vorbei und teilten sich dort eine Bratwurst vom Grill, obwohl sie längst satt waren. Aber so war es schon immer gewesen, die Liebe zum Essen verband sie seit ihrer Kindheit.

Von hier aus ging es weiter zum Empire State Building, dessen Fassade im Sonnenschein geheimnisvoll funkelte. Selbst hier auf den Hauptverkehrsstraßen waren die Schneemassen zu beiden Seiten aufgetürmt worden und sie hatten auf dem Gehsteig ihre liebe Mühe, sich durchzukämpfen. Doch es störte ihn kaum, dass seine heiß angepriesenen Survival-Schuhe so langsam an ihre Grenzen kamen. Er erlebte gerade den schönsten Tag seines Lebens.

Leichter Schneefall setzte ein und verwandelte New York in das Innenleben einer Schneekugel, die man soeben geschüttelt hatte. Er wollte diesen kostbaren Moment am liebsten für ewig festhalten, in sein Gedächtnis einbrennen, denn selbst jetzt, wo seine Mutter ihnen nichts mehr anhaben konnte, hatte er Angst, dass er Brianna noch einmal verlieren könnte.

Unbewusst griff er fester ihre Hand, um sie durch die Handschuhe zu fühlen, und sah liebevoll zu ihr hinüber. Brianna wirkte mit der Pudelmütze und der Daunenjacke viel mehr wie das junge Mädchen, das er vor Jahren zurückgelassen hatte. Und auch ihre kindliche Freude war nach wie vor dieselbe, besonders in diesem Moment, als sie das Kaufhaus am Herald Square erreichten und sie überwältigt stehen blieb. Das mehrstöckige Gebäude war der Inbegriff der Weihnachtszeit. Genau genommen ging es schon direkt nach der Thanksgiving Parade los, die jedes Jahr das offizielle Weihnachtsgeschäft einläutete. Auch wenn Paris durchaus einige beeindruckende Kaufhäuser zu bieten hatte – allen voran die Galerie Lafayette – reichte keines an *Macy's* heran. Die Schaufenster waren mit Deko überladen und Tausende Lämpchen brachten das altehrwürdige Gebäude zum Leuchten.

Die große Aufschrift aus Glühbirnen, die die Fassade zum Herald Square hin schmückte und der er bisher kaum Beachtung geschenkt hatte, zog ihn in seinen Bann. Die Inschrift könnte nicht passender sein. *Believe*, stand dort geschrieben. Hatte er nicht immer zu Brianna gesagt, dass sich all ihre Wünsche erfüllten, wenn sie nur fest daran glaubte? Dinge, die man sich mit Geld nicht kaufen konnte, selbst er nicht, obwohl ihm alles offenstand. Evan erinnerte sich an den Tag, an dem man den Spielzeugladen in der 5th Avenue allein für ihn geschlossen hatte. Doch letztendlich hatte er keinen einzigen Wunsch auf Santas Liste gesetzt. Er fühlte sich in dem menschenleeren Laden, in dem sich die Verkäufer anbiederten, ziemlich verloren. Frank hatte ihn begleitet, weil seine Eltern verreist waren, und ihn im Anschluss mit einem Abstecher bei Mike wieder aufgeheitert. Ein Lächeln breitete sich auf Evans Gesicht aus.

Warum erinnerte er sich ausgerechnet jetzt an diesen Tag aus seiner Kindheit? Vielleicht, weil in diesem Moment von irgendwoher dasselbe Lied erklang wie damals im Diner. Der Ohrwurm *Run Rudolph* hatte ihn nicht nur tagelang verfolgt, sondern auch mitten ins Herz getroffen. Dieser Song war ganz anders gewesen als die Weihnachtslieder, die das Streichorchester im Juwel spielte. Die Stimmung im Diner hätte an jenem Tag nicht ausgelassener sein können und Evan hatte seiner besten Freundin im Anschluss alles erzählt.

„Lust auf einen Burger, wenn wir hier fertig sind?", fragte Evan mit einem verschmitzten Grinsen. Er hoffte, dass die alte Jukebox den Song immer noch spielte. Heute musste er nicht mit der Kellnerin tanzen.

Nein, heute hätte er seine beste Freundin Brianna dabei.

19

Brianna

Brianna musste sich erst wieder an ihren neuen Dienstplan gewöhnen. Ein Dienstplan, der jetzt nach dem Winterball endlich ein Privatleben zuließ. Ab heute würde sie die Koordination der Tagesschicht übernehmen und sich zudem um die Inventur und die Abrechnungen kümmern. Sie hatte nichts dagegen, denn so hätte sie mehr Zeit für Evan und sie lebten ihren Tag nicht mehr entgegengesetzt.

Mit einem verträumten Lächeln erinnerte sie sich an den gestrigen Tag. Sie konnte nicht glauben, dass sie von früh bis spät unterwegs gewesen waren. Die vorweihnachtliche Stimmung hatte sie einfach mitgerissen und sie hatte sich gewünscht, dass der Tag niemals enden würde. Nachdem sie bei *Macy's* alle Geschenke besorgt und aus der Ferne einen Blick auf Santa geworfen hatten, waren sie in den Diner gegangen, den sie bis jetzt nur vom Hörensagen kannte.

Brianna schmunzelte, denn zwischen all den Cops und Feuerwehrmännern, die dort ihre Pause verbrachten, hatte sie sich ziemlich beschützt gefühlt. Aber noch mehr in Evans Armen. Sie hatten sich in dem überfüllten Lokal eine schmale Sitzbank nahe der Jukebox geteilt und es war nahezu unmöglich gewesen, Evan nicht zu berühren. Seine Oberschenkel und Schultern hatten permanent ihren Körper gestreift und ein wohliges Kribbeln in ihr ausgelöst.

Genau wie in diesem Moment. Überrascht drehte Brianna sich um. Sie hatte es sich nicht eingebildet, Evan stand direkt hinter ihr und sah sie mit einem liebevollen Lächeln an.

„Guten Morgen", flüsterte er ihr ins Ohr und erzeugte dort mit seinem warmen Atem eine Gänsehaut.

„Evan!" Brianna schnappte überrascht nach Luft, als er sie stürmisch an sich zog. Hoffentlich hatte ihn niemand gesehen, wie er sich in die Konditorei geschlichen hatte. Sie wollte diese Magie noch mit niemandem teilen. Durch die heimlichen Begegnungen und flüchtigen Berührungen auf dem Flur fühlte sie sich wieder wie das Mädchen von damals, das allein beim Gedanken an Evan Herzklopfen bekam. Außerdem war es viel zu früh, um sich vor allen Angestellten zu zeigen. Sie hatten sich gerade erst wiedergefunden, und auch etwas anderes bereitete ihr Sorgen. Was wohl ihr Großvater von all dem hielt? Sie erkannte ihn seit dem Ball kaum wieder. Zum ersten Mal kümmerte er sich um sich selbst und verhielt sich mit seinen siebzig Jahren wie ein übermütiger Teenager.

Evan legte seine Hand auf ihren Rücken, mit der anderen fasste er nach ihrer Hand, als wollte er wieder mit ihr tanzen. Brianna lachte bei dem Gedanken an gestern. Sie waren natürlich die Einzigen gewesen, die im Diner zu *Run Rudolph* tanzten. Wenn man es tanzen nennen konnte, denn der freie Bereich zwischen der Jukebox und dem Kühlschrank ließ kaum mehr als ein enges Aneinanderschmiegen zu. Ein Wunder, dass die Cops sie nicht verhaftet hatten, bei so viel Knistern in der Öffentlichkeit.

„Ich habe eine Überraschung für dich", raunte Evan ihr leise zu. „Heute Abend um zehn auf der Empore beim Baum?"

Natürlich musste Evan nicht extra erwähnen, welchen der vielen Bäume im Juwel er meinte, denn es gab für sie beide nur den einen Baum, die fünf Meter hohe Nordmanntanne in der Eingangshalle.

„Jetzt machst du mich aber neugierig", erwiderte Brianna, während sie sich hin und her wiegten, als stünden sie immer noch im Diner in der fettgeschwängerten Luft.

Evan lächelte geheimnisvoll, doch plötzlich ließ er sie los, als hätte er sich verbrannt. Erst jetzt erkannte Brianna, dass Edna direkt hinter ihm stand.

„Guten Morgen, Edna", begrüßte Evan sie gut gelaunt und drückte ihr ein Küsschen auf die Wange, bevor er eilig den Raum verließ. Es war der alten Dame förmlich anzusehen, wie verwirrt sie war. Mit offenem Mund sah sie Evan hinterher, wie er den Flur hinunter und zum Fahrstuhl lief. Erst dann drehte sie sich wieder zu Brianna um. Offensichtlich hatte es ihr die Sprache verschlagen.

„Spielen mir meine alten Augen einen Streich oder war es gerade wirklich Evan, der dich hier umschlungen hat wie Ryan Gosling seine Liebste in *Wie ein einziger Tag?*", stammelte Edna, als sie ihre Fassung wiedererlangt hatte.

Um Briannas Mundwinkel zuckte es amüsiert, denn die alte Köchin hätte keinen schöneren Vergleich bringen können. „Evan stand gestern Morgen einfach mit

Frühstück vor meiner Tür und dann haben wir den ganzen Tag zusammen verbracht."

Edna legte sich die Hand auf die ausladende Brust. „O Brianna, wie wundervoll. Ich habe doch immer gewusst, dass euch nichts auseinanderbringt. Schon auf dem Winterball habe ich erkannt, dass es nur einen kleinen Schubs braucht, bis ihr euch leidenschaftlich in die Arme fallt." Plötzlich schlug sie sich erschrocken die Hand auf den Mund. „Ich hoffe doch, ihr habt verhütet?"

„Edna!", entfuhr es Brianna entsetzt. Sie konnte nicht glauben, dass Edna sie für so naiv hielt. Sie war kein junges Mädchen mehr, das zu bestimmten Themen Fragen stellte. Fragen, die sie ihrem Großvater nie hätte stellen können.

Die ältere Frau hob entschuldigend die Hände. „Tut mir leid, aber die Funken zwischen euch sind so präsent, da hätte es doch sein können, dass es bereits ein großes Feuerwerk gab."

Brianna schüttelte nur den Kopf. Selbst wenn sie gestern miteinander geschlafen hätten, hätte sie es ganz sicher nicht mit ihrer mütterlichen Vertrauten geteilt.

„Wir waren anständig – so wie früher", beruhigte Brianna sie lächelnd. „Nur dass wir gestern zum ersten Mal Manhattan unsicher gemacht haben und nicht jeden Winkel im Hotel."

„Das hört sich wundervoll an. Da könnte ich glatt ein wenig neidisch werden mit all den Romanzen um mich herum. Sogar dein Grandpa lebt gerade sein ganz eigenes Wintermärchen. Stell dir vor, ich habe ihn gestern sogar dabei ertappt, wie er Törtchen aus der Konditorei stibitzt hat!" Ednas Augen wurden kugelrund, weshalb

Brianna lachte. Es musste für die alte Köchin in der Tat seltsam sein, Joseph so verliebt zu sehen.

„Ich freue mich, dass Grandpa jemanden gefunden hat, der ihn glücklich macht. Ehrlich gesagt kam er mir in den letzten Monaten doch etwas verloren vor …“

Edna nickte. „Nun ja, sein Leben hat sich nur ums Juwel und dich gedreht. Es wird Zeit, dass er sich auf sich konzentriert. Auch wenn das bedeutet, dass ich mir einen neuen Begleiter für die Oper suchen muss.“ Sie verzog nachdenklich das Gesicht.

„Frag Eduardo aus der Wäscherei.“ Brianna zwinkerte ihr zu. „Seine lautstarken Arien sind selbst in der Konditorei zu hören.“

„Ich weiß nicht, wir kennen uns doch kaum. Auf der anderen Seite“, die Köchin verzog amüsiert den Mund, „hat er mein Blut schon oft in Wallung gebracht. Besonders im Sommer, wenn er nur im Unterhemd Basketball spielt, er ist für sein Alter erstaunlich muskulös.“

Okay, das Gespräch verlief in eine Richtung, die Brianna nicht gefiel.

„Vielleicht habt ihr zwei ja Lust, uns zu begleiten. Evan und du?“ Edna sah sie mit einem erwartungsvollen Lächeln an.

„Ein *Evan und ich* gibt es noch nicht, zumindest nicht offiziell. Nicht einmal Grandpa weiß Bescheid.“ Wenn Brianna ehrlich war, hatte sie Angst vor diesem Gespräch, besonders vor Josephs Urteil. Er hatte schließlich hautnah mitbekommen, wie sehr sie in den letzten Jahren unter ihrem Liebeskummer gelitten hatte.

„Aber warum denn nicht?“, hakte Edna verständnislos nach. Man sah der Köchin förmlich an, dass sie die frohe Botschaft am liebsten persönlich im Juwel verkündet hätte. Es würde keine halbe Stunde dauern, bis auch wirklich jeder einzelne Mitarbeiter vom Keller bis zum letzten Stock über sie und Evan Bescheid wusste.

Nein, das wollte sie nicht und erst recht nicht, dass Evans Mutter Wind davon bekam. Sie hatte schließlich schon genug angerichtet und ihren Beitrag geleistet, um ihre Beziehung zu sabotieren. Brianna würde ihr – nach dem, was geschehen war – so ziemlich alles zutrauen. Auch wenn sie keine Kinder mehr waren, die sie manipulieren konnte.

Für einen kurzen Moment fragte sie sich, ob nicht doch alles zu schnell ging. Sie hatten schließlich einiges aufzuarbeiten. Aber die Vergangenheit und auch die Briefe, über die sie gern gesprochen hätte, waren gestern völlig in den Hintergrund getreten. Ebenso die Frage nach ihrer gemeinsamen Zukunft. Brianna konnte sich nicht vorstellen, dass Evan das *Balzac* einfach so aufgab. Auf der anderen Seite hatte sie gestern selbst erlebt, wie viel ihm an seiner Heimatstadt lag.

Es hatte sich zur Abwechslung sehr gut angefühlt, nicht alles zu durchdenken und einfach die Zeit mit Evan zu genießen. Hatten sie sich das nach all dem Kummer nicht endlich verdient? Schon jetzt konnte sie es kaum erwarten, ihn am Abend wiederzusehen. Beim Gedanken an den Treffpunkt, den er ihr genannt hatte, verzog sich ihr Mund zu einem verträumten Lächeln. Es gab im Hotel keinen romantischeren Ort als die Empore mit Blick auf den geschmückten Baum, der alles verkörperte, für was das Juwel immer noch stand.

***

Als Brianna nach dem gemeinsamen Abendessen mit ihrem Grandpa das Untergeschoss verließ und sich nach oben schlich, fühlte sie sich fast wie damals. Ein Wunder, dass Joseph während des Essens nicht bemerkt hatte, wie aufgeregt sie war. Es war längst überfällig gewesen, etwas Zeit miteinander zu verbringen, denn der Stress in den letzten Wochen hatte nicht viel Freizeit zugelassen.

Brianna nahm die Treppen, die direkt zur Lobby hinaufführten, und begegnete lediglich zwei Zimmermädchen, die sie zum Glück nicht löchern würden. Doch als sie die letzten Meter zur Empore lief, entdeckte sie ausgerechnet Hector in der Eingangshalle. Mist, der hatte ihr gerade gefehlt. Allerdings schien der hagere Concierge wegen irgendetwas so aufgeregt zu sein, dass er sie nicht einmal bemerkte. Brianna schüttelte über ihn den Kopf. Zuletzt hatte er sich so aufgeführt, als Goldie Hawn im Hotel eincheckte. Vermutlich hatte sich auch heute wieder ein prominenter Gast zum Last Minute Christmas Shopping angekündigt, da durfte Hector als erster Ansprechpartner natürlich nicht fehlen – schließlich war er im Anbiedern und Hofieren ein wahrer Meister.

Brianna nutzte die Gunst der Stunde aus und lief vom Personal völlig unbemerkt zu ihrem Treffpunkt. Da es heute keine Veranstaltung gab, lag der Bereich vor dem Ballsaal fast im Dunkeln. Brianna sah auf die Uhr. Es war fast zehn. Die meisten Gäste waren noch unterwegs oder schon auf ihren Zimmern. Einzig die fleißigen Heinzelmännchen sorgten lautlos dafür, dass niemand etwas von den Vorbereitungen für den nächsten Tag mitbekam.

Für einige Augenblicke genoss Brianna die Stille. Es war das erste Mal nach einer langen Zeit, dass sie auf dem Flur allein war – es hatte geradezu etwas Magisches. Es schien, als würde die Zeit für einen Moment stillstehen, damit sich der Anblick für immer in ihre Erinnerung einbrannte. Auch wenn es unmöglich sein konnte, hörte sie von irgendwo eine leise Melodie. Eine Melodie, die sie auf einmal mitten in ein kitschiges Weihnachtsmärchen versetzte. Sie kam einfach nicht darauf. War es das Lied aus einer romantischen Tanzszene?

Überrascht drehte sie sich um, als die Musik lauter wurde.

Evan. Sie lächelte, als sie erkannte, dass er sein Handy und einen Picknickkorb in der Hand hielt.

„Ich dachte mir, etwas Musik kann nicht schaden, Cinderella.“

Er stellte den Korb ab und schloss sie in die Arme, als hätten sie sich nicht erst vor einigen Stunden in der Konditorei gesehen. Die Sorge vom Morgen, dass sie etwas überstürzten, drängte weiter in den Hintergrund, in seinen Armen fühlte sie sich sicher. Nichts und niemand konnte sich zwischen sie stellen, jetzt, wo sie endlich wieder zusammen waren.

Seine sanften Küsse, die nun ihr Gesicht liebkosten, und die Geste, als er ihr eine Haarsträhne hinters Ohr strich, ließen sie beinahe schweben. Vor allem aber liebte sie es, dass er sich noch daran erinnerte, wie sehr sie dieses Lied mochte. Sie hatte den Titel gestern bei ihrer Tour durch Manhattan nicht einmal erwähnt, nur dass sie die Neuverfilmung von Cinderella mit Richard Madden von allen am liebsten hatte.

„Ich hoffe, es ist der richtige Song?", hakte Evan amüsiert nach und hielt sein Handy hoch. „Das Setting im Film erinnert mich sehr an unseren Ballsaal. Allerdings kann ich nicht so gut tanzen."

Evan hatte recht, den Drehort hätte man tatsächlich auch ins Juwel verlegen können. So abwegig war das nicht, denn es fragten regelmäßig Filmemacher an. Allein der Gedanke, dass sie zufällig einem Schauspieler über den Weg lief oder das Catering für die Crew ausrichtete, ließ ihren Puls rasen.

„Dafür bringst du Snacks mit", erwiderte sie, auch wenn sie zugeben musste, dass die Tanzszene im Film der beste Teil gewesen war. „Wo hast du die denn schon wieder stibitzt? Die Eclairs gibt es doch erst morgen im Café und für die Speisekammer brauchst du einen Schlüssel."

Evan zwinkerte ihr frech zu. „Mittlerweile habe ich für jede Kammer einen Schlüssel. Ich muss also nicht mehr Edna anflehen, damit sie mir hilft." Dabei klang er wie der typische Wayne, der Macht hatte und sich dessen durchaus bewusst war. Warum machte sie diese Tatsache auf einmal so nervös? Nicht dass sie bisher Bücher wie *Verliebt in den CEO* gelesen hätte, aber nun konnte sie plötzlich nachvollziehen, warum diese Romane ihren Reiz hatten. Doch es war immer noch Evan, der hier vor ihr stand, und kein Geschäftsführer, der es liebte, mit den Frauen zu spielen, oder sich gar mehrere warmhielt.

„Oh, glaub mir, Edna hätte dir ohne zu zögern geholfen. Sie hat den Braten bereits gerochen", klärte Brianna ihn auf.

„Hätte ich mir gleich denken können. Sie sieht uns selbst jetzt auf den ersten Blick an, wenn wir etwas vor ihr verbergen wollen."

Evan holte eine Decke aus dem Korb hervor und breitete sie am Boden aus, nur wenige Zentimeter vor dem Geländer, das sie vom Baum trennte.

Mit einem Lächeln nahmen sie Platz. Nein, auch das würde kein CEO tun, der nur mit Frauen spielte. Dieses Date war an Romantik kaum zu überbieten. Der glamourös geschmückte Baum mit seinen unzähligen Lämpchen und den kristallenen Christbaumkugeln, die das Licht reflektierten. Und um sie herum die weichen roten Teppiche und der goldene Stuck an den Wänden, die den Bereich zum Ballsaal dominierten.

„Es ist wunderschön hier", bemerkte Brianna verträumt.

„Ja, das ist es", erwiderte Evan lächelnd, doch Brianna sah ihm sofort an, dass irgendetwas nicht stimmte. Der Tonfall seiner Stimme verursachte in ihr ein komisches Gefühl, und als er nun mit ernstem Blick nach ihren Händen griff, spürte sie, dass etwas ganz und gar nicht stimmte.

„Brianna, ich muss dir …"

„Da sind Sie ja, Master Wayne! Ich habe Sie schon überall gesucht!"

Erschrocken stoben Brianna und Evan auseinander, als Hector plötzlich auf dem Treppenabsatz stand und dabei noch aufgeregter wirkte als zuvor. Nach einem missbilligenden Blick auf Brianna wandte er sich wieder an Evan. „Kommen Sie schnell nach oben, es gibt einen Notfall!"

20

Evan

Evan konnte nicht glauben, dass sie ausgerechnet jetzt gestört wurden. Gerade in dem Moment, als er Brianna alles hatte erzählen wollen. Von Paris, von Vivien, der Verlobung, die er lösen würde, sobald er Vivien endlich erreichte ... und dass er sich ein Leben ohne sie nicht mehr vorstellen konnte. Weil sie von Anfang an zusammengehörten und niemand das Recht hatte, etwas am Lauf des Schicksals zu ändern.

Stattdessen hatte er Brianna völlig verwirrt zurückgelassen und war Hector eilig in den Aufzug gefolgt. Es konnte nur um seinen Dad gehen, sonst hätte man spätabends nicht das halbe Hotel auf den Kopf gestellt, um ihn zu finden.

„Hector, jetzt sagen Sie endlich, was los ist", hörte Evan sich mit Panik in der Stimme fragen.

Doch der Concierge stand ihm ohne eine Miene zu verziehen gegenüber, als würde er ihn gar nicht sehen. Es hätte nicht mehr viel gefehlt und Evan hätte ihn am Kragen seiner gestärkten Uniform gepackt und ihn geschüttelt – er hätte es mehr als verdient, dafür, dass er geholfen hatte, Briannas und seine Briefe abzufangen.

Stattdessen zwang sich Evan zur Ruhe, denn letztendlich brachte es niemandem etwas, wenn er die Fassung verlor. Er würde sich nur ins eigene Fleisch schneiden, vor allem weil Hector so theatralisch war und ein Angriff innerhalb kürzester Zeit die Runde machen würde … natürlich ausgeschmückt mit viel Fantasie. Auch wenn es nur eine Falte in seinem Jackett war.

Endlich erreichten sie die Plattform, wo Evan umstieg und allein weiterfuhr. Mit jeder weiteren Sekunde beschleunigte sich sein Herzschlag. Sein Dad hatte wohl nicht einen weiteren Schlaganfall erlitten? Einen Anfall, der weitaus schlimmer oder sogar tödlich war? Evan schnappte nach Luft und die Unwissenheit über den Zustand seines Dads ließ ihn taumeln. Nein, nicht jetzt. Nicht jetzt, wo er mit Brianna wieder glücklich war. Nicht jetzt, kurz vor Weihnachten, wo sie doch alle zusammen feiern wollten.

Das Pling erlöste ihn von seinen quälenden Gedanken und Evan öffnete die Tür zum Appartement seiner Eltern. Es war erstaunlich ruhig, was seine Befürchtung noch untermauerte, aber was hatte er erwartet, dass sich die Leute die Klinke in die Hand gaben?

Evan fühlte sich wie gelähmt, als er auf einmal seine Mutter im Wohnzimmer entdeckte, doch irgendetwas in ihrem Gesicht ließ ihn stutzen. Es war nicht die Trauer oder Angst um ihren geliebten Ehemann, die sie so spät wachhielt, er erkannte eine Mischung aus Genugtuung und Freude.

Ehe sich Evan fragen konnte, ob seine Mutter tatsächlich so kaltherzig war, wurden ihm rücklings die Augen zugehalten.

„Überraschung!" Viviens grelle Stimme ließ ihm das Blut in den Adern gefrieren und Evan brauchte einen

Moment, um zu realisieren, dass es hier weder um seinen Vater noch um ihn ging.

„Vivien“, stammelte er, als sie ihn zu sich herumdrehte und aufgeregt küsste.

„Ist mir die Überraschung gelungen?“ Sie sah zu Patricia. „Dank deiner Mom habe ich einen Flug bekommen. Ich habe mich direkt in den Flieger gesetzt, als die Entwarnung für den Schneesturm kam.“

Evan sah zu seiner Mutter, die abwehrend die Hände hob. „Das habe ich gern gemacht. Ich weiß, wie sehr ihr euch vermisst und auf den Ball gefreut habt.“

„Ach, der Ball“, Vivien winkte ab, „die Hochzeit ist viel wichtiger!“

Hatte er sich eben verhört? Doch Patricias Miene verriet ihm, dass dem nicht so war. Vivien, die Evans irritierten Blick bemerkt haben musste, schlug sich peinlich berührt die Hand auf den Mund.

„Ups. Tut mir leid, dass wir dich so überrumpeln. Aber warum sollten wir bis Mai warten, wenn wir hier im Juwel eine Winterhochzeit feiern können?“

Panik stieg in Evan auf, als ihm klar wurde, was hier lief. Ein abgekartetes Spiel seiner Mutter, und Vivien merkte nicht einmal, dass sie zu einer Schachfigur Patricias geworden war.

„Deine Mom sagte, es wäre gar kein Problem und dass ihr die beste Patissière in ganz New York hättet.“

„Am besten lasse ich euch mal allein“, flötete Patricia dazwischen, „ihr habt euch sicher viel zu erzählen nach eurer Trennung auf Zeit.“ Sie zwinkerte Evan zu und verschwand im hinteren Teil des Appartements.

Der einzige Trost, der ihn im Moment überkam, war nur der, dass sein Dad seelenruhig in seinem Bett schlummerte und von einem weiteren Schlaganfall weit entfernt war.

Evan schluckte seinen Groll hinunter und wandte sich in anklagendem Ton an Vivien. „Ich versuche dich schon seit dem Winterball zu erreichen. Warum hast du mir nicht geantwortet?"

„Ich war die letzten beiden Tage auf dem Weg hierher. Aber so wie es aussieht, scheinst du dich nicht wirklich darüber zu freuen." Die Blondine zog eine beleidigte Schnute.

Evan fuhr sich müde übers Gesicht. Es war fast Mitternacht und ihm schwirrte der Kopf. Wie sollte er Vivien nur erklären, dass er zwischenzeitlich sein gesamtes Leben infrage stellte – und er vorhatte, sich von ihr zu trennen.

„Tut mir leid", erwiderte er, wohl in dem Wissen, dass er kein Recht dazu hatte, ihr Vorwürfe zu machen. Nicht Vivien hatte sich falsch verhalten, sondern er. Dennoch ärgerte es ihn, dass sie sich von seiner Mutter so hatte manipulieren lassen.

„Vielleicht ist es besser, wenn wir morgen über alles reden", erwiderte Vivien. „Ich gebe zu, dass die Idee mit der vorgezogenen Hochzeit schon etwas verrückt ist, selbst für mich."

Evan nickte ihr zu und war dankbar für den Aufschub. Doch einer Sache konnte er wohl nicht aus dem Weg gehen: mit Vivien die Nacht zu verbringen ...

Jede Faser seines Körpers sträubte sich gegen den Gedanken, sich mit ihr ein Bett teilen zu müssen, während sein Herz einer anderen gehörte.

„Ähm, ich muss noch mal in der Lobby vorbei. Du kannst ja schon mal vorgehen." Er reichte Vivien seine

Zimmerkarte. In diesem Moment wusste er selbst nicht, warum er das sagte. Brianna war vermutlich längst fort und die Putzkolonnen taten in den Fluren ihren Dienst.

„Aber natürlich. Und für mich wird es ohnehin höchste Zeit fürs Bett, ich kann mich kaum mehr auf den Beinen halten. Obwohl mich die Aussicht von hier oben fasziniert." Viviens Blick wanderte zum Fenster, ehe sie ein Kuvert vom Tresen holte. „Oh, den soll ich dir von deiner Mom geben."

Evan nahm das Kuvert entgegen und steckte es in die Tasche seines Jacketts. So wichtig konnte es nicht sein, vermutlich war es eine der Dankeskarten, die einige Besucher des Winterballs an seine Familie und besonders an ihn adressiert hatten. Lobpreisungen, wie sehr sie den Abend genossen hatten und wie sehr sie sich freuten, dass Evan zurück in New York war. Die meisten von ihnen kannte er kaum, und zwischen den Zeilen las er heraus, dass es sich vielmehr um Aussichten auf Zusammenarbeiten handelte als um echte Zuneigung.

Gemeinsam verließen sie das Appartement seiner Eltern. Da Vivien kein Gepäck dabei hatte, vermutete er, dass man ihre Koffer bereits auf seine Zimmer gebracht hatte.

„Lass mich nicht zu lange warten." Vivien gab ihm einen Kuss auf die Wange, als sie kurze Zeit später den Aufzug verließ. Evan schluckte hart, denn sein Leben hätte in diesem Moment nicht komplizierter sein können.

Es war nach Mitternacht, als er die Lobby wieder erreichte. Hier und da sah er einen der Angestellten herumhuschen, die so leise wie möglich ihr Bestes taten, um den Glanz des Juwels zu wahren.

Das Brummen des Staubsaugers wurde lauter, als ein älterer Mann um die Ecke kam und auch die letzten Spuren des Tages beseitigte, obwohl zwischendurch immer wieder für ein respektables Erscheinungsbild gesorgt wurde. Es kam häufig vor, dass sich Gäste Snacks mit aufs Zimmer nahmen, die sie sich kurz zuvor an einem der Stände gekauft hatten. Nicht selten fanden sich Krümel von Blaubeermuffins, Cronuts oder einem anderen Gebäck am Boden.

Besonders im Eingangsbereich gab es zu dieser Jahreszeit allerhand zu tun, damit der Schneematsch nicht hineingetragen wurde. Hinter der Rezeption entdeckte er die Mitarbeiter der Nachtschicht, die sich leise unterhielten, und auch der Doorman hatte sich inzwischen nach drinnen gestellt. Wenn es nach ihm ginge, hätte er diesen Service schon längst verabschiedet. Niemandem nutzte es etwas, wenn man die Männer die ganze Nacht mit Herumstehen beschäftigte. Zwischen Mitternacht und den frühen Morgenstunden reiste kaum jemand an, und wenn doch, war dieser sicher auch imstande, sich selbst die Tür zu öffnen.

Ebenso verhielt es sich mit dem Nachtconcierge und dem Liftboy, die in diesem Moment vermutlich lieber bei ihren Familien wären, als sich die Beine in den Bauch zu stehen. Evan schnitt eine Grimasse, denn darüber hatte er bereits mit seinen Eltern diskutiert. Leider ohne Erfolg. Die drei Nachtwächter trugen zum besonderen Flair des Juwels bei, schließlich war das Haus am Central Park kein billiges Motel am Highway.

Evan nickte der Dame am Empfang freundlich zu, die über seinen Kontrollgang kurz stutzte, dann setzte er seinen Weg fort. Irgendetwas zog ihn hinauf auf die Empore, doch er war kein Narr, zu glauben, dass Brianna dort auf ihn wartete. Natürlich war sie längst fort. Die Picknickdecke und der Korb waren ebenfalls verschwunden, und Evan fragte sich, wie sie sich gefühlt haben musste, als er so plötzlich gegangen war. Evan lief im Glanz der Lichter des Baumes weiter. Es hatte etwas Tröstliches, dass sie immer noch da waren und sich auch am Baum in all den Jahren nichts geändert hatte. Mit einem Gefühl von innerer Zerrissenheit nahm er an derselben Stelle Platz, wo er zuvor mit Brianna gesessen hatte, und atmete tief durch. Er würde sie gleich am Morgen abfangen und ihr alles erzählen. Um ein Gespräch mit Vivien kam er heute Nacht allerdings nicht herum. Es wunderte ihn ohnehin, dass sie so gelassen war. Er hatte sich nicht gerade wie der perfekte Verlobte verhalten, der es kaum erwarten konnte, seine Liebste wiederzusehen. Er wusste auch nicht, warum er zugestimmt hatte, das Gespräch wegen der Hochzeit auf morgen zu verschieben, wenn er doch schon jetzt vor einem Problem stand. Wie könnte er sich mit ihr auch nur die verbleibende Nacht ein Zimmer teilen, wenn er sich mit jeder Faser seines Körpers nach Brianna sehnte?

Am liebsten hätte er die restlichen Stunden hier auf der Empore verbracht, denn mit einem nächtlichen

Umzug in ein anderes Zimmer würde er zu viel Aufsehen erregen. Es war kindisch, das sah er selbst ein, auch wenn die Versuchung zu groß war, hier an seinem Lieblingsplatz zu verharren, an dem er Briannas Präsenz spürte. Oder unten in der heimeligen Küche, wo er sich als kleiner Junge immer zurückgezogen hatte, wenn ihm hier oben alles zu viel wurde. Der wärmende Ofen und Edna, die in einem der riesigen Töpfe gerührt hatte, hatten schon ausgereicht, um ihn seinen Weltschmerz vergessen zu lassen.

Nur dass er mittlerweile kein kleiner Junge mehr war, sondern der CEO, und die Mitarbeiter der Nachtschicht ihn sicher komisch angesehen hätten, wenn er sich um diese Zeit in der Küche herumtrieb. Wäre Brianna heute da, wäre er ohne zu zögern hinuntergegangen und hätte sich seine Last endlich von der Seele gesprochen. So wie damals, als sie sich gegenseitig alles erzählen konnten und es keine Geheimnisse zwischen ihnen gegeben hatte.

Nur noch ein paar Minuten am Baum, dann würde er hinaufgehen und einen Strich unter die letzten Jahre ziehen. Er würde endlich frei sein und sein neues, selbstbestimmtes Leben beginnen.

Evan schlüpfte aus seinem Jackett und machte es sich so bequem, wie es der weiche Teppich unter ihm zuließ. Erst jetzt fiel ihm wieder der Brief ein, der in seiner Tasche steckte.

Mehr aus Ablenkung als aus Neugier holte er ihn hervor und stutzte, da darauf weder ein Absender noch ein Empfänger stand. Der Brief musste persönlich übergeben worden sein, anders hätte er es wohl kaum ins Juwel geschafft. Da erst merkte Evan, dass der Brief dasselbe schwere Parfum verströmte, das seine Mutter seit Jahren nutzte. Der Gedanke, dass seine Mutter ihm einen Brief schrieb, anstatt ihr Anliegen auf die tägliche Agenda zu setzen, war mehr als seltsam. Ein Brief war so viel persönlicher. Plötzlich formte sich ein anderer Gedanke in seinem Kopf. Wollte sie sich womöglich für ihre Fehler entschuldigen und reinen Tisch mit ihm machen – jetzt, wo sie erkannt hatte, dass er sich nicht mehr von ihr manipulieren ließ und Brianna und er letztendlich doch zueinandergefunden hatten? Aber warum hatte sie dann Vivien nach New York geholt? Evan öffnete den Umschlag und faltete den Brief auseinander. Und wieder einmal wurde ihm bewusst, dass seine Mutter ihm mehrere Schritte voraus war.

In eleganter Schrift stand dort geschrieben:

Entscheide dich, Evan. Entweder Brianna oder Vivien und das Juwel.

21

Brianna

Nach einer unruhigen und schlaflosen Nacht, in der sie sich alle Schreckensszenarien ausgemalt hatte, machte sich Brianna auf den Weg zur Arbeit. Was war gestern nur so Wichtiges oder Schlimmes geschehen, dass Hector Evan mitgenommen hatte? Der Concierge war ihr schon vor ihrem Treffen mit Evan aufgefallen, als er aufgekratzt in der Eingangshalle umhergelaufen war. Die Theorie mit dem prominenten Gast, der im Juwel eingecheckt war, wurde immer unwahrscheinlicher. Und ihre Befürchtung, dass es um Simon ging, wurde immer präsenter. Nur noch wenige Augenblicke, dann hätte sie Gewissheit. Wenn Simon einen erneuten Schlaganfall erlitten hätte, wüssten ihre Mitarbeiter bereits darüber Bescheid.

Brianna nahm den Hintereingang, klopfte die schneebedeckten Stiefel ab und trat ein. Sofort schlug ihr eine allgemeine Aufgeregtheit entgegen, die ihr für einen Moment den Atem nahm. *Nein, bitte nicht.* Nicht jetzt kurz vor Weihnachten, wo sich Evan schon so auf das gemeinsame Fest gefreut hatte.

Brianna lief eilig in den Umkleideraum, tauschte ihre Stiefel gegen Crocs, legte sich die Schürze um und band sich das Haar hoch, dann betrat sie die Konditorei.

„Oh, Brianna, da bist du ja endlich!", empfing Emma
sie aufgeregt. „Du glaubst gar nicht, was hier los ist.
Patricia …"

Briannas Herzschlag setzte für einen Moment aus, als
sie ihrer Kollegin in die Augen sah. Sie hatte die junge
Chocolatiere noch nie so aufgeregt erlebt. Sollte sich ihr
Verdacht, dass Simon die Nacht nicht überstanden
hatte, bewahrheiten?

„Die Frau hat doch keine Ahnung!", fiel Nat ihr ins
Wort. „Eine Hochzeit innerhalb von drei Tagen vorzu-
bereiten? Sehen wir etwa aus wie verdammte Zauber-
feen?" Er schüttelte aufgebracht den Kopf und ver-
wirrte Brianna umso mehr. Hochzeit? Kein Begräbnis?

„Von was redet ihr da? Geht es Mr. Wayne also gut?",
hakte Brianna nach und hörte, wie zittrig ihre Stimme
klang.

„Mr. Wayne? Ich denke schon, warum sollte es ihm
nicht gutgehen?" Die Chocolatiere sah Brianna besorgt
an. „Die Frage ist eher, geht es dir gut, du bist etwas
blass um die Nase."

„Es ist alles okay." Sie winkte ab. „Ich fürchte nur, ich
habe mich da in etwas reingesteigert."

„Und wie sollen wir das bitte schön schaffen?" Nat lief
auf und ab wie ein Künstler, von dem man Unmögliches verlangte. „So kurz vor Weihnachten?"

„Könnt ihr mich mal bitte aufklären, was hier los ist?"
Brianna hielt Nat am Arm fest.

„Von oben kam die Anweisung, dass wir alles stehen
und liegen lassen sollen, da in drei Tagen eine Feier mit
über zweihundert Gästen ansteht. Patricia Wayne hat
es persönlich angeordnet. Eine Hochzeit, die noch pom-
pöser werden soll als der Winterball."

„Wie stellt sie sich das vor? Wir können doch nicht alles stehen und liegen lassen? Es sind etliche Aufträge in der Schleife fürs Weihnachtsfest. Mal abgesehen davon, wie sollen wir so kurzfristig eine Hochzeitstorte aus dem Ärmel zaubern?"

Aber Brianna machte sich nicht nur um ihren Bereich Sorgen. Alle Angestellten wären von einem Fest in dieser Größe betroffen. Was bedeutete, dass sie alle wie auch zum Winterball Überstunden einlegen mussten. Der Ballsaal musste geschmückt, ein Hochzeitsmenü geplant werden ... War Patricia überhaupt klar, was sie da Unmenschliches von ihnen verlangte? Die Vorbereitungen des Winterballs nahmen für gewöhnlich mehrere Wochen Zeit in Anspruch, von einer Hochzeit in einem ähnlichen Ausmaß mal ganz zu schweigen. Auf der anderen Seite fragte sich Brianna, wer so wichtig war, dass sie diesen Auftrag einfach so dazwischenschob.

„Du kannst ihr ja gleich persönlich sagen, was du davon hältst."

Emma straffte die Schultern, und erst jetzt bemerkte Brianna, dass Patricia mit einer jungen blonden Frau die Konditorei betreten hatte. Sie konnte sich nicht erinnern, wann Evans Mutter zuletzt hier unten gewesen war. Für gewöhnlich schickte sie jemanden und machte um den Bereich der Angestellten einen großen Bogen. Diese Hochzeit musste ihr ziemlich wichtig sein, wenn sie dafür sogar ihre Gewohnheiten brach. Briannas Blick fiel auf die junge Frau, die wie eine modebewusste Studentin aussah. Sie hatte sie nie zuvor gesehen. War sie die Braut?

„Wie entzückend!“, entfuhr es ihr mit französischem Akzent, der Brianna durch Mark und Bein ging. Noch bevor ihr ungutes Gefühl ihren Verstand erreichte, stellte Patricia die junge Frau vor.

„Wie schön, dass sich schon alle wichtigen Leute versammelt haben, dann können wir direkt loslegen. Darf ich vorstellen, das ist Vivien, die Verlobte meines Sohnes.“

Brianna nahm die Worte wie durch einen Nebel wahr. Sie wünschte, sie hätte sich verhört, doch Patricias verschlagenes Lächeln verriet ihr, wie sehr sie den endgültigen Triumph über sie genoss. Nur mit Mühe gelang es ihr, die Tränen zurückzuhalten. Was hatte sie dieser Frau nur getan, dass sie so eine Freude darin fand, sie zu demütigen? Evan, er war der Grund. Er hatte sich in sie verliebt, als sie sich zum ersten Mal begegnet waren. Und schon damals hatte sie Patricias Abneigung deutlich gespürt.

Brianna fühlte sich wie gelähmt, sie wollte nicht glauben, dass all dies wirklich passierte. Vielleicht befand sie sich noch in einem der unruhigen Träume, die sie letzte Nacht immer wieder aufgeschreckt hatten. Es war unmöglich, dass Evan verlobt war. Nein, es konnte auch nicht sein, dass er diese Frau liebte, nicht nach alldem, was in den letzten Tagen zwischen ihnen geschehen war. Sie hatten keine Geheimnisse voreinander ... und doch ... sie erinnerte sich plötzlich an Evans ernstes Gesicht, kurz bevor Hector sie unterbrochen hatte. „Brianna, ich muss dir etwas ...“ Das waren seine Worte gewesen, und sie hatte sofort gespürt, dass irgendetwas nicht stimmte.

Nats Worte holten sie endlich aus ihrer Starre. „Die Verlobte Ihres Sohnes?" Brianna spürte seinen eingehenden Blick, als wollte er sich vergewissern, ob er Patricia richtig verstanden hatte.

„Ja, meine wundervolle Schwiegertochter in spe, ist sie nicht entzückend?", erwiderte Patricia mit einem Lächeln. „Zum Winterball hat sie es leider nicht geschafft – doch jetzt ist sie endlich hier."

Während Brianna gegen ihre Übelkeit ankämpfte, hörte sie Viviens aufgekratzte Stimme – sie hasste ihren Akzent schon jetzt. „Ich freue mich sehr, Sie alle kennenzulernen. Patricia hat mir schon viel von Ihnen erzählt und welche Wunderwerke Sie vollbringen. Sie müssen Brianna sein, die Chef-Patissière. Es tut mir fürchterlich leid, dass wir Sie mit der Planung überrumpeln, aber Patricia hat so von Ihnen geschwärmt."

Auch wenn Brianna gedacht hatte, es könne nicht mehr schlimmer werden, drehte sich plötzlich der ganze Raum um sie.

„Eine Winterhochzeit?", mischte sich die Chocolatiere nun ein. „Brr, wird das nicht fürchterlich kalt? Und der ganze schwarze Schneematsch vor dem Hotel ... Also wenn Sie mich fragen, ist das nicht gerade die beste Jahreszeit für eine romantische Hochzeit im Juwel."

Patricia warf Emma einen vernichtenden Blick zu, doch der hielt die junge Frau nicht davon ab, weitere Nachteile aufzuführen.

„Und Fotos im Park stelle ich mir auch schwierig vor. Nicht nur, dass Sie erbärmlich frieren werden, nein, mit einem weißen Brautkleid werden Sie noch schlechter zu erkennen sein als ein Albino-Hase im Schnee."

Obwohl Brianna im Moment ganz und gar nicht nach Scherzen zumute war, verzog sich ihr Mund zu einem amüsierten Grinsen. Es war einfach zu süß, wie sich ihre Kollegen ins Zeug legten und sich von Patricia Wayne nicht einschüchtern ließen. Sie wusste, dass die beiden mit ihrer Kreativität mindestens fünf weitere Gründe aufzählen könnten, zum Beispiel die Eiseskälte in der St. Patrick's Cathedral, vor allem wenn man einen ganzen Gottesdienst verharren musste. Doch mehr Argumente waren nicht nötig, um Vivien ins Zweifeln zu bringen. Sie sah verunsichert zu Patricia. In diesem Moment wurde Brianna klar, dass die Frau ebenso zu einer Schachfigur in Patricias Spiel geworden war wie Evan und sie. Für einen kurzen Augenblick fühlte sie sich mit ihr verbunden, nicht nur, weil sie sich derart von Patricia manipulieren ließ, sondern weil auch Evan allem Anschein nach nicht mit offenen Karten spielte.

Eine Mischung aus Wut und Schmerz machte sich in ihr breit, sie war ebenfalls einfach auf ihn hereingefallen. Aber was hatte sie geglaubt, dass er zehn Jahre lang im Zölibat gelebt und keine Beziehung gehabt hatte? Zum Glück hatten sie nicht miteinander geschlafen ... sie hätte es sich nie verziehen, jetzt, wo sie wusste, dass Evan in Wahrheit eine andere liebte.

Brianna schüttelte den Gedanken an Evan ab und schnappte sich ihren Notizblock und Stift. Sollte er doch mit der Französin glücklich werden, sie war aus dem Spiel raus.

„Genug jetzt", herrschte Patricia Briannas Kollegen an, die immer weiterplapperten, und zum ersten Mal erkannte Brianna in ihrem Blick eine Art Hilflosigkeit.

„Zeigen Sie uns lieber die Ordner mit den Kreationen, anstatt hier Horrorszenarien an die Wand zu malen." Patricia zog Vivien von Nat und Emma fort und steuerte den kleinen Bürobereich an, wo sich auch der große Wandkalender befand. „Brianna, heute noch?"

Brianna begegnete Viviens entschuldigendem Blick. Was musste die Französin über den Umgang mit den Mitarbeitern denken? Oder was, wenn sie erfuhr, dass sie nicht nur die Patissière, sondern auch Evans erste große Liebe war? Doch es war nicht ihre Aufgabe, sie aufzuklären, sondern ganz allein Evans. Sie schnappte sich den ersten Ordner, in dem sie alle Bilder der Hochzeiten aus den vergangenen drei Jahren abgeheftet hatten, und öffnete ihn.

Da Vivien in ihr natürlich nur die Angestellte sah, die von Patricia Wayne mehr als respektlos behandelt wurde, machte sie gute Miene zum bösen Spiel und blätterte die Seiten interessiert durch.

Erinnerungen an längst vergangene Veranstaltungen ploppten vor Briannas geistigem Auge auf. Die Hochzeit von Kelly und Brad, Evans ehemaligem Schulfreund. Die beiden waren, was die Feier anging, ziemlich bescheiden gewesen. Auch hatte es Brianna nicht weiter gewundert, dass sich die Hochzeitsgäste bereits einen Tag zuvor im kleinen Kreis getroffen hatten, um im Kino der Braut zu feiern. Dennoch hatte sich Brad etwas Besonderes für seine Frau gewünscht, auch wenn das kleine, nostalgische Kino in der Upper West Side mehr als romantisch war. Dana Carters Stieftochter hatte ebenfalls im Juwel geheiratet und allen gezeigt, dass eine Winterhochzeit mehr als romantisch war. Brianna kannte keine Zweite, die so viel mit dieser

Jahreszeit verband. Cathlyn hatte nicht nur bei *Macy's* gearbeitet – Santa am Fotopoint gehörte zu ihren Freunden – sie verband mit Weihnachten auch einen Zauber, da sie der sanft rieselnde Schnee an ihre Mutter erinnerte. Das hatten sie wohl gemeinsam, nur dass sich Briannas Märchenprinz nun endgültig in Luft aufgelöst hatte.

Erst jetzt fiel Brianna auf, dass es draußen wieder zu schneien begonnen hatte. Allein die Schneeflocken lösten in ihr eine Melancholie aus, die perfekt zu ihrer gegenwärtigen Situation passte. Was hätte sie dafür gegeben, nur einen Moment ihre Eltern wiederzusehen? Jetzt, wo sie auch Evan für immer verloren hatte.

Brianna sah zu Vivien und Patricia, die nach wie vor mit den Unterlagen beschäftigt waren und sich angeregt unterhielten. Sie war überrascht, denn in einem der Ordner waren auch einige ihrer Buntstiftzeichnungen enthalten, von denen sie gedacht hatte, sie hätte sie verlegt. Auf einem Bild erkannte sie die Hochzeitstorte, die sie sich für ihre Feier gewünscht hatte. Märchenhaft, verspielt und wie für sie gemacht. Sie war fünfstöckig und jede Etage aus einem anderen Teig gefertigt. Schokolade, Himbeercreme und Sahne wechselten sich ab, dazu gab es aufwendige Verzierungen und Früchte. Ihr Grandpa hatte zu ihrem Entwurf gesagt, dass er sich höchstpersönlich darum kümmern würde, da er nur zwei Menschen kannte, die dieser Herausforderung gewachsen waren. Die Braut selbst konnte an ihrem besonderen Tag wohl kaum backen.

Vielleicht würde er Edna als Hilfe assistieren lassen, doch das würde er sich, wie er nach einem herzhaften Lachen zugab, erst gründlich überlegen. Schließlich hatten die beiden nie gut in der Küche harmoniert, und Edna war, was das Backen anging, eher der rustikale, stümperhafte Typ, wie Joseph anmerkte. Die Gute hatte von feinen Cremes und Füllungen keinen blassen Schimmer und mit kunstvoll geformtem Fondant brauchte man ihr gar nicht kommen. Pure Zeitverschwendung, wie sie es nannte, und zuckersüß, das Zeug. Wenn sie backte, wollte sie niemanden beeindrucken, sondern die Seele erwärmen ... und das war ihr in all den Jahren, in denen sie sich um die Verpflegung des Personals gekümmert hatte, gelungen.

Erst jetzt fiel Brianna auf, dass die beiden Frauen immer noch an ihrer Zeichnung klebten und aufgeregt redeten, dann drehte sich Vivien freudestrahlend zu Brianna um.

„Diese hier. Sie ist geradezu perfekt – wie aus einem märchenhaften Bilderbuch!"

„Aber diese Torte steht nicht zur Auswahl!" Brianna konnte nicht glauben, dass dies wirklich passierte. Von allen Kreationen – und es gab weit über hundert Stück – hatte sich Evans Verlobte ausgerechnet ihren Entwurf ausgesucht? Dieser Zufall war an Ironie nicht zu überbieten.

„Gibt es hier ein Problem?", fragte Patricia und es war klar, dass sie nichts von einem Problem hören wollte.

„Nein, Mrs. Wayne", antwortete Brianna schnell, als ihr plötzlich die rettende Idee kam. Vielleicht könnte sie die Torte ein wenig abwandeln, ohne dass es groß auffiel ... wenn sie Evan schon an die Französin verloren hatte, wollte sie wenigstens ihre Traumtorte behalten. Sie war alles, was ihr noch blieb.

„Prima, dann wäre das ja geklärt." Patricia schenkte Brianna ein zufriedenes Grinsen, das sie ihr am liebsten mit der Torte, die kaum einen Meter neben ihr stand, aus dem Gesicht gewischt hätte. Endlich verließen die beiden Frauen die Konditorei und Brianna ließ sich völlig ermattet auf dem Drehstuhl nieder.

„O Brianna, es tut mir so leid! Ich dachte, zwischen dir und Evan entwickelt sich gerade etwas, und jetzt soll er verlobt sein?" Emma sah sie besorgt an.

„Ja, ist wohl so." Tränen traten in ihre Augen und ihre Fassade, die sie in den letzten Minuten aufrechthalten konnte, stürzte in sich zusammen. Trotz allem liebte sie Evan – selbst jetzt.

Brianna sprang auf, lief in den Aufenthaltsraum und zog sich ihre Jacke und Stiefel an. Sie musste raus, raus an die frische Luft, denn Patricias teures Parfum hing schwer in der Luft.

„Brianna, wo willst du denn hin?", hörte sie Nats Stimme, als sie die Tür zum Hinterhof aufstieß und ins Freie trat.

Kalte Luft schlug ihr entgegen und sie hielt für einen Augenblick inne, da sich auf einmal alles drehte. Sie fühlte sich wie die Figur in einer Schneekugel, die man kräftig durchschüttelte und die erst einige Momente brauchte, bis sie wieder klar sah.

Als Brianna wieder wusste, wo oben und unten war, machte sie sich eilig auf den Weg. Es war ihr egal, dass ihre Schicht eben erst begonnen hatte und ihre To-do-Liste mit den neuen Herausforderungen ins Unermessliche stieg. Sie stapfte durch den Neuschnee, weiter bis zur Straße, und winkte dort das nächste Taxi heran. Sie wollte nur noch weg, weit weg von Evan und dem Hotel.

„Wohin soll's denn gehen?", fragte der Fahrer, als sie auf dem Rücksitz Platz genommen hatte und für einen Moment die Augen schloss.

„Zum Empire State Building", antwortete sie automatisch, „von dort aus kann man bis nach Paris sehen."

Der Mann schüttelte amüsiert den Kopf, dann gab er Gas. Es war ihr egal, ob er sie für verrückt hielt, denn zum ersten Mal seit ihrer Begegnung mit Vivien bekam sie wieder Luft.

22

Brianna

„Um Himmels willen, Brianna. Wo warst du denn? Wir haben uns hier alle Sorgen gemacht!"

Es war ihrem Grandpa und Edna deutlich anzusehen, dass sie mit ihrem spontanen Ausflug für noch mehr Aufregung gesorgt hatte, als Patricia Wayne mit ihrer unheilvollen Ankündigung.

„Ich brauchte Zeit zum Nachdenken", antwortete Brianna lächelnd.

„Auf dem Dach?", hakte Edna überrascht nach und Brianna nickte nur. Die Aussichtsplattform des Empire State Buildings war schon immer der Ort gewesen, an dem sie einen klaren Überblick über alles bekam. Zum allerersten Mal war sie dort gewesen, als ihr Grandpa ihr den Flug nach Paris gestrichen hatte. Auf dem Gebäude, weit oben über der Stadt und mit Blick auf das Meer, war es ihr nicht mehr ganz so schlimm vorgekommen. Sie hatte sich vorgestellt, dass Evan irgendwo hinter dem Horizont ebenso Ausschau nach ihr hielt. Doch heute war es nicht Evan, den sie gesucht hatte – die Sicht war bei all dem Schnee ohnehin zu schlecht gewesen – sondern eine Antwort. Vielleicht, weil sie sich dort oben ihren Eltern näher fühlte als irgendwo sonst.

„Bist du sicher, dass es dir gut geht?“ Joseph sah seine Enkelin gequält an. „Nach allem, was heute Morgen passiert ist.“

„Eine Schande nenne ich das!“, entfuhr es Edna lautstark, die sich bis jetzt zurückgehalten hatte. „Ich werde dem Lümmel die Ohren langziehen, dass es sich gewaschen hat. Ich kann einfach nicht glauben, dass es stimmt!“

„Es stimmt“, bemerkte Joseph betroffen und wirkte in diesem Moment um Jahre gealtert. „Simon hat mir am Morgen nach dem Winterball davon erzählt.“

„Und dieses Geheimnis behältst du so lange für dich?“ Edna sah aus, als wollte sie Joseph ebenfalls die Ohren langziehen.

„Grandpa? Ist das wahr?“ Brianna sah ihren Großvater an.

„Ja, mein Schatz. Ich habe Simon versprochen, dass ich Evan zwei Tage Zeit gebe, aber dann nicht länger schweigen werde.“

„Du wieder mit deiner irrsinnigen Loyalität den Waynes gegenüber!“ Edna schnaufte laut auf und legte Brianna mütterlich den Arm um die Schulter. „Um deine Enkelin solltest du dich sorgen!“

„Mit Loyalität hat das nichts zu tun“, entgegnete nun auch Joseph gereizt. „Ganz sicher werde ich Evan so ein Gespräch nicht abnehmen! Er ist schließlich alt genug.“

„Das sind ja mal ganz neue Töne“, brummte Edna, die wie üblich das letzte Wort behalten musste. „Du hast ihn schon damals in Schutz genommen.“

„Dieses Mal ist es etwas ganz anderes. Evan ist kein Kind mehr – er ist zu weit gegangen!“

Doch Brianna nahm die Streitereien nur wie durch einen Nebel wahr, so wie an jenem Tag, als Joseph außer sich gewesen war, weil Edna sie in ihrem Vorhaben, Evan in Paris zu besuchen, unterstützt hatte.

„Ich werde kündigen", platzte es aus Brianna heraus, und diese drei Worte ließen Edna und Joseph augenblicklich verstummen.

Einzig das laute Ticken der alten Uhr an der Wand war zu hören und verlieh diesen Worten noch mehr Gewicht.

„Es wird höchste Zeit, dass ich mich vom Juwel trenne und irgendwo ganz neu anfange." Brianna sah sich in der kleinen Wohnung um, die wohl für immer ihr altes Zuhause sein würde und in die sie künftig nur zurückkehren würde, wenn sie ihren Großvater besuchte.

Joseph nahm auf dem Sessel Platz und auch Edna hatte es die Sprache verschlagen.

„Das heißt, ihr wollt mich jetzt beide verlassen?", hakte Edna ungläubig nach und wischte sich mit dem Zipfel der Schürze übers Gesicht.

„Du willst ausziehen?" Brianna sah ihren Großvater überrascht an.

„Die Zeiten haben sich geändert." Der alte Mann hob entschuldigend die Hände. „Ebenso meine altmodischen Ansichten, wie ich zugeben muss." Er schenkte seiner Enkelin ein warmherziges Lächeln. „Mein ganzes Leben habe ich dem Juwel verschrieben und ich habe beinahe vergessen, dass es da draußen auch etwas anderes gibt."

Brianna schüttelte den Kopf. Dann würden sie dem Hotel also tatsächlich beide den Rücken kehren. Was die Waynes wohl dazu sagen würden? Für Simon wäre es ganz sicher ein Schock, Patricia dagegen würde es in die Karten spielen, und Evan? Evan wäre bald wieder in Paris mit seiner frisch Angetrauten. Zwei Probleme weniger, um die er sich bei den Rationalisierungen kümmern musste.

„Dann komme ich mit!" Edna sprang auf. „Ihr könnt mich doch hier nicht zurücklassen ... als Urgestein." Die alte Köchin riss sich die Schürze vom Leib, als wollte sie auf der Stelle ihre Habseligkeiten packen. „Eine kleine Wohnung in Hell's Kitchen wäre nicht schlecht, was meinst du, Joseph?"

Ihr Großvater riss erschrocken die Augen auf, denn so hatte er sich seinen Lebensabend vermutlich nicht vorgestellt. Und darin spielte sicher auch nicht die matronenhafte Köchin eine Hauptrolle, sondern vielmehr die grazile Schlittschuhläuferin.

„Immer langsam mit den alten Pferden", sagte Joseph und steuerte gelassen dagegen, doch Brianna erkannte die Panik in seinen Augen.

„Ich werde Nat gleich Bescheid geben, dass unsere Zimmer frei werden, er wartet schon seit Monaten auf eine günstige Unterkunft."

Ehe Joseph sich's versah, hatte Edna die kleine Wohnung verlassen und war auf den Flur gestürmt.

„Hätte ich nur nichts gesagt." Der alte Mann schüttelte den Kopf, dann wandte er sich mit zerknirschtem Gesicht an seine Enkeltochter. „Brianna, ich kann mir gar nicht vorstellen, wie du dich nach den letzten Tagen fühlst. Es war wahrlich eine Achterbahnfahrt der Gefühle. Erst Evans unerwartete Rückkehr, dann der Winterball, der selbst in mir Gefühle geweckt hat, von denen ich dachte, ich würde sie nie wieder erleben ..."

Joseph machte eine Pause, dann fuhr er leise fort. „Kündige, such dir woanders einen tollen Job, aber ich bitte dich, was Evan angeht, keine voreiligen Schlüsse zu ziehen. Manchmal scheinen die Dinge anders als sie in Wirklichkeit sind."

Hatte sie eben richtig gehört? Ausgerechnet ihr Großvater wollte, dass sie Evan eine weitere Chance gab? Er war gegen ihre Beziehung gewesen, seit sie sich zum ersten Mal auf dem Flur gesehen hatten.

Falls Evan sie wirklich liebte, war er es, der sie davon überzeugen musste, dass sie sich täuschte. Doch sie konnte nicht glauben, dass das Ganze nur ein schlechter Scherz von Patricia war. Zudem fehlte von Evan seit gestern Abend jede Spur. Es schien fast so, als hätte er sich in Luft aufgelöst. Was ja auch einfacher war, als sich der Wahrheit zu stellen, während sie mit seiner Verlobten die Hochzeit plante. Das Probeessen würde sie noch durchziehen ... und im Anschluss für immer gehen. Brianna lachte sarkastisch auf. Ihr Abschieds- oder Hochzeitsgeschenk, je nachdem wie man es nennen wollte.

Nein, es lag nicht an ihr, irgendetwas klarzustellen, denn sie hatte von Anfang an mit offenen Karten gespielt. Sie versteckte weder einen Freund noch einen Verlobten in ihrem begehbaren Kleiderschrank. Wenn sie ehrlich war, hatte sie nicht einmal den erforderlichen Platz. Viel mehr als eine halbhohe Kleiderstange und zwei schmale Fächer gab es in ihrer winzigen Wohnung nicht.

„Hast du denn schon eine andere Konditorei in Aussicht?" Erst jetzt fiel ihr auf, dass ihr Grandpa sie interessiert ansah.

„Oh, tut mir leid ... nein, keine bestimmte. Ich dachte, ich bewerbe mich bei einigen in der Nachbarschaft. Es gibt gleich mehrere nette Cafés."

In diesem Moment wurde Brianna bewusst, dass ihr tatsächlich ein ganz neues Leben offenstand. Auch wenn sie im ersten Moment an das kleine Café an der Ecke gedacht hatte, das sich nur wenige Gehminuten von ihrer Wohnung befand, waren da das *Le Pain Quotidien* und das *Café Lalo,* etwas weiter nördlicher.

Sofort zeichnete sich ein kleines Lächeln auf Briannas Gesicht ab. Denn das *Café Lalo* hatte seit seinem Auftritt in *E-Mail für dich* Kultstatus. Wenn sie schon selbst nur Pech in der Liebe hatte, so wollte sie doch wenigstens die Patissière in jenem Café sein, das für seine Tragik während des ersten Dates zwischen Meg Ryan und Tom Hanks bekannt war. Hach, sie hatte diese Szene geliebt ... nein, sie liebte den ganzen Film. Und sie wäre bald ebenfalls ohne Job, so wie die entzückende Buchhändlerin, die gegen Männer mit einer großen Lüge ankämpfte.

Und genauso wie im Film stand auch jetzt Weihnachten kurz bevor. Eine Tatsache, die ihrer seltsamen Situation noch mehr Tragik verlieh. Es würde für sie keine ausgelassene Weihnachtsfeier mehr im Pausenraum geben – denn sie gehörte schon bald nicht mehr zum Personal. Auch die deckenhohe Nordmanntanne würde sie nie wiedersehen, denn wenn nun auch ihr Großvater auszog, gab es für sie gar keinen Grund mehr, ins Hotel zurückzukehren.

Brianna schluckte den dicken Kloß in ihrem Hals hinunter und versuchte, sich auf die Zukunft und ihr Leben außerhalb des Juwels zu konzentrieren.

Vielleicht könnte sie auch im *National Museum of History* anfangen. Dort musste sie sich wenigstens nicht mit verwöhnten Gästen aus der Upper Class herumschlagen, die oft nur von den Cupcakes kosteten, anstatt sie genussvoll zu verschlingen. Genau, sie würde ab sofort nur noch für kleine Entdecker backen, Kekse und herzhafte Apfelkuchen wären nicht schlecht.

Das Café im Museum war zwar nicht besonders groß, aber sie hatte Dinosaurier schon als Kind gemocht. Besonders das riesige Skelett, das bis zur stuckverzierten Decke reichte und schon damals eine Faszination auf sie ausgeübt hatte. Vielleicht könnte Edna sie begleiten, in der museumseigenen Kantine wurden immer erfahrene Köchinnen gesucht. Brianna schüttelte über ihre neu entdeckte Abenteuerlust amüsiert den Kopf. Wie sehr hatte sie das Juwel doch all die Jahre eingeengt.

23

Evan

Brianna oder Vivien und das Juwel. Die Worte ließen Evan nicht mehr los. Worte, von denen er gedacht hatte, dass er sie niemals hören würde. Worte, die sein ganzes Leben veränderten und ihn vor eine riesige Entscheidung stellten. Obwohl er Brianna mehr als alles andere auf der Welt liebte, war da auch seine Liebe fürs Juwel. Sein Zuhause und sein Vermächtnis. Sein Urgroßvater hatte das Imperium vor vielen Jahrzehnten aufgebaut und es war zu einer bedeutenden New Yorker Institution geworden. Wie könnte er all das aufgeben? Es ging ihm nicht ums Geld, es ging ihm darum, dass er alles verlor, was ihm von seiner Familie übrig geblieben war.

Nach diesem Schock hatte er noch lange am Baum gesessen und war erst zu Vivien zurückgekehrt, als sie bereits schlief. Er hatte sich ins Wohnzimmer zurückgezogen und eine weitere schlaflose Nacht vor dem Fernseher auf der Couch verbracht. Gleich am Morgen hatte er mit Brianna reden wollen, doch sein Direktor aus Paris hatte ihm einen Strich durch die Rechnung gemacht. Aus einem kurzen Gespräch war ein einstündiges Meeting geworden ... in dieser Zeit waren ihm seine Mutter und Patricia zuvorgekommen.

Evan konnte nicht glauben, dass sie hinter seinem Rücken bereits die Hochzeitstorte bestellt hatten. Dass Brianna so von Vivien erfahren hatte, war allein seine Schuld. Er konnte sich nur ansatzweise ausmalen, wie demütigend es für sie gewesen war.

Und jetzt nahm das Schicksal weiter seinen Lauf, er fühlte sich, als würde er das Leben eines anderen führen. War ihm das Juwel wirklich so viel wert, um auf diesen Handel einzugehen?

Wie in Trance zog Evan die Tür hinter sich zu, obwohl sich alles in seinem Körper gegen dieses Meeting sträubte. Es war, als wäre er auf dem Weg zu seiner eigenen Beerdigung. Im Gegensatz zu Vivien, die bereits vor einer Stunde aufgeregt das Zimmer verlassen hatte, weil sie es kaum erwarten konnte, endlich den Ballsaal zu sehen und alles weitere für die Hochzeit zu planen. Für heute Vormittag standen bereits Besprechungen mit den Floristen und Dekorateuren an und am Nachmittag hatte Vivien einen Termin bei *Pretty Bride,* einem der exklusivsten Brautmodengeschäfte in ganz New York. Das halsbrecherische Tempo der Vorbereitungen machte ihm Angst, seine Mutter hatte das Steuer übernommen und sie hielt mit voller Kraft auf eine Felswand zu.

In wenigen Minuten würden sie sich zur Verkostung der Hochzeitstorte treffen, die Brianna mit ihren Kollegen in der Nacht gebacken hatte. Nicht nur, dass man Unmögliches von ihr verlangt hatte … schon beim Gedanken, dass er Brianna ausgerechnet dort gegenübertreten würde, fühlte er nur noch Verachtung für sich. Was mutete er seiner Seelengefährtin zu?

Evan schluckte den Kloß in seinem Hals hinunter und lachte sarkastisch auf. Selbst wenn er kosten wollte, würde ihm die Torte im Hals stecken bleiben. Er hätte es verdient, an seiner eigenen Lüge zu ersticken. Das Probieren würde er Vivien überlassen – und das Sprechen auch.

Du kannst jederzeit umkehren, flüsterte die leise Stimme in seinem Kopf. Doch er war hin- und hergerissen, als er den Aufzug betrat. Er konnte sich nicht zwischen Brianna und dem Juwel entscheiden. Er wollte beides ... seine Seelengefährtin und das Hotel.

Evan atmete tief durch, als sich die Türen öffneten und er die wenigen Meter zum Eingang des Ballsaals lief. Die riesige Nordmanntanne funkelte, seines inneren Aufruhrs zum Trotz. Wenn er könnte, hätte er die Zeit zurückgedreht, zu jenem Abend, als er Brianna alles hatte gestehen wollen, oder sogar zu jenem Abend, als sie Teenager gewesen waren und nichts zwischen ihnen stand. Der Baum zog ihn wie immer magisch an und Evan trat bis vor zum Geländer. Beinahe automatisch wanderte seine Hand nach vorne, um eine der Tannenspitzen zu berühren, die sich unter dem Gewicht einer kristallenen Kugel bog. Erst jetzt fiel ihm auf, dass im Foyer einige Angestellte auf ihn aufmerksam geworden waren und verhalten tuschelten. Wer könnte es ihnen verdenken? Mit Sicherheit wusste bereits jeder im Haus Bescheid, wie sehr er Brianna gekränkt hatte und wessen Hochzeit am Wochenende bevorstand.

Auch der missbilligende Blick, den der ältere Portier ihm zuwarf, bevor er sich demonstrativ abwandte, entging ihm nicht. Ja, er hatte die Abstrafung redlich verdient. Seine Gedanken wanderten zu Joseph und ihm wurde klar, dass er auch ihn enttäuscht hatte. Ebenso wie Edna, die ebenfalls hinter Brianna stand. Wie könnte er das Hotel ruhigen Gewissens weiterführen, wenn die Angestellten alle nur Verachtung für ihn übrig hatten? Und vor allem, wie könnte er Brianna jeden Tag in der Konditorei gegenübertreten, ohne dass sein Herz ganz zerriss?

Als Evan den Ballsaal betrat, bekam er kaum mehr Luft. Auch in seinen Ohren rauschte es plötzlich laut und das Gegacker seiner Mutter drang nur gedämpft zu ihm durch.

„Evan, da bist du ja!" Patricia sah auf und unterzog ihn einer schnellen Musterung. „Du siehst ja furchtbar aus! Hast du nicht gut geschlafen?"

Evan nahm auf dem Stuhl neben Vivien Platz und sparte sich seinen Kommentar. Allein hier im Saal zu sein, wo ihn alles an Brianna erinnerte, kostete ihn schon all seine Kraft. Erinnerungsfetzen an den Winterball stürzten auf ihn ein und ließen ihn traurig lächeln. Brianna, wie sie sich mit ihrem Kleid drehte und dabei übers ganze Gesicht strahlte. Er hatte sich in diesem Moment wie Prinz Charming aus Cinderella gefühlt. Noch jetzt spürte er sie in seinen Armen ...

„So gefällst du uns schon besser, nicht wahr, Vivien?"

Vivien, die bis eben einen dicken Ordner mit Bildern von Blumenarrangements durchgeblättert hatte, schenkte Evan nur ein Augenrollen. Sie hatte ihm bereits heute Morgen gesagt, was sie von seiner *réticence* hielt. Zusammen mit einem Schwall anderer französischer Wörter, die er nicht alle verstanden hatte.

Evan musste ziemlich seltsam aussehen mit seinem verträumten Lächeln und dem abwesenden Blick, dabei stand er kurz davor, den größten Fehler seines Lebens zu begehen.

„Ich bin so froh, dass die Konditorin wenigstens dem Probeessen zugestimmt hat. Ich hoffe nur, dass bei unserer Hochzeit dann alles klappt.“

„Mach dir keine Sorgen, meine Liebe. Wir brauchen sie nicht.“

Die Worte seiner Mutter holten Evan schlagartig aus seiner Starre. Es fühlte sich an, als hätte man ihm einen Eimer mit Eiswasser über den Kopf gekippt. „Wen brauchen wir nicht?“

„Na Brianna, sie hat gestern die Kündigung eingereicht.“ Patricia sah ihren Sohn verständnislos an. „Sag bloß, du weißt es nicht?“ Sie tätschelte ihm mütterlich den Oberschenkel. „Aber keine Sorge, heute ist sie noch dabei. Ist es nicht sehr professionell von ihr, dass sie das Probeessen trotz allem durchzieht?“

Diese Nachricht war wie ein Schlag ins Gesicht. Brianna hatte ein Leben lang davon geträumt, Chef-Patissière im Juwel zu werden, doch unter diesen Umständen konnte sie es nicht mehr sein. Sie hatte allein wegen ihm gekündigt! Er hatte nicht nur ihre Liebe verraten, sondern auch ihren größten Traum zerstört.

„Evan, nun zieh nicht so ein Gesicht.“ Vivien sah ihn verständnislos an. „Es gibt in New York Hunderte Konditorinnen wie Brianna. Irgendeine wird die Torte nach ihren Plänen schon umsetzen können.“

Erst jetzt entdeckte er zwischen den unzähligen Ordnern auf dem Tisch eine Bleistiftzeichnung, die eindeutig Briannas Fantasie entsprungen war. Er hatte diese

Skizze schon einmal gesehen – zumindest einen Teil davon. An einem kalten Wintertag, an dem sie bei Edna in der Küche saßen und sich vor dem warmen Ofen die Zeit vertrieben.

Die Tatsache, dass sich Vivien ausgerechnet diesen Entwurf ausgesucht hatte, nahm ihm für einen Moment die Luft zum Atmen. Er wusste, welche Bedeutung diese Torte für Brianna hatte. Es handelte sich dabei um keine andere als ihre potenzielle Hochzeitstorte – wie sie ihm damals voller Überzeugung verraten hatte. Ihre Augen hatten dabei vor Freude gefunkelt und sie hatte mit der Skizze in der Hand getanzt.

„Nein. Nicht diese Torte." Die Panik in seiner Stimme war nicht zu überhören.

„Mach dich nicht lächerlich", erwiderte Patricia mit einem verschlagenen Grinsen. Sie hatte den Kontext verstanden. „Diese Torte ist geradezu perfekt!"

„Ich fürchte, für eine Planänderung ist es ohnehin zu spät." Vivien zeigte zur Tür, die sich in diesem Augenblick öffnete.

Zwei Servierwagen wurden hereingeschoben, und Evan erkannte die beiden Mitarbeiter, die Brianna beim letzten Mal begleitet hatten. Emma und Nat, erinnerte er sich. Aber von Brianna fehlte jede Spur. Er konnte verstehen, dass sie sich dieser Schmach nicht weiter aussetzte ... doch dann betrat sie den Saal, gemeinsam mit ihrem Großvater. Der Schmerz in ihren Augen und ihr anklagender Blick waren mehr, als er ertragen konnte.

Kaum einen halben Meter vor dem festlich gedeckten Tisch, auf dem auch Musterstücke zu Tischkärtchen und Ansteckblumen lagen, kamen die Wagen zum Stehen. Auf dem einen befanden sich Dessertteller, Tassen, Kannen und poliertes Besteck. Ebenso ein hübsches Gesteck, das dem ganzen Spektakel mehr Festlichkeit verlieh. Erst auf den zweiten Blick fiel Evan auf, dass es sich um violette Vergissmeinnicht handelte. Blumen, die sich ebenfalls auf der Torte wiederfanden. *Vergissmeinnicht.* Die Ironie des Schicksals war kaum zu übertreffen. Wie könnte er Brianna je vergessen? Selbst zehn Jahre und ein Ozean hatten nichts an seinen Gefühlen zu ihr geändert.

Er suchte Briannas Blick, doch wie es schien, versuchte sie alles, um seinen zu meiden. Was er dagegen bekam, war ein mehr als deutliches Statement von Joseph. Die Enttäuschung, die er in seinen Augen erkannte, hätte nicht größer sein können – es tat Evan unendlich leid, dass er auch ihm so viel Kummer bereitete.

„Die Torte ist sogar schöner als auf den Skizzen." Vivien erhob sich und legte sich verzückt die Hand auf die Brust. Es hätte nicht mehr viel gefehlt und die Französin hätte leise geseufzt.

Evan hatte weder Augen für die Torte noch für Vivien, die in diesem Moment wenig damenhaft mit dem Finger in die Creme dippte und die verzuckerten Vergissmeinnicht innerhalb von Sekunden in Unordnung brachte.

Er konnte den Blick nicht von Brianna abwenden, die mit aller Kraft versuchte, sich nichts von ihren Gefühlen anmerken zu lassen. Doch ein Blick war auch gar nicht nötig. Er hatte selbst nie an solche Dinge geglaubt, aber es war die Energie zwischen ihnen, die er spürte und die seine Haut kribbeln ließ. Es schien fast so, als würden ihre Seelen miteinander kommunizieren. An einem Ort, der den anderen verborgen blieb und zu dem niemand von außerhalb Zugang hatte. Es war das Einzige, was ihnen in diesem Moment blieb. Er spürte Briannas Schmerz, und er war sich sicher, dass auch sie spürte, wie sehr er litt. Warum sonst wehrte sie sich so dagegen, ihn endlich anzusehen, wo doch die Tränen bereits in ihren Augen schimmerten und ihr Körper unter ihren unterdrückten Emotionen zitterte?

Sie litten beide, so viel war klar, und als sich Evan nun im Ballsaal umsah, wurde ihm bewusst, dass ihm all dies nichts bedeutete. Das Vermächtnis seiner Familie schrumpfte in sich zusammen, ebenso die schlossähnliche Fassade mit ihren Erkern und Türmchen … ja selbst die uniformierten Concierges, die jeden Gast willkommen hießen, lösten sich vor seinen Augen auf. Sogar der Winterball und die geschmückte Nordmanntanne, die bis zur stuckverzierten Decke reichte, verblasste im Angesicht dessen, was er gerade verlor.

Entschlossen sprang Evan auf, dabei geriet das filigrane Geschirr auf dem Tisch durcheinander – und endlich sah Brianna auf. Doch bevor er ihr sagen konnte, wie sehr er alles bereute, drehte sie sich um und rannte, als sei der Teufel höchstpersönlich hinter ihr her, hinaus.

24

Brianna

Sie hatte sich in ihrem ganzen Leben nie so erniedrigt gefühlt. Wie hatte sie denken können, dass sie tough genug war, Evan gegenüberzutreten, ohne dass er Gefühle in ihr auslöste? Auch wenn ihr Großvater ihr nicht von der Seite gewichen war, so hatte es sie ihre ganze Willenskraft gekostet, das Probeessen durchzuziehen. Mitanzusehen, wie sich Patricia und Vivien über die Hochzeitstorte hermachten, die sie sich selbst wünschte, war Demütigung genug. Dazu Evan, der sie keinen Moment aus den Augen gelassen hatte – wahrscheinlich hatte er es noch genossen, sie so am Boden zu sehen.

Na immerhin war damit jetzt Schluss. Ein Pappkarton und dessen Inhalt war alles, was sie mit ihrem alten Leben verband. Ihr Großvater hatte ihn gestern Abend vorbeigebracht, ebenso ihr gerahmtes Diplom, das an der Ruhmeswand der Konditorei gehangen hatte. Vielleicht könnte sie es im Flur aufhängen ... gleich neben den gerahmten Bildern der filigranen Törtchen.

Im Karton befand sich der Inhalt ihres Spinds. Ein abgenutzter Kosmetikbeutel, mehrere T-Shirts und ein vergilbtes Foto aus Kindheitstagen, das Evan und sie zeigte. Warum sie es all die Jahre aufbewahrt hatte, sie wusste es nicht. Vermutlich aus reiner Sentimentalität. Gestern hatte sie keine Kraft mehr gehabt, den Inhalt zu entsorgen, der Karton stand dort, wo Joseph ihn abgestellt hatte. Auf der Kommode im Flur. Dort wo Evan und sie sich noch vor Kurzem leidenschaftlich geküsst hatten.

Der Timer des Backofens holte sie in die Küche zurück und Brianna zog ein weiteres Blech aus dem Rohr.

Sie wischte sich mit dem Handrücken eine Strähne aus der Stirn und hielt für einen Moment inne. Backen hatte ihr schon immer geholfen, wenn sich ihre Gedanken überschlugen oder ihr Herz vor Kummer schmerzte. Und Schmerz hatte sie viel in sich, ihre Wohnung glich inzwischen einer Weihnachtsbäckerei. Wohin das Auge reichte, stapelten sich Törtchen, verzierte Weihnachtskekse und Scones. Sie hatte direkt nach dem Aufstehen angefangen und konnte nicht mehr aufhören. Was sollte sie auch tun, jetzt, wo sie keinen Job mehr hatte? Also tat sie das, was sie am besten konnte. Auch wenn ihre Küche winzig war, so war sie doch genauso gut ausgestattet wie die einer Konditorei. Ja, sie benutzte sogar zum ersten Mal den neuen Spritzbeutel und das schicke Fondant-Messer, das sie sich vor einiger Zeit aus der Haushaltsabteilung bei *Macy's* gegönnt hatte. Sie hatte es direkt neben den Kochbüchern und den gusseisernen Töpfen von Martha Stewart gefunden.

Zum ersten Mal seit Stunden musste sie lachen. Wer sollte die Backwaren alle essen? Sie war eindeutig verrückt geworden!

Fröhliches Kinderlachen lenkte ihre Aufmerksamkeit zum Fenster. Perfekt! Sie würde einfach ihre Nachbarn versorgen oder ein paar Proben im *Café on the Corner* vorbeibringen – zusammen mit ihrer Bewerbung. Ihr Grandpa war nach seinem Besuch mit Marlene ziemlich begeistert gewesen. Oder sie spendete einen Teil der Tafel, die das Hotel immer belieferte. Die Menschen würden sich einen Tag vor Weihnachten sicher über eine außergewöhnliche Bescherung freuen. Sie hatte mehr als genug gebacken ... und morgen und übermorgen könnte sie wieder backen.

Doch erst einmal musste sie sich setzen. Die Hitze in der winzigen Wohnung war kaum auszuhalten und allmählich machte sich auch ihr Kreislauf bemerkbar. Brianna öffnete das Fenster, kochte sich einen Kaffee – der Hefeteig musste ohnehin noch gehen – und machte es sich auf der Couch bequem. Was gar nicht so einfach war, denn dort hatte sie ihre Sammlung an Gebäckdosen abgelegt. Dosen, die sie aus den Untiefen ihres Küchenschranks hervorgeholt und die sie bisher kaum genutzt hatte. Eigentlich brauchte sie sie nicht, im Juwel hatte es schließlich jeden Tag frische Kekse gegeben, aber sie hatte einfach nicht an dem niedlichen Design vorbeigehen können. Die Dosen waren im nostalgisch-traditionellen Stil gehalten und zeigten Santa Claus, wie er es sich in einem Sessel vor dem Kamin gemütlich gemacht hatte. Erst jetzt fiel ihr auf, dass das Motiv eine gewisse Ähnlichkeit mit ihrer kleinen Stube hatte, sie war ebenso mit Weihnachtsdeko vollgestopft. Gemusterte Kissen im Buffalo-Stil, ein roter Truck aus Holz und mehrere Handlettering-Schilder rundeten das Bild ab. Auf dem Tisch befanden sich eine ausrangierte

Holzschublade voll mit Stumpenkerzen und gleich mehrere Weihnachtsromane, die darauf warteten, dass Brianna, wenn auch nur in ihrer Fantasie, ebenfalls einen Prinz Charming kennenlernte.

Pah, vielleicht sollte sie sich lieber mit einem blutrünstigen Krimi befassen, aber trotz ihrer Enttäuschung gelang es ihr nicht, sich gänzlich der Magie der Weihnacht zu verschließen. Es war für sie seit jeher das Fest der Liebe, mit dem sie schöne Erinnerungen verband, und die ließ sie sich weder von Evan noch seiner Familie nehmen. Wenn sie die Augen schloss, konnte sie den Duft der Weihnacht förmlich riechen. Kein Wunder, denn die Tannenspitzen ihres Baumes reichten weit über die Lehne der Couch hinaus, und Brianna musste tatsächlich aufpassen, dass sie sich in einem unachtsamen Moment nicht pikste. Wenn sie sich flach auf das Polster legte und nach oben sah, schien es fast so, als würde sie wieder unter der riesigen Nordmanntanne im Juwel liegen. Dazu der würzige Duft von Zimt und Kardamom, der sie umhüllte und ihr Trost spendete. Immerhin hatte sie noch ihren Grandpa und Edna, die ebenfalls nicht mehr im Hotel feierten, sondern mit ihr. Wie trostlos wäre es gewesen, wenn sie zum Fest ganz allein gewesen wäre? *Der Truthahn,* fiel es Brianna nun siedend heiß ein. Edna hatte sie darum gebeten, bei *Zabar's,* der gleich um die Ecke lag, einen Braten zu besorgen, den sie morgen früh gemeinsam vorbereiten wollten. Zusammen mit dem Shepherd's Pie und den gestampften Kartoffeln. Sie hatte es in ihrem Backtaumel komplett vergessen! Edna würde sie umbringen, wenn es zu Weihnachten nur Gehacktes mit Gemüse gab und keinen festlichen Truthahn. Bis jetzt hatte sie sich darum nicht kümmern müssen, das Juwel wurde nur von den besten Lieferanten aus ganz New York versorgt.

Brianna sprang auf und stellte den Ofen aus, der eigentlich auf seinen Einsatz für die nächste Runde wartete, und lief in den Flur. Dort schlüpfte sie schnell in ihre Fellboots, auch wenn sie sich mit den Jogginghosen und dem mehlbestäubten T-Shirt bissen. Sie durfte keine Zeit mehr verlieren, denn gewohnheitsgemäß brach in dem kleinen Supermarkt kurz vor Weihnachten die Hölle los. Noch die Daunenjacke, Mütze und Schal und innerhalb fünf Minuten war Brianna auf der Straße. Sie wusste, dass sie so keinen Blumentopf gewinnen würde, doch ihr Aussehen war ihr im Moment ziemlich egal. Das Weihnachtsessen stand auf dem Spiel, und wenn sie sich beeilte, gab es vielleicht eine klitzekleine Chance, dass sie für morgen nicht leer ausgingen.

***

Schon aus der Ferne entdeckte Brianna die lange Schlange vor dem Geschäft. Offensichtlich war sie nicht die Einzige, die auf den letzten Drücker ihre Einkäufe besorgte. Sie stellte sich ans Ende der Schlange und kam erstaunlicherweise zügig voran. Ein Glück, denn die Eiseskälte kroch bereits durch den dünnen Stoff ihrer Jogginghose, die hier unter Menschen doch etwas schäbig wirkte. Nun gut, vermutlich fiel es in all dem Gewusel ohnehin niemandem auf. Jeder hatte es eilig, wieder hinauszukommen. Für einen Moment rechnete sie fast mit Tom Hanks, der in *E-Mail für Dich* ebenfalls hier an einer der überfüllten Kassen stand und Meg Ryan mit seiner Kreditkarte aushalf. Zumindest diese Peinlichkeit blieb ihr erspart, sie hatte zum Glück genügend Bargeld eingesteckt.

Mit einem amüsierten Lächeln reihte sich Brianna in die Schlange beim Metzger ein und ließ sich von der allgegenwärtigen Festtagsstimmung mitreißen. Sie hatte fast vergessen, wie es war, sich einfach treiben zu lassen.

Doch der Traum vom Weihnachtsessen zerplatzte, als der Mann hinterm Tresen wenige Minuten später belustigt nachhakte: „Einen Truthahn? Meine Liebe, da kommen sie leider zu spät. Die Vorbestellungen wurden bereits bis auf die letzten beiden alle abgeholt."

Brianna versuchte, einen Blick auf die Ablage hinter ihm zu erhaschen, und tatsächlich, der Mann hatte recht.

„Aber gibt es nicht doch eine Möglichkeit?" Die Panik in ihrer Stimme war nicht zu überhören. Das hatte ihr gerade noch gefehlt. Der Gedanke, einfach Emma anzurufen, damit die ihr einen Truthahn aus dem Hotel zuschanzte, war auf einmal sehr verlockend. Nur war sie dafür zu stolz, auch wenn es niemandem auffallen würde, wenn in der Speisekammer etwas fehlte. Dann würde es Morgen eben nur Beilagen und Shepherd's Pie geben.

„Eine Möglichkeit? Da hätten Sie bestellen müssen!" Ein kleiner, hagerer Mann mit Nickelbrille direkt hinter ihr lachte sarkastisch auf. Machte er sich etwa über sie lustig?

„Sie fragt nach einer Möglichkeit", klärte er die Kunden in der Schlange bereitwillig auf.

Die schenkten ihr daraufhin missbilligende Blicke. Okay, vielleicht sah sie im Moment, mit ihren strähnigen Haaren und dem derangierten Look, wirklich etwas erbärmlich aus. Der Mann, der ihr gerade mal bis zur Schulter reichte, drängte sie mit seinem Einkaufskorb einfach aus der Reihe. Mit offenem Mund verfolgte sie, wie er demonstrativ einen rosafarbenen Abholschein über die Theke reichte.

„Sie fühlen sich heute wohl besonders wichtig", kam es ihr lautstark über die Lippen. Brianna schüttelte über seine Dreistigkeit nur den Kopf, bevor sie sich angewidert umdrehte. Mitten in der Bewegung hielt sie inne ... heute war einfach nicht ihr Tag. Hector! Musste sie dem Concierge ausgerechnet hier in ihrem Lebensmittelmarkt über den Weg laufen? Wohnte er etwa in ihrer Nachbarschaft? Wenn sie ehrlich war, wusste sie es nicht.

„Brianna!" Hector schien ebenso überrascht zu sein.

Erst jetzt erkannte sie, dass er einen der begehrten Abholscheine in den Händen hielt. Na toll. Die Ironie des Schicksals traf sie in letzter Zeit ziemlich oft. Hector gehörte der letzte Truthahn.

Sie musste hier raus ... doch gerade, als sie sich aus ihrer Starre löste, hielt Hector sie zu ihrem großen Erstaunen auf.

„Bitte, Brianna, neben Sie den Schein ... als Friedensangebot. Ich habe alles mitangehört."

***

Brianna konnte immer noch nicht glauben, was vor wenigen Minuten bei *Zabar's* geschehen war. Was sie aber mit Sicherheit wusste, war, dass der Truthahn mindestens elf Pfund wog. Während sie sich mit ihrer Ausbeute durch den Schnee kämpfte, drehten sich ihre Gedanken im Kreis. Hector war also ihr Retter in der Not? Es grenzte schon fast an ein kleines Weihnachtswunder, dass ausgerechnet er ihr seinen Weihnachtsbraten überließ. Was seine Frau wohl sagen würde, wenn er mit leeren Händen nach Hause kam? Brianna blieb stehen. Ehrlich gesagt wusste sie nicht einmal, ob er überhaupt verheiratet war. Nein, so ein Scheusal, wie er eines war, blieb lieber allein.

Brianna unterbrach ihre gehässigen Gedanken. So wollte sie nicht sein. Auch wenn Hector mit seiner Geste nicht all seine Fehler wiedergutmachen konnte, so tat sie ihm gerade Unrecht. Immerhin war sein Friedensangebot ein Anfang, wie sie mit einem Lächeln zugeben musste. Und der Triumph über den unverschämten Mann in der Schlange war auch unbezahlbar, denn sie hatte nun einen viel größeren Truthahn.

Die Kinder aus der Nachbarschaft liefen ihr freudig entgegen. Sie musste mit ihrem watschelnden Gang und der Ausbeute mehr als seltsam aussehen. Leichter Schnellfall setzte ein und Brianna sah verträumt in den Himmel, nicht zu lange, denn die Gefahr, zu stolpern, war einfach zu groß.

„Brianna, was hast du denn vor?" Ein kleiner Junge sah erst sie und dann den Truthahn mit großen Augen an.

„Weihnachten feiern!", erwiderte sie mit einem herzhaften Lachen, das tief aus ihrem Herzen kam. Sie fühlte sich zum ersten Mal seit Tagen wirklich befreit.

„Auf der Treppe wartet ein Mann auf dich!", rief die Schwester des Jungen aufgeregt, und für einen Moment dachte Brianna, Hector hätte es sich doch anders überlegt. Aber als ihr Blick nun zum weihnachtlich geschmückten Brownstone wanderte, fiel ihr vor Schreck fast ihr Einkauf aus der Hand.

Evan Wayne. Was hatte der hier verloren?

Wie in Zeitlupe verfolgte sie, wie er sich zu ihr umdrehte und erleichtert aufatmete, als er sie hinter der Pudelmütze erkannte, die ihr ins Gesicht gerutscht war.

„Gott sei Dank. Es geht dir gut." Um ein Haar wäre Evan auf den Stufen ausgerutscht, als er ihr eilig entgegenlief. „Ich warte schon seit einer Stunde auf dich und habe mir große Sorgen gemacht." In seine Augen erkannte sie tatsächlich Sorge, gemischt mit liebevoller Erleichterung ... Nein, sie wollte ihn nicht sehen, er sollte bei seiner Verlobten im Juwel sein, dort gehörte er hin.

Brianna wandte den Blick ab und lief entschlossen an ihm vorbei. Nicht nur, weil ihr so langsam die Arme schmerzten, es interessierte sie auch nicht, weshalb er hier war. Wenn es nach ihr ginge, könnte er eine weitere Stunde mit seinen lächerlichen Survival-Stiefeln in der klirrenden Kälte stehen. Es wunderte sie ohnehin, dass er sie nicht längst wieder gegen seine schicken Designerschuhe eingetauscht hatte.

„Bitte, Brianna." Sie hörte die Verzweiflung in seiner Stimme, als sie mit zitternden Beinen auf die Treppe zuging. Verdammt.

„Bitte, lass mich dir helfen." Ehe sie sich's versah, hatte er ihr das Bündel abgenommen, als wäre er ein

Quarterback und der Elf-Pfund-Truthahn nur ein Football.

„Na gut, dann hilf mir eben beim Tragen, aber danach verschwindest du endlich aus meinem Leben!"

Doch nach dieser Ansage fühlte sie sich kein bisschen besser, im Gegenteil, es war, als hätte sie ihr eigener Pfeil mitten ins Herz getroffen.

Nur mit Mühe gelang es ihr, die Tränen zurückdrängen. Brianna schloss die Haustür auf und eilte voraus, Evan dicht hinter ihr. Sie konnte sich nicht erklären, was er hier suchte. Wollte er sich ein letztes Mal an ihrem Schmerz laben, bevor er Vivien morgen das Jawort gab? Ganz Manhattan sprach mittlerweile von der Winterhochzeit im Juwel.

Aber sein Blick, in dem eine tiefe Trauer und gleichzeitig Entschlossenheit lag, sagte etwas völlig anderes.

Brianna öffnete die Tür zur Wohnung, doch noch bevor sie Evan den Truthahn abnehmen konnte, hatte er sich die Stiefel abgestreift und lief an ihr vorbei. Abrupt blieb er stehen und sah sich erstaunt im Wohnzimmer um. Sie musste zugeben, dass sie der Anblick ebenfalls kurz ins Wanken brachte. Ihre Wohnung sah aus wie die Kulisse irgendeiner Hallmark-Christmas-Schnulze. Nur dass ihr Weihnachtsbaum nicht perfekt war und sie auf eine Romanze gut und gern verzichten konnte.

„Ich dachte, ich backe ein bisschen, zum Zeitvertreib", murmelte Brianna, während sie sich die Jacke und Stiefel auszog. Sollte er denken, was er wollte.

„Ich habe noch nie so viel Gebäck gesehen", stammelte Evan, als er seinen Blick endlich losriss und in die angrenzende Küche lief. Dort sah es nicht besser aus.

„Leg ihn einfach irgendwo ab, ich muss erst Platz machen", rief Brianna vom Flur aus und hoffte inständig, dass er jetzt wieder ging.

Allem Anschein nach ließ er sich nicht so leicht abschütteln, er besaß tatsächlich die Frechheit, zu bleiben. Brianna verfolgte, wie er sich die Daunenjacke auszog und diese neben ihren Mantel an die Garderobe hängte, anschließend nahm er auf dem letzten freien Fleckchen Platz, das auf der Couch zu finden war. Zwischen all den Dosen, Kissen und Dekoartikeln wirkte Evan mehr als deplatziert, in seinem Businesshemd und den Weihnachtssocken, die er zuvor in seinen lächerlichen Stiefeln versteckt hatte.

Diese Situation erinnerte sie an einen kalten Wintertag vor vielen Jahren, als er lieber seine Zeit in der Konditorei verbracht hatte, als seine Eltern zu einem Dinner zu begleiten. Er steckte damals ebenfalls in einem maßgeschneiderten Anzug und trug die bunten Socken mit den Rentieren unter stillem Protest.

„Brianna, wenn du mich lässt, würde ich dir gern alles erklären."

Brianna blinzelte und war wieder im Hier und Jetzt. Sie wusste wirklich nicht, was sie von alldem halten sollte. Obwohl Evan sie die ganze Zeit über belogen und derart verletzt hatte, gelang es ihr einfach nicht, ihn loszulassen. Es schien fast, als wären sie auf ewig miteinander verbunden. Warum kamen sie nicht voneinander los?

„Es tut mir so unendlich leid", flüsterte Evan in die Stille hinein. Tränen schimmerten in seinen Augen. „Ich hätte von Anfang an aufrichtig sein müssen." Er presste die Lippen fest zusammen, sah sie verzweifelt an. „Stattdessen habe ich die Frau verletzt, die ich mehr als alles andere auf der Welt liebe, und Menschen verloren, die mir mehr Familie waren, als es meine eigene je hätte sein können.“

Brianna musste sich setzen, sie wurde aus seinen Worten nicht schlau. Aus Mangel an Platz ließ sie sich auf dem Boden vor dem Weihnachtsbaum nieder, während Evans Worte in ihrem Kopf nachklangen. Er würde in weniger als vierundzwanzig Stunden heiraten ... seine Beichte, dass er sie mehr als alles andere auf der Welt liebte, kam wirklich zu spät, und überhaupt, wie kam er darauf, dass sie ihm jemals verzeihen würde?

„Brianna, bitte, sieh mich an.“ Evan hatte die Couch verlassen und neben ihr Platz genommen. „Ich weiß, ich kann die Zeit nicht zurückdrehen, aber bitte, hör dir wenigstens meine Version an.“

Brianna schluckte, denn der Kloß, der sich in ihrem Hals gebildet hatte, tat nicht nur weh, sondern machte es auch unmöglich, etwas zu sagen. Evan griff nach ihrer Hand und sie ließ es geschehen, während stumme Tränen ihre Wangen hinabliefen.

„Ich habe New York und die Erinnerung an dich viele Jahre verdrängt. Ja, und ich habe mir in Paris letztendlich ein Leben aufgebaut, weil ich dachte, dass wir uns nie wiedersehen würden ...“ Er machte eine Pause und sah sie liebevoll an. „Doch ich war nicht darauf vorbereitet, dich hier zu sehen. Die Briefe zu lesen, von denen ich dachte, sie hätten nie existiert. Ich gebe zu, ich habe mich in einem Anfall von Vernunft kurz dagegen gesträubt, aber seit dem Winterball weiß ich, dass ich nie aufgehört habe, dich zu lieben.“ Evan schüttelte den

Kopf. „Und dennoch ist es meiner Mutter wieder gelungen, mich für einen kurzen Moment erneut wanken zu lassen, als sie mich vor die Wahl stellte. Du oder Vivien und das Juwel.“

Briannas Kopf fuhr hoch. Sie konnte nicht glauben, was sie da hörte. „Sie hat dich erpresst?“ Es brauchte einen Augenblick, bis sie die Zusammenhänge verstand, denn Evan war hier bei ihr, was so viel bedeutete, wie …

„Du hast dein Erbe ausgeschlagen?“ Briannas Stimme überschlug sich fast. Evan Wayne würde ihretwegen auf alles verzichten?

Doch Evan grinste nur frech, bevor er sie an sich zog und sie zärtlich küsste. Sie konnte nicht sagen, welcher Duft betörender war: die Tannennadeln des Baumes direkt hinter ihr oder Evans Parfum, das genauso köstlich nach Zimt und Vanille duftete wie ihre Plätzchen.

Epilog

Evan

Ein Jahr später

Evan konnte sein Glück immer noch nicht fassen – und wie sehr er sein neues Leben mit Brianna genoss. Auch wenn er das Juwel seit einigen Monaten nicht mehr betreten hatte – genau genommen, seit seine Eltern und er zur Vertragsunterzeichnung zusammengekommen waren. Dennoch war er der glücklichste Mann auf der Welt. Er hatte alle Menschen um sich, die ihm je etwas bedeutet hatten. Brianna, Joseph, Edna – und seinen Dad. Seine Mutter hatte New York direkt nach der Scheidung – und nachdem man ihr ihren Anteil am Juwel ausgezahlt hatte – verlassen. Sein Vater war am Boden zerstört gewesen, als er von Patricias Machenschaften erfahren hatte. Nicht nur die Briefe, sondern auch die Tatsache, dass sie Evan vor die Wahl gestellt hatte, sich zwischen Brianna und dem Juwel zu entscheiden, waren für ihn unverzeihlich.

Soweit Evan wusste, wohnte seine Mutter mittlerweile in Piemont und erlebte dort ihren zweiten Frühling – gemeinsam mit einem Winzer, während Vivien die Welt bereiste und ihre Stationen für ihre Follower festhielt. Sogar aus der geplatzten Hochzeit hatte sie eine Story gemacht, die ihr zu einem Werbevertrag mit dem weltbekannten Juwelier *Tiffany & Co* verhalf. Verrückte Welt. Er freute sich für sie, denn letztendlich hatten sie sich im Guten getrennt. Vivien hatte selbst erlebt, zu was Patricia imstande war.

Nur sein Dad schien der Einzige zu sein, der immer noch den alten Zeiten im Juwel nachhing. Leider war es unmöglich gewesen, das Hotel weiter zu erhalten, erst recht nicht, nachdem seine Mutter auf die Auszahlung ihres Anteils bestanden hatte. Ein Verkauf war unausweichlich gewesen und es hatte seinem Vater das Herz gebrochen. Aber selbst in diesen schweren Zeiten hatte er sich um die Zukunft seiner Angestellten gesorgt und sich persönlich darum gekümmert, dass jeder eine neue Anstellung fand oder im Juwel bleiben konnte. Einige Mitarbeiter – darunter Emma und Nat – waren ins *Balzac* übergewechselt, das sie glücklicherweise behalten konnten. Ein kleiner Trost für Simon Wayne, der seine regelmäßigen Visiten in Paris sehr genoss. Außerdem war sein Dad gesundheitlich wieder fit, was nicht zuletzt an seiner freien Zeit und der Tatsache lag, dass er sich nicht mehr den Kopf über das Imperium zerbrechen musste. Er hatte nun alle Zeit der Welt, um sich mit Joseph zum Schachspiel zu treffen oder alten Hobbys zu frönen.

Evan sah sich lächelnd in dem gemütlichen Café in der Upper West Side um, das Briannas ganzer Stolz war. Nachdem sie einige Zeit tatsächlich im Café des Naturkundemuseums gearbeitet hatte und viele Kekse in Form von Dinosauriern und Raptoreneiern über den Tresen gewandert waren, hatte sie sich ihren Traum vom eigenen Business erfüllt. Gemeinsam mit Edna und ihrem Großvater, die ihr tatkräftig zur Seite standen.

Er selbst kümmerte sich im Hintergrund um alles, damit Brianna voll und ganz ihre Kreativität ausleben konnte und sich nicht mit Zahlen befassen musste. Aber es war nicht nur Briannas Business, das er unterstützte, sondern auch weitere kleine Unternehmen und Start-ups, an die er glaubte und in die er investiert hatte. Selbstverständlich stand er dem *Balzac* nach wie vor beratend zur Seite, auch wenn sich ein neuer Hotelmanager vor Ort um alles kümmerte.

„Also ich muss schon sehr bitten, die Tische decken sich nicht von selbst!" Edna kam kopfschüttelnd aus der Küche, doch ihr Schmunzeln strafte ihre Rüge Lügen.

Auch Evan musste grinsen, als er sie sah. Die korpulente Dame wirkte mit ihrem bauschigen Rock, der Rüschenschürze und dem weißen Häubchen auf dem Kopf wie eine Darstellerin aus *Bridgerton*. Endlich konnte sie ihre Liebe für diese Epoche auch modisch zum Ausdruck bringen, wie sie stets mit einem Strahlen betonte, und Evan musste zugeben, dass ihr Erscheinungsbild genau in dieses Konzept passte. Das Café glich einem Londoner Kaffeehaus aus dem 19. Jahrhundert. Feine Tapeten zierten die Wände, der Boden war aus glänzendem Marmor und an den Decken befanden sich einige der Kronleuchter, die er aus dem Juwel hatte retten können. Selbst ein wenig vom goldenen Stuck hatten sie verwendet, und auch das alte Sprossenfenster, das einst die Konditorei von den Unterkünften trennte, diente jetzt als Abgrenzung zwischen Küche und Café. Dahinter erkannte er Brianna und Joseph, die in diesem Moment mehrere Etageren aus feinstem Porzellan mit Minisandwiches und allerlei Teegebäck beluden – Hand in Hand, wie damals schon. Die beiden arbeiteten in einem stillen, konzentrierten Einvernehmen, nur ab und zu huschte Joseph ein stolzes Lächeln über die Lippen, als er sich in der Konditorei umsah. Die Meisterwerke seiner Enkelin waren weit über die Stadtgrenzen hinaus bekannt und das *Edna's Earl* – wie sie ihr Café nannten – war das Einzige, das Etageren zum Mitnehmen anbot.

Evan hätte den beiden stundenlang zusehen können, so wie damals schon, als er heimlich einen Blick durch das Sprossenfenster geworfen hatte. Doch heute war er kein kleiner Junge mehr, der sich an Hector vorbeischleichen musste, um einen Blick auf seine Freundin zu riskieren, sondern ein erwachsener Mann, der endlich seinen Platz in der Welt gefunden hatte.

Okay, vielleicht sollte er nun wirklich damit beginnen, die Tische zu decken ... Edna wirkte mit dem Nudelholz in der Hand, als wäre sie nicht nur entschlossen, irgendwelchen Unruhestiftern eins überzuziehen, sondern auch ihm, wenn er nicht bald seinen Job machte. Er schnappte sich die großen Teller und anschließend das Besteck und legte es der Tischetikette nach aus, wie er es all die Jahre im Juwel beobachtet hatte.

Nur noch wenige Stunden, dann würden sie zum ersten Mal alle gemeinsam Weihnachten feiern, hier in diesem Haus, das für sie alle zu einem neuen Zuhause geworden war. Joseph hatte sich direkt die Wohnung über der Konditorei gekrallt, damit er die Teige rund um die Uhr im Auge behalten und, falls nötig, neue ansetzen konnte. Edna, die dem Juwel ebenfalls den Rücken gekehrt hatte, lebte im zweiten Stockwerk – und fühlte sich zuweilen wie Julia Roberts in *Pretty Woman*, was nicht zuletzt an der Feuerleiter direkt vor ihrem Fenster lag. Dort fand sich zwar kein smarter Schauspieler, aber dafür ihre gusseisernen Töpfe, die sie im Winter zum Abkühlen hinausstellte. Die Dame kochte gewohnheitsgemäß in Massen, und wenn man die Tür zum Treppenhaus offen ließ – so wie jetzt – konnte man den Truthahn, der bereits seit mehreren Stunden in Ednas Küche brutzelte, bis hier unten riechen.

Das Wasser lief Evan im Mund zusammen. Ob der Truthahn wohl genauso lecker schmeckte wie der im Jahr zuvor, als man ihn wie selbstverständlich zum Weihnachtsfest eingeladen hatte?

„Wo bist du nur mit deinen Gedanken, mein Junge?" Edna stupste ihn liebevoll mit dem Ellbogen an.

Evan schenkte der alten Dame, die immerzu nach Kakao duftete und der er nach wie vor nichts vormachen konnte, ein liebevolles Lächeln. „Beim letzten Weihnachtsfest."

Sie nickte und fügte nach einigen Augenblicken hinzu: „Ich weiß, du haderst noch mit dir und deinem Verhalten von damals. Aber Brianna hat dir längst verziehen – und Joseph und ich auch."

Evan war unendlich dankbar für diese zweite Chance, auch wenn sie für sie beide sehr schmerzhaft gewesen war. Er bewunderte Brianna für ihre Art, dass sie selbst aus den dunkelsten Kapiteln ihrer Vergangenheit etwas Positives zog. So war sie schon immer gewesen, seit ihrem ersten Tag in New York.

„So, und jetzt zurück an die Arbeit, dort kommt schon unser erster Gast." Edna rückte sich ihre Haube zurecht und zeigte strahlend zum Fenster. „Wer hätte gedacht, dass ich mich einmal so über ihn freuen würde. Und sieh mal, er hat sogar Blumen mitgebracht."

Evan brauchte nicht erst zum Fenster zu sehen, um zu wissen, dass Hector im Anmarsch war. Doch an den Gedanken, dass der Concierge, der gemeinsam mit seiner Mutter intrigiert hatte, seit einigen Monaten in seine Edna verknallt war, musste er sich erst gewöhnen. Eigentlich hatte er ihn, wie das Juwel ebenso, hinter sich lassen wollen – aber Brianna hatte ihn zum Umdenken gebracht. Sie war einfach so liebenswürdig, dass sie auch ihm erlaubte, weiterhin ein Teil ihres Lebens zu sein. Okay, wenigstens kam er mit seinem neuen Hüftgelenk nicht die Feuerleiter hinauf – auch wenn sich Edna über diese romantische Geste sicher sehr gefreut hätte. Was Jean-Luc anging, war er sich allerdings nicht so sicher. Sein Graupapagei hatte ebenfalls einen Narren an der alten Köchin gefressen und wohnte inzwischen bei Edna im zweiten Stock.

Ein Lächeln zeichnete sich auf Evans Gesicht ab, als er nun auch seinen Dad entdeckte, der in diesem Moment mit hochgestelltem Mantelkragen um die Ecke bog. Jetzt fehlte nur noch Marlene.

***

„Edna, du hast dich mit dem Braten mal wieder selbst übertroffen", lobte Simon seine ehemalige Angestellte und rieb sich den Bauch. „Wie sehr habe ich deine Küche vermisst."

„Vielen Dank, Mr. Wayne." Es war der älteren Frau deutlich anzusehen, wie sehr sie sich über die Wertschätzung ihres ehemaligen Arbeitgebers freute.

„Simon, bitte", entgegnete dieser zum gefühlt hundertsten Mal in den vergangenen Monaten, in denen sich die beiden im Café begegnet waren – doch Edna konnte einfach nicht aus ihrer Haut. Evans Vater würde für sie wohl immer der Mann bleiben, der einst das erfolgreichste Hotel der Stadt geleitet hatte.

„Es freut mich, dass es euch allen schmeckt, aber ich hatte in diesem Jahr auch tatkräftige Unterstützung." Edna, die ihre Schürze und die Haube inzwischen abgelegt hatte und nun in einem festlichen Kleid steckte, sah zu Marlene, die ihr eine gute Freundin geworden war. Die beiden Frauen hätten vom Aussehen und Charakter nicht unterschiedlicher sein können. Selbst jetzt nach all den Jahren und ihrer Zeit bei den Rockettes strahlte Marlene eine jugendliche Schönheit und Grazie aus. Evan konnte verstehen, warum Joseph ihr sofort verfallen war. Sie brachte Schwung in sein Leben, und Evan musste sich, wann immer er die beiden so verliebt miteinander sah, ein Schmunzeln verkneifen.

Er bemerkte Briannas Blick und griff automatisch nach ihrer Hand. „Weißt du, dass du mich zum glücklichsten Mann auf der Welt machst?"

Brianna lächelte ihn an und sein Herz begann wie wild zu klopfen. Nicht nur, weil sie ihn so verrückt machte wie am ersten Tag, sondern weil sein heutiges

Vorhaben näher rückte. Sein Blick wanderte unauffällig zum Baum, wo er neben seinem Weihnachtsgeschenk für Brianna ein weiteres Schächtelchen abgelegt hatte.

„Alles in Ordnung?", fragte Brianna lächelnd, „du wirkst heute so zerstreut."

Doch bevor Evan ihr antworten konnte, war Joseph aufgestanden. Der ältere Herr sah sich feierlich um, ehe er seinen Blick liebevoll auf Marlene richtete. Joseph hatte für heute wohl nicht dieselben Pläne im Sinn?

Ein leises Raunen ging durch die Runde und Edna fasste sich mit Schnappatmung an die Brust. Offensichtlich hatte auch sie blitzschnell erfasst, was ihr langjähriger Weggefährte im Schilde führte. „Himmelherrgott, dass ich das noch erleben darf", kam es ungläubig über ihre Lippen, bevor sie gebannt verfolgte, wie der alte Konditor ein türkisfarbenes Kästchen aus der Tasche seines Jacketts hervorzauberte.

Auch Brianna hätte nicht überraschter sein können, wie er an ihrem festen Griff erkannte.

„Ich dachte schon, *du* hättest heute einen Antrag geplant", raunte sie ihm schmunzelnd zu, während sie ihren Großvater und Marlene nicht aus den Augen ließ.

Nur mit Mühe gelang es Evan, sich zu beherrschen. Er wollte Joseph den respektvollen Vortritt lassen. Dieser Moment gehörte Briannas Großvater und er würde ihn nicht vermasseln.

Erst nachdem Joseph die entscheidende Frage gestellt und Marlene überglücklich eingewilligt hatte, fiel Brianna auf, dass Evan sie nach wie vor mit einem geheimnisvollen Lächeln bedachte. Er konnte ihr förmlich ansehen, wie sich die Rädchen in ihrem Kopf drehten.

Überrascht schlug sie die Hand auf den Mund, dann prustete sie los. „Du hattest es auch vor!"

„Mmh", erwiderte Evan nur und zog sie mit sich zum Baum, während die anderen an der Festtagstafel Joseph und Marlene herzlich beglückwünschten. Evan konnte nicht länger warten, er musste Brianna endlich fragen. Der Zeitpunkt und die Stimmung waren einfach perfekt. Der Weihnachtsbaum im *Edna's Earl* war zwar nicht so imposant wie der im Juwel, aber er reichte immerhin bis zur Decke und funkelte mindestens genauso schön.

„O mein Gott. Sind das etwa die verloren geglaubten Kugeln vom Hotel? Ich dachte schon, wir würden sie nie wiedersehen." Brianna berührte einen der kristallenen Zapfen am Zweig.

Evans Mund verzog sich zu einem Lächeln. „Genau genommen sind es alle zwölf, die Edna mir heimlich nach Paris geschickt hat."

Und die einzigen, die überhaupt noch existierten, denn der neue Besitzer des Hotels hatte die langjährigen Weihnachtsdekorationen ebenfalls entsorgt.

„Wann hast du die denn aufgehängt?" In Briannas Augen schimmerten Tränen.

„Heute Morgen, als ihr in der Küche wart", erwiderte Evan mit einem breiten Lächeln und ging auf die Knie. Er freute sich ungemein, dass ihm diese Überraschung gelungen war.

Brianna schnappte nach Luft, als sie den Namen auf dem Schmuckkästchen erkannte. Es war nicht Tiffany, sondern das Monogramm des Künstlers, der vor vielen

Jahren für das Design der Kristallkugeln verantwortlich gewesen war. Evan hatte Monate gebraucht, um ihn ausfindig zu machen.

Er klappte das Kästchen auf, dabei sah er Brianna erwartungsvoll an, die nun völlig verzückt den Ring betrachtete. In der Fassung steckte derselbe seltene Kristall, den man auch im Christbaumschmuck verarbeitet hatte.

„Brianna, bitte heirate mich. Und ich verspreche dir, dass auch unser Leben immer voller Magie sein wird."

„Oh, Evan, ja!", entgegnete Brianna unter Tränen und fiel ihm stürmisch um den Hals. „Ich könnte mir keinen schöneren Ring vorstellen. Er ist so märchenhaft!"

Evan steckte ihr den Ring an den Finger und stand wieder auf. Inzwischen hatten sich ihre Liebsten ebenfalls um den Baum versammelt. Er hätte Brianna jeden Ring kaufen können, aus Edelsteinen oder gar Smaragden, doch dieser hier war einfach perfekt. Er passte so gut zu seiner Seelenverwandten, die schon als kleines Mädchen von all dem Zauber um sie herum gefangen gewesen war.

Nachwort

Zum dritten Mal bin ich für eine weihnachtliche Geschichte nach New York gereist und es hat mir wieder sehr viel Spaß gemacht.

Nach einem nostalgischen Kino in der Upper West Side und dem weltbekannten Kaufhaus Macy's habe ich hier ein fiktives Luxushotel am Central Park als Setting gewählt.

Wie ihr euch sicher denken könnt, diente mir das Plaza Hotel als Vorlage. Dieses Gebäude hat mich schon als Zwölfjährige im Kino verzaubert und vor fünf Jahren konnte ich mich endlich selbst von seiner Magie überzeugen.

Inspiriert hat mich außerdem die Serie Velvet, die ich euch sehr empfehlen kann. Sogar Edna hat sie in Rekordzeit verschlungen ;-)

Wie immer konnte ich es mir auch nicht verkneifen, einige Easter Eggs einzubauen. Orte und natürlich alte Bekannte aus früheren Büchern. Ich bin gespannt, ob ihr sie gefunden habt.

Dieses Mal gibt es noch ein besonderes Highlight, auf das ich mich schon seit Monaten freue.

Zum ersten Mal wird eines meiner Bücher von zwei Personen – einer Sprecherin und einem Sprecher – eingelesen. Ich bin sehr gespannt, ob Evan genauso wie in meiner Fantasie klingen wird :-)

Alle weiteren Infos und Aktionen findet ihr auf meinem Instagram-Account.
Und falls ihr vom weihnachtlichen New York genug habt, dann dürft ihr euch einen Monat später auf die Vertonung von *Ein Weihnachtswunder für Little Falls* und die idyllische Kleinstadt in Connecticut freuen.

Liebe Grüße
eure Karin